雇われ皇太子妃、ですか？承知致しました。雇われたからには立派に悪妻を演じてみせます

ぽんた

illustration くまの柚子

ICHIJINSHA IRIS NEO

CONTENTS

この作品はフィクションです。
実際の人物・団体・事件などには関係ありません。

雇われ皇太子妃、ですか？承知致しました。雇われたからには立派に悪妻を演じてみせます。

序章

「メグ・オベリティ。婚儀の際にも告げたが、あらためて伝える。きみとはあくまでも雇用者と被雇用者の関係だ。この結婚の意味をはき違えないようにしてくれ。おれはきみを愛していないし、愛するつもりもない。きみのことは、隣国から亡命してきた国王の孫だということくらいしか知らないし、それ以上のことを知ろうとも思わない」

スカルパ皇国《こうこく》の皇太子《こうたいし》アルノルド・ランディは、美しくも繊細さをうかがわせる外見ながら、ずいぶんと冷たくてきつい感じがする。

彼は、あきらかに皇太子にはなれない皇子《おうじ》であるにもかかわらず、神託によって皇太子の座に就いたいわゆる「ラッキーボーイ」である。

とはいえ、本人はどう思っているかわからないけれど。

彼に「雇用者と被雇用者の関係」と宣言されたのは、婚儀を終えた夜だった。本来なら、ドキドキと胸を高鳴らせつつ初夜を迎えているはずの頃。たまたま宮殿の大階段の踊り場で出会った。その際、雇用云々《うんぬん》の言葉を叩《たた》きつけられてしまった。

その日に行われた婚儀は、まるでとってつけたようなものだった。関係者に「一応、お知らせしておきます」、といった感じだった。

「式」、というにはおこがましい。まるでその辺りの公園の一角を借りて「ちょっと立食パーティーをしてみました」、というような軽いノリだった。これが大国と名高いスカルパ皇国の皇太子の婚儀なのだから、いかにこの「式」がぞんざいに扱われていたかがうかがえる。

とはいえ、参列者はそうそうたるメンバーだった。

第一皇子のエンリケ、第二皇子のカルロ、第三皇子のフレデリク、第四皇子のダミアン、第五皇子のオルランド、第六皇子のルーベン、第七皇子のグラート。

すべての皇子たちがそろい踏みしていた。

あいにく、皇帝陛下と皇妃殿下は婚儀には出席していなかった。そのかわり、前日に二人に挨拶《あいさつ》した際、社交辞令的に歓迎の意は伝えられた。

それはともかく、その婚儀で皇太子殿下は、そのおざなりの式の間中皇宮《こうきゅう》に住まわせている愛人のラウラ・ガストーニを横に侍《はべ》らせていた。二人は、それはもう仲睦《なかむつ》まじくときおり抱きしめ合ったりおでことおでこをくっつけ合ったりしていた。

じつは、ラウラ・ガストーニのことは、おざなりの式で初めて知った。

ラウラは、レディの私から見ても美しいし可愛い。じつに如才なく人々と接している。

皇太子殿下は、これみよがしにラウラとイチャイチャしていた。イチャイチャするのが忙しいようだった。だから、本来は妻であり主役の一人であるはずのわたしとの間に会話があるはずがない。それどころか、二人の距離は遠く離れたまま縮まることはなかった。

が、突然呼ばれた。わたしの夫であるはずの皇太子に。そして、彼は宣言した。

わたしたちの結婚は、いわば契約のようなものだと。だから、愛人のラウラをかわらず愛するのだと。

そのときの出席者たちの表情。当人ながら可笑《おか》しくなってしまった。

そのとんでもない式の後の宴《うたげ》には、先の皇子たち以外に宰相や官僚や上位貴族たちも出席していた。皇太子殿下が、本来なら紹介してくれるはずが、彼はラウラをエスコートするのに忙しかった。だから、わたしは自分で自分を紹介してまわった。

だれもがわたしの素性は、知っているはずである。みんなにこやかに接してはくれているものの、「田舎者《いなかもの》のレディ」というバカにしたような表情や言動は隠せてはいない。しかも、花嫁でありながら夫であるはずの皇太子殿下に「契約結婚だ」みたいなことを宣言されたから、よりいっそうバカにしているはず。でもまぁ、その通りだからわたしも気にしない。都会のレディを気取ってにこやかに応じた。

田舎にいるとき、男性といえばお父様や双子のお兄様たちを除けば、ご近所や近くの村や町の少年やおじさんやおじいちゃんたちだった。だから、都会の洗練された紳士とコミュニケーションをとるのはほとんど初めてである。

それでも、お父様やお兄様たちに教えてもらった通り、ひたすら愛想よく笑顔でいた。

『いいかい、メグ。つらいときや苦しいとき、不安なときや悲しいとき、どんなときでも笑っているといい。そうすると、心が前向きになって少しは明るくなれる。自分自身だけでなく周囲も明るくし、和ませてくれる。とくに、王都の人たちの心はすさんでいたり傷ついていたりする。笑顔を見せれば、他人《ひと》は気分がよくなることはあってもその逆にはならない。媚《こ》びたりへつらったりするのとは違うし、あきらかに場にそぐわない場合はあるがね。それ以外では笑顔でいるといい。きっとなにかがかわるはずだ』

お父様は、いつだって的確に助言してくれる。なにより、すごく為《ため》になる。

そのありがたい助言にしたがい、宴の間、ずっと笑顔でいた。だからなのかしら？　なぜか人が集まってきた。

本来の意味での主役である皇太子殿下とその愛妾《あいしょう》のラウラより、多くの人々がわたしのまわりに集まってきた。

もしかしたら、わたしの渾身《こんしん》の笑顔に魅せられてというわけではなく、「田舎者見たさ」だったのかもしれないけれど。

どちらにせよ、ラウラ以上に如才なく振る舞ったつもりでいる。だれとも分け隔てなく談笑した。

そうしながらも、これからすごすことになる皇宮や皇太子殿下も含めた皇族の様子を探ることを忘れなかった。

「嫁に来い」と、なかば強制されたからやって来たというのに、蓋《ふた》を開ければ愛妾にべったりで放っておかれるという謎《なぞ》の事態に陥ってしまった上に例の宣言までされた。とはいうものの、第三者的にいろいろなことを観察出来たので、かえって好都合だったのかもしれない。

そう前向きに考えることにした。

おざなりの式の後、皇太子殿下とたまたま宮殿の階段の踊り場で出会った。

そのときに皇太子殿下、もとい夫であるはずの彼から投げつけられた言葉が、「雇用結婚」云々だった。

（うーん、なるほど）

「契約結婚」、ではなく「雇用結婚」になったわけね。

「承知いたしました」

彼に投げつけられた提案というよりか命令は、正直なところ訳がわからない。だけど、とりあえずそう答えた。

もしかすると、皇太子殿下の冷え切った口調がそう答えさせたのかもしれない。

「きみも知っての通り、おれには愛しているレディがいるからな」

彼は、すぐ右側にある窓に近づいた。ムダにカッコつけたその所作は、まるで「育ちのいい皇子さま」を演じているかのようにわざとらしかった。それこそ、なにか意図があっての振る舞いのように見えなくない。

当然、どんな意図が隠されているのかはわからないけれど。というよりか、意図そのものが存在するかどうかかわからない。

それほど、彼の所作は演技っぽい。

いずれにせよ、彼の外見は見惚《みほ》れるほど美しいことにかわりはない。

実際、しばし見惚れてしまった。

実家のトモお兄様とナオお兄様も美しいけれど、皇太子殿下の美しさはまた別格のものである。

「ラウラは、おれの癒しでもある。そのラウラがおれの子を身籠《みごも》るまでだ。身籠りさえすれば、きみはここから出ていっていい。簡単なことだろう？　その間は、好きなようにすごすがいい。そして、雇用契約が満期になれば、どこへなり行くといい。田舎へ戻ろうと、この国のどこかへ行こうともだ。望むなら、再婚相手を見つけてやってもいい。とにかく、きみはここで嫌な妻でいてくれ。それが雇用条件だ。それと、雇用契約満了時には、それなりの金貨を渡してやる。せいぜい励んでくれよ。念のため、もう一度言っておく。おれは、きみを愛することはない。この結婚は、あくまでも契約が満了するまでの雇用関係だ。そこを勘違いすることのないよう」

「承知いたしました」

やはり、そう答えるしかない。

夫のはずの皇太子殿下は、鼻を鳴らすと踵《きびす》を返した。

きっと、愛してやまないそれでいて癒しにもなるラウラのところに行くつもりなのでしょう。

「あの、ご主人様」

そのムダにスラリとした背に呼びかけた。

「なんだって？」

彼がすかさず振り返った。

「もしかして、主様《あるじ》とお呼びした方がよろしいでしょうか？　それとも、他《ほか》の呼び方の方が？」

「殿下でいい。普通、夫婦の間でご主人様とか主様とか、そんな呼び方をするか？」

「殿下がご自身のことを『雇用者』とおっしゃいましたので、てっきり。普通の夫婦や親子であっても、家族ぐるみで商売をしているところなどはそういう呼び方をする場合があります。それと雇用関係なのでしたら、具体的に雇用条件を詰めていただきたいです。書類の準備もお願いします」

雇用契約ってきちんと書面でやらないとね。

が、彼はわたしの言葉がきこえなかったみたい。

都合が悪くなったらお年寄りの耳になる「あれ」、である。

彼は、もう一度鼻を鳴らすと颯爽《さっそう》と去ってしまった。

そのスラリとした背を見ながら、契約満了時にはどれだけ報酬をいただけるのだろう、と考えてしまった。

皇太子殿下とのこのやり取りが、わたしのしあわせなはずの結婚初夜のメインイベントだった。

第一章　落ちぶれ王族一家のわたしが皇太子殿下の悪妻に？

皇宮であてがわれたわたしの部屋は、豪勢で広いに違いない。

そうなのでしょうけど、このような部屋じたい見るのも入るのも初めてなので、他《ほか》と比較のしようがない。だから、正直なところこの部屋がすごいのかどうかがわからない。

それにしても、落ち着かない。

これまでは、お父様と双子のお兄様たちと四人でボロボロの小屋で寝起きしていた。

ほんとうにボロボロの小屋である。

キーキーと蝶番《ちょうつがい》の音がひどい玄関の扉を開けると、いきなり居間兼お兄様たちの寝室。長椅子《ながいす》が二つあって、二人はそのひとつずつを寝台にしている。ローテーブルは、わたしたち三人の読書や勉強をする為《ため》の机と兼用。とはいえ、長椅子やローテーブル、それどころか小屋の中にあるすべての物が年代物で壊れかけている。

あとは、お父様とわたしの部屋があるけれど、もともとは物置と作業場だったみたい。だから、狭くて機能的ではない。

とにかく、わたしたち家族は、そんなボロボロの小屋を修繕したり改築したりを繰り返し、少しでも住みやすいようにしている。

そういうわけで、わたしたちオベリティ家は、大工仕事だって立派にこなせる。

だから、こんなまともで大きな部屋は、ただただ不安だし落ち着かない。

とりあえず、寝台に座ってみた。

すごいわ。ふわふわの手触り。束ねた藁《わら》にシーツを敷いたのとはまったく違う。体全体が沈んでしまうほどのふわふわ感に驚いてしまった。

結局、初夜はなにもなかった。なぜなら、階段の踊り場で「雇用関係」云々《うんぬん》について宣言されたから。ほんとうなら、皇太子《こうたいし》殿下が来てくれるはずだった。この部屋でそのときを待っていればよかったのである。が、訪れてくれることはなかったわけ。


そんなことを考えていると、部屋の扉がノックされた。

返事をすると、侍女たちが入ってきた。

彼女たちは、本日行われた形ばかりの婚儀の前にドレスを着させてくれ、身づくろいをしてくれた、わたし付きの侍女たちである。

当然だけど、わたしがドレスなるものを持っているわけがない。

最初、この胡散臭《うさんくさ》い結婚話を断る口実に、「ドレスも含めてなにも持っていない」ということを伝えた。

が、なにも必要ないと言われてしまった。

「身ひとつでいい」

そんなふうに言われてしまったら、断るなんて出来るわけがない。

「ほんとうになにひとつ持たずに皇都《おうと》に出向いて大丈夫なのかしら」と懐疑的だったけれど、結局はほんとうに身ひとつでよかった。

皇宮《こうきゅう》にやってきたとき、すでにドレスや靴、装飾品が準備されていたのである。

しかも、不可思議なことにドレスや靴のサイズがほぼピッタリだった。

「すぐにお休みいただけるようにいたします。お疲れのことでしょう？　ゆっくりお休みください」

「ええ、大丈夫よ。てきとうに自分でするわ」

わたし付きの侍女二人は、カミラ・カルドラとベルタ・カルドラという双子の姉妹である。わたしと同年齢で、しかも同郷らしい。だから、出会って自己紹介し合った瞬間から意気投合した。

二人は、もともと皇宮内の違う場所で侍女をしていた。だけど、わたし付きになる為に配置転換されたのである。

「そういうわけには参りません。まずは、ドレスを脱ぎましょう」

双子はてきぱきとドレスを脱がせてくれ、化粧を落としてくれ、お風呂に入るのを手伝ってくれた。

「今夜のことは、明日《あす》にでもきかせてください」

「え、ええ」

うーん。そんなことをせがまれても、あなたたちが期待しているような事はなにもなかったのだけれど。

微妙すぎる。

まぁ、いまさらどうしようもない。だから、気に病んでも仕方がない。

とりあえず、お風呂に入ってから、ふわふわの寝台に横になった。

眠り薬でも盛られたのではないのっていうくらい、あっという間に眠りに落ちてしまった。

そもそも、婚儀の話が田舎《いなか》のわが家に舞い込んできた時点で胡散臭すぎたのよね。

わたしは、このスカルパ皇国《こうこく》の隣国モンターレ国の王族の血をひいている。具体的には、お祖父《じい》様がモンターレ国の国王だった。

そのお祖父様が国王をしていた際、内乱があった。書物によく出てくる、一般的な反乱や内乱のストーリーと同じようなものである。

当然、お祖父様は国王の座を追われた。そして、正妃であるお祖母《ばあ》様の故郷のスカルパ皇国に逃げ込み、庇護《ひご》を求めた。お祖父様とお祖母様は、王太子と王太子妃、それからその子どもたちを同道していた。

お祖父様とお祖母様が同道していた王太子と王太子妃が、わたしの両親である。そして、両親が連れていた子どもたちは、双子のお兄様たちというわけ。

残念ながら、スカルパ皇国は隣国の落ちぶれ王族にやさしくなかった。というよりは、なにもしてくれなかった。当時のスカルパ皇国の権力者たちは、お祖父様とお祖母様たちがスカルパ皇国に足を踏み入れることを許してやっただけでもありがたいだろう、と思っていたのかもしれない。

困り果てたお祖父様とお祖母様たちは、お祖母様の実家であるタリアーニ伯爵家を頼った。幸運にも、伯爵家は彼らを見捨てはしなかった。

伯爵家の領地のほんのわずかな土地と、ボロボロの小屋を与えてくれたのである。

そこは、農作物の育ちにくい土地だった。そして、ボロボロの小屋というのもおおげさでもなんでもなく、ほんとうにボロボロの小屋だった。

お祖父様とお祖母様たちは、そんな待遇でもいっさい文句を言わなかった。いいえ。言えなかった。

そして、新天地で生活をはじめた。

とにかく、お祖父様とお祖母様も両親も政争に疲れきっていた。

お祖父様たちの亡命先であるスカルパ皇国は、この地域でも一、二位を争う超大国である。領土は広大で土壌は豊か。鉱物資源も豊富に産出される。当然、交易も盛んで物資が豊富に出回っている。が、どこの国でもあるように、その恩恵に預かっているのはある一定の身分や地位のある人たちだけ。それ以外のほとんどの人たちは、まぁまぁの生活を送っている。そして、まぁまぁの生活も出来ない人たちも存在する。

その中に、わたしたちオベリティ家が入っていることは言うまでもない。

そういうわけで、スカルパ皇国に亡命してきたお祖父様たちにとって、あたらしい生活は苦しすぎた。

近くの農家から農具や種や苗を借り、農作物の育て方を習ったり、牛や羊や鳥を借りて牧畜の真似《まね》事《ごと》をしたりした。

暮らし向きは、よくなるどころか悪くなっていく一方だった。

それでも、家族六人で協力し合って生きた。

土地やボロボロの家、それからおたがいにしがみつき、寄り添い、励まし合いながら。

極貧状態ではあったけれど、六人ですごすことじたいは楽しかったらしい。

彼らの精神《こころ》は、つねに豊かであった。

そして、そんな極貧生活は、彼らの肉体や精神力を鍛え、強くした。

そんなある年、末っ子であるわたしが産まれた。極貧状態でありながら、わたしの誕生は家族全員をおおいによろこばせ、しあわせな気持ちにした。

しかし、誕生があるということは当然死もある。

そのしばらく後、流行《はや》り病でお祖父様とお祖母様とお母様がたて続けに亡くなった。

しばらくの間、お父様と双子のお兄様たちは悲しみに沈んだ。なにもする気力がなかったらしい。

ほとんど同時に、三人もの愛する家族を喪《うしな》ってしまったのだから。

それでも、生きている者には責任がある。亡き者の遺志を継がねばならない。

その遺志というのが、生まれたばかりのわたしを立派なレディに育てることだった。だから、お父様と双子のお兄様たちは悲しみにいったん蓋《ふた》をし、わたしを溺愛《できあい》し始めた。

ちなみに、三人の溺愛ぶりは相当なもので、それはいまでも続いている。

いろんなことがあったけれども、お父様と双子のお兄様たちとわたしの四人。それから、年老いた二頭の馬と年老いた三頭の牛、十二羽の鳥。

小さくて貧弱な土地にしがみつき、なんとか生きている。

そんな極貧生活ではあるけれど、お父様と双子のお兄様たちは、一応王族としてモンターレ王国の宮殿ですごしたことがある。国民たちに養われていた。

ときおり、そのときの思い出話をすることがある。

家畜用の芋や麦をふやかし、鍋《なべ》の底をこそぎながらそんな話をしてくれる。

わたしたちは、そういう日々を送っている。

だけど、だれ一人として悲観していない。家畜用の麦をふやかしたものでも、村の人たちが売り物にならないからと持ってきてくれる野菜類をふかしてすりつぶして干したものでも、口に入るものがあれば飢えることはない。ということは、死ぬこともない。

人間、どん底まで落ちたらそれ以上落ちようがない。

前向きに一日一日を生きている。自分たちに出来ることをし、身の丈に合った生活を送っている。

ときには、食べる物がないこともある。だけど、お父様も双子のお兄様たちもわたしのことを可愛《かわい》がってくれている。

いいえ。可愛がるなんてなまやさしいものじゃない。わたしを溺愛しまくっている。

家族の愛が過剰な分、わたしも明るく前向きに楽しい日々をすごせている。

そんなある日、皇都から使者がやってきた。

スカルパ皇国の皇太子アルノルド・ランディが、このわたしを妻に迎えたいと言っているという。

つまり、皇太子妃になってほしいと望んでいるらしい。


皇太子アルノルド・ランディは、皇子としては最下位の位置づけだった。だけど、神託によって皇太子になったという曰《いわ》く付きの人物らしい。

神託で皇太子に？　まるで子ども向けのお話に出てくるような、驚きの展開ね。

だけど、これはあくまでも世に出回っている噂《うわさ》話にすぎない。ほんとうは本人が努力に努力を重ねたとか、手腕をいかしたとか、シンプルに運が味方したとかで最下位からのし上がったのかもしれない。

個人的には、そんな根性物のような成功物語が好みだけど。

残念ながら、彼の人となりについてはわからない。現在のスカルパ皇国は、皇帝や皇太子はあまり表に立つことはない。

まぁ、それはどこの国も似たり寄ったりかもしれないけれど。

よくあるように、実権は宰相ら官僚が握っている。

だから、宰相の頭が「残念すぎる」だとか、皇子を利用して「皇帝や皇太子をどうにかしようとしている」とか、そんな噂が庶民の間に流れはしても、皇太子がどうのこうのという噂は流れてはいない。

そんな「目立たず皇太子」がわたしを妻に迎えたいって、どういうことって疑問を呈さずにはいられない。お父様とお兄様たちは、「まがりなりにもモンターレ王国の王女だったかもしれないから、その血筋を利用したいのではないか」、と推測した。それには、わたしも同意した。だけど、お祖父《じい》様たちがモンターレ王国から追い出されて二十年以上経《た》っている。しかも、現在のモンターレ王国の国王は可もなく不可もなくって感じで玉座を守っている。いまさらわたしを妻にしたところで、はたしてなにか得したり幸運が巡ってきたりするかどうかは疑問である。

とはいえ、田舎のボロボロの小屋で家族四人、「ああでもないこうでもない」と言っていてもはじまらない。

そもそも、使者が皇太子からの口上を述べた時点で、わたしたちに選択肢はない。

皇太子殿下の仰せに従うしかないのだから。

結局、使者が告げたことに従った。

書物によくあるように、それがわたしの運命をかえたと言ってもおおげさでもなんでもなかったことは言うまでもない。

田舎では、小鳥たちはほんとうに早くからお喋《しゃべ》りをはじめる。毎日、そのお喋りの声で目を覚ましていた。

皇宮内にある森から離れた宮殿の一室では、小鳥たちの声はきこえない。小鳥たちは、ときおり庭園に飛んでくる。でも、窓を閉めきっているのでその声や羽音はきこえてこない。

ここに来て数日が経つけれども、早くも田舎や自然が恋しくなりつつある。

最初こそ洗練されて便利な皇都に酔いしれ、広くて機能的な皇宮内を物珍しく探検したりした。

だけど、やはり田舎や自然がいい。

わたしは、根っからの田舎者なのね。

心からそう実感してしまう。

とはいえ、いまは雇われの身。命じられた仕事をこなさないことには、ここから出してもらえない。

それよりも、報酬がもらえない。

結婚のはずが、出稼ぎ状態になってしまった。報酬がもらえるなら、そっくりそのまま実家に送りたい。

田舎の家族は、あいかわらず食うや食わずやの生活をしているのだから。

いまにして思えば、そもそも結婚だったはずなのに支度金の話が一切出なかった。それもおかしな話だったわよね。まぁ、ほんとうにいまさらだけど。

よほどのことがないかぎり、家族は嫁いだわたしからなにかを期待したり頼ったりするなんてことはしない。

もしもなにかしらの収入を送ることが出来れば、お父様やお兄様たちの一食や二食分にはなる。とはいえ、お父様やお兄様たちのことだから、家畜に与える飼料を上質の物にしたり量を増やしたり、より困っていそうな村やご近所さんたちに差し入れをしたりするはずよね。ああ、そうだわ。わたしたちの小屋もだけど、家畜小屋も雨漏りがしたり隙間《すきま》風が入ったりするから、修繕の費用にあてるかもしれないわね。結局、お父様やお兄様自身の為に使うのは後回しになってしまう。

それでもやはり、少しのお金でも送りたい。

わたしに出来ることなら、なんでもやりたい。

その為には、ちゃんと仕事をしなくてはならない。

悪女？　悪妻？　とんでもなくイヤな感じのレディを演じればいいのよね。少しでも多くの人に、わたしの悪女ぶりを見せつけてやれば、皇太子殿下がお給金をはずんでくれるかもしれない。契約満了したあかつきには、びっくりするほどの満了金をもらえるかもしれない。

皇太子殿下《かれ》って気前がよさそうですものね。というよりも、困窮を知らないでしょうからお金に頓着がないかもしれない。

それを期待して、気合いを入れて立派な悪女、悪妻を務めましょう。

うまくいっているかどうかはわからないけど、とりあえずはしばらくがんばって悪女、悪妻を実践している。

皇宮の図書室をチェックしてみたら、傲慢《ごうまん》な王女様や意地悪なご令嬢やとんでもなくぶっ飛んでいる悪妻が描かれている書物があった。とりあえずは、それを読破した上で真似をしているつもり。だけど、それが合っているかどうかはわからない。

（悪女とはどういう存在なの？　なにを基準にすればいいの？）

そんなふうに悩みつつ、試行錯誤を繰り返している。

ただ、カミラとベルタの双子の侍女には、当たり障りのない程度に事情は伝えている。三人だけのときには仲良くするけれども、人前ではきつくあたるからよろしく、とお願いした。

つい先日、カミラとベルタが洗濯物を干しに行くと言った。バルコニーに出てみると、頭上にスカッとするほどの青い空が広がっている。こんな日は、洗濯物だけ干すなんてもったいなさすぎる。

「布団や枕も干さなきゃ」

思い立ったら即行動がわたしのモットー。カミラとベルタが止めるのを無視し、マットはバルコニーの手すりに立てかけ、布団を肩に担ぎ、枕や上掛けはカミラとベルタに無理やり持たせ、物干し場に向かった。

物干し場には、衣類や布巾や真っ白なシーツが微風に翻《ひるがえ》っている。

「さすがは皇宮の物干し場ね。真っ白で破けてもこすれまくってもいないシーツばかり。きれいだわ」

心の底から感嘆してしまった。

田舎のうちのシーツはどれだけ洗っても薄汚れているし、破けたりこすれたりしていてまともなものが一枚もない。

こんなに気持ちがいいと、布団を担いでいなければおもいきり伸びをしたいのだけれども。

そのとき、侍女たちが物干し場の近くにある大木を見上げていることに気がついた。

(そうだわ。布団は、物干し場のロープより木の枝に干した方がいいわよね)

田舎の家でやっていたのと同じように。

肩に担いだ布団を担ぎ直し、そちらに行った。

どうやら、シーツの一枚が突風に吹き飛ばされて大木の枝にひっかかったらしい。

これって、悪女ぶる絶好のチャンスじゃないかしら。

「まったく、使えない娘《こ》たちね」

思いっきり意地悪っぽく言った。

すると、一人が言った。「木登りの出来る男性を探しに行くところだったのです」、と。

「木登りの出来る男性ですって？　都会の男性に木登りなんて出来るわけないわ。そんなこともわからないの？　ちょっと、そこのあなたとあなた。この布団を持っていなさい」

居丈高に侍女の一人を呼びつけ、布団を押し付けた。それから、ドレスの裾《すそ》をたくし上げるとそれをコルセットにはさみこんだ。

「皇太子妃殿下」

カミラやベルタだけでなく、侍女たちが大騒ぎしはじめた。

「だまりなさい。こんなことで狼狽《うろた》えてどうするの。いまは、緊急事態よ。ちょっとくらいドレスの中が見えたからって、減るものじゃないでしょう。いいからだまって見ていなさい。すぐに取ってくるから」

(ほら、どう？　わたしって、最低最悪なレディでしょう？)

わたしに怒鳴り散らされ、侍女たちは口をあんぐり開けたりショックを受けたりしている。そんな彼女たちの様子を横目にしつつ、大木の幹をスルスルと登っていく。

（ふふっ。木登りは、双子のお兄様たちより上手なのよね）

木に登りながら、昔のことを思い出した。

『メグは、体が小さいからだ』

『そうだそうだ。木登りは、体が小さい方がしやすいに決まっている』

わたしが大木のずっと上まで登るのを見て、お兄様たちは悔しそうにしていた。

そんなことを思い出しながら、枝にひっかかっているシーツを破いてしまわないようそっとつかみ、下に落とした。

地上におりる前に、布団を下から渡してもらって枝に干した。当然、地面におり立ってからさらなる嫌味を言っておくことを忘れなかった。

泣いていた侍女もいたけど、「やったわ！」という感じよね。

だけど、その侍女は何度も「ありがとうございます。叱《しか》られずにすみます」とつぶやいていたような気がしたけど、きっと気のせいね。


今朝《けさ》も部屋で朝食をとった後、宮殿内をウロウロしてみることにした。

「あら、皇太子妃様」

まずは、皇宮の東屋に行く。そこでは、たいていだれかがお茶を愉《たの》しんでいる。

朝のお茶やお昼のお茶、夕方になると夕食前のお酒だし、夜には食後のお酒。

上流階級って、なにかにつけてだれかとお喋りがしたいのね。というよりか、噂話や悪口を言いたいのね。

だけど、いまのわたしにはそれがチャンスだといえる。

「皆様、おはようございます」

今朝は、皇妃と皇帝陛下の側妃たちがお茶を飲んでいる。

なるべく態度が大きく見えるよう、がんばった。

「皇妃殿下にご挨拶《あいさつ》申し上げます」

ドレスの裾を上げ、皇妃にあらためて挨拶をする。

たしか、皇妃は皇太子殿下のほんとうの母親ではないはず。

それとなくカミラとベルタに尋ねてみたけれど、残念ながら皇太子殿下のほんとうの母親のことは教えてくれなかった。

「そういう感じの噂話は、暗黙の了解で皇宮内に流れないのです」

彼女たちは、嘘《うそ》かほんとうかはわからないけれど口をそろえてそう言った。

「そういう感じの噂話」ということは、皇太子殿下の実母はいい身分ではないのかもしれない。たとえば、皇帝陛下が侍女とか身分の低いレディを気に入った、とか。

もしもそうなら、そんな噂話をしようものなら皇帝陛下への不遜《ふそん》にあたるわよね。

「メグ、ちょうどよかったわ。あなたにお礼を言いたかったの」

皇妃は、開口一番そう言った。

「あなたのあのドロドロしたの。あれのお蔭《かげ》で快適な気分よ」

皇妃は、向こうに立っている侍女や執事たちをチラリと見てからささやいた。

側妃たちは、なんのことだろうと皇妃とわたしを交互に見ている。

「皇妃殿下、それはようございました。あのようなもの、下級階層の食するものですから」

意地悪っぽく見えるよう、ふんぞり返って笑った。

「最近、腸の調子がよくなかったのだけれど、この前、メグに指摘されたの。お通じの悩みでもあるのか、とね。そうだと答えると、これを食べるといいとミルクが腐ったようなドロドロしたものを食べさせられたわけ」

皇妃は、だれもなにも尋ねていないのに勝手に語りはじめた。

「するとどうでしょう。すぐに快適な気分になったわ。心の底から驚いたし、うれしくなったの」

「まあっ」

「なんてことかしら」

「すごいですわね」

側妃たちは、おたがいの顔を見合わせた。

「みなさんもお通じの悩みを抱えていらっしゃいますよね？　見ればわかります。しかも、ずいぶんと長い間悩んでいますよね？　それって、地味につらいことと察します」

彼女たちをざっと見回した。

「そうなのよ」

「ほんと、悩みの種なの」

「皇妃様がうらやましいわ」

彼女たちは、大きな溜息《ためいき》をついている。

（これは、好都合だわ）

またミルクを腐らせたものを送りつけてやろう。最高の嫌がらせになる。

「わかりました。では、皆様にも下層階級の食べ物をお届けします。せいぜい下賤《げせん》の食べ物を楽しんでみてください」

不敵な笑みとともに予告してから、礼もとらないでその場を去った。


さて、おつぎはどこへ行こうかしら。

皇宮で働いている人たちは、ほんとうに大変よね。

歩きまわっていてつくづく感じる。

「こんな高い窓があるのね。もしかして、こんな高い窓のガラスを拭《ふ》いたりするわけ？」

メイン廊下の庭園側には天井まで続く窓がある。侍女数名が窓拭きをしているけど、梯子《はしご》を前に困った顔をしている。

（大木の次は、高い窓なの？）

ここって、どれだけ高いところが好きなのかしら。

「皇太子妃様。窓の高い方はときどきしかしません。ですが、これだけ高いとなかなか難しいのです」

「まったくもう。もたもたしていると日が暮れてしまうわ。高いところはわたしがするから、あなたたちは下の方を拭いてちょうだい。ほら、グズグズしていると侍女長に叱られてしまうでしょう」

高飛車に言いつけると、すぐ側《そば》にいる侍女から雑巾《ぞうきん》をひったくって梯子を上っていく。

彼女たちの驚きの声が下からきこえてくるけど、かまうものですか。

高い梯子のてっぺんに達すると、宮殿の内部が見渡せる。窓の外を見ると、皇宮内の森が広がっている。

大木に登ったときには、ここまで高くなかったから気がつかなかった。

(さすがは皇宮ね。ムダに広いわ)

これだけいろいろなところが広すぎると、掃除をするだけで大変だわ。田舎のわが家なんて、チャチャチャッで終わってしまうのに。

掃除のことはさておき、広い森を見ていたら行きたくなった。

(そうだわ。森に遊びに行こう。森の空気を吸いたいわ)

それにしても、梯子の上段からだと壮大な景色を楽しめる。これは、なかなか癖になりそう。梯子をおりて次の窓へと移動する。それを繰り返して窓拭きを終えた。

侍女たちがお礼を言っていたようだけど、無視してやった。

これできっと、傲慢に見えたはずよ。


あるとき、悪女や悪妻を発動する為に厨房《ちゅうぼう》に立ち寄った。

すると、料理人たちが右往左往している。どうやら食品の貯蔵庫で火事があったらしく、食材が焼けてしまったとか。間の悪いことに、今夜皇族主催の晩餐会《ばんさんかい》があるらしい。晩餐会に出すはずの食材がなくなってしまったという。

「落ち着きなさい」

わたしよりもずっと年長のムダにプライドの高い料理人たちを頭ごなしに怒鳴りつけた。

「晩餐会は、だれが参加するの？」

ちょっと待って。そういえば、執事長が晩餐会のことでなにか言っていたかもしれない。

（まずい。すっかり忘れていたわ）

「皇族のみです」

料理長が睨《にら》みつけてきた。だから、がんばってするどい目つきにして思いっきり睨み返してやった。

すると、彼は急に顔を赤くして目を伏せた。

ふふん。睨み勝ちね。気合いの入れ方が違うのよ。

わたしのひと睨みは、お父様だってタジタジ状態になるのよ。

「焼けてしまったものは仕方がないわ。皇族だけだったら、なんとかなる。ここにある食材を、いますぐリストアップして。それから、皇宮の御用達の商人を呼んでちょうだい」

気おくれしてしまうけど、泣く子も黙る悪女ですもの。勇気をふりしぼって高飛車に命じた。

それから、料理人たちと残っている食材を確認してみた。

焼失したのは、高級な食材ばかりである。実際に商人と会ってすぐにでも仕入れることの出来る食材をきき、いま残っている食材とともにリストアップしてからメニューを決めていく。

田舎の山を三つ越えた街にある図書館で借りたレシピ本が役に立ってくれた。

うちでは貧乏で食材が手に入らない。だから、そういうレシピを知っていても作ることが出来ない。

だけど、いつか作りたいと思って紙に書き出しておいたので、レシピの内容は覚えている。

料理長はいちいち口をはさんでは質問してきたけれど、そこは悪女らしくひとつひとつ要領よく言い返した。

作り方は、実際に作る際に指示を出すと言っておいた。

ということは、お昼以降は忙しくなりそうね。まずは厨房で料理を作り、それからすぐに自分自身の身づくろいをしなくてはならない。


身づくろいに関しては、適当にそれっぽいドレスを着て髪をとかしてもらい、薄く白粉でもはたいて口紅をさっとぬるだけでいい。

ドレスは、いま着用しているドレスだってドレスよね。田舎でいつも着ていたようなシャツにスカートではないから。

田舎で着用していたシャツやスカートは、穴が開いたときや破けると繕っては着用し続けていた。生地だってこすれてテカテカになっていたし、色あせていた。

それでも、まだ着ることが出来る。

わたしだけではない。お父様やお兄様たちは、わたしよりよほど動きが激しいので衣服もすぐに傷んでダメになってしまう。

わたしでは繕うのが難しいときでも、お兄様たちなら出来てしまう。

お兄様たちは、頭がいいだけじゃなく手先が器用なのよね。だから、細かい作業なんかもあっという間にやってくれる。しかも、文句ひとつ言わずに。

ぜったいにお婿《むこ》さんにしたいタイプだわ。

それはともかく、衣服問題だっていまの雇用契約が終了したら解消されるかもしれない。契約満了金がたんまり支払われるでしょうから。

そう考えるとうれしくなってしまう。


そんなことを考えながら宮殿の大廊下を歩いていると、窓の向こうに東屋が見えていることに気がついた。先程、皇妃や側妃たちがお茶を楽しんでいた東屋である。いまは男女が二人、熱心になにか話をしている。というよりかは、言い争っている感じがする。

よく見ると、レディはわたしの夫のはずの皇太子が愛してやまない愛妾《あいしょう》のラウラである。

男性の方は？

こちらに背を向けている為、確信は持てない。だけど、あのがっしりした肩は、第三皇子のフレデリク・ナルディではないかしら。

彼は、たしかナルディ公爵家から養子になったはず。

実母がナルディ公爵家の長女で、ナルディ公爵家に男子がいなかった為養子になったのだったかしら。実母亡き後、側妃になっている実母の妹、つまり彼の叔母の推薦で両陛下の養子になり、皇子として名を連ねるようになった。残念ながら、彼を推薦した叔母も早くに亡くなってしまったけれど。

皇子の一人ではあるけれど、彼は最初から皇太子候補には入っていない。なぜなら、ずいぶんと個性的だから。はやい話が変わり者、というわけ。しかも、かなり早熟で子どもの頃から様々なレディと付き合いがあった。もちろん、それはいまでも継続中だけど。つまり、素行の悪さで皇太子候補から外された。たとえ頭脳明晰《めいせき》であったとしても、レディにだらしなさすぎる男は支配者としてよろしくない。ただし、現皇帝のように「ちょっとした過ち」程度なら、だれもが見て見ぬふりをする。

正直なところ、許容範囲がわからない。いったん支配者になれば、その後は多少のことは許されるということなのかしら。


それはともかく、第三皇子のことをけっして意識して見ているわけではない。見るともなしに見ているうちに、彼が立ち上がって去ってしまった。

そういえば、まだラウラを紹介してもらっていないし、わたしのことを彼女に紹介してもらっていない。

もしかすると、皇太子殿下は彼女をわたしに紹介するつもりがないのかもしれない。

これって、皇太子殿下《かれ》の手に負えない凶悪な悪妻としては、愛妾をいじめる絶好のチャンスよね。

というわけで、自己紹介がてらいじめに行くことにした。


「こんにちは」

まず、人間の基本である挨拶をした。

挨拶しただけで、彼女の体がビクンと強張《こわば》った。

近くで見ると、なるほどね。ずいぶんと可愛くて可憐《かれん》な感じがする。その半面、どこかセクシーな雰囲気も漂っている。

日頃は仔犬《こいぬ》みたいに可愛いのに、あっちの方になったら女豹《めひょう》に豹変《ひょうへん》する。

そういう性質《タイプ》なのかしら。

男性からすれば、そういうギャップがたまらないのね。

美貌《びぼう》だけど冷酷な皇太子殿下が夢中になっている、というのも無理はないかもしれない。

驚き顔でわたしを見ている彼女を、さらに観察した。

顔も体も小柄である。だけど、出るところはしっかり出ている。

着用しているドレスは、ド派手な真紅で胸元は大胆に開いている。胸の谷間が、男性の性欲をかきたてそう。

彼女は、これを売りにしているのかもしれない。

さらに視線を下へおろした。

視線を木製のベンチに座っている彼女の腹部にまでおろしたとき、嫌でもそこに釘《くぎ》づけになってしまった。

腹部がわずかに出ている気がする。

(もしかして、彼女はすでに妊娠しているの？　どういうこと？)

混乱してしまった。

「皇太子妃、よね？」

彼女が尋ねてきた。

彼女、可愛らしい顔なのにずいぶんと態度が大きいのね。

「ええ、そうよ。そういうあなたは、皇太子殿下の愛妾よね？」

自分では思いっきり意地悪に感じられるような言い方をした。

「それがなにか？　わたしの方が愛されているから、とっちめようとでも？　たかだか侍女の身で、この容貌《ようぼう》と性格で殿下に寵愛《ちょうあい》を受けているから、意地悪をしようとでも？」

こちらが尋ねるまでもなく、事情が知れた。

彼女は、可愛いのにおつむは残念みたい。

それに、性格もかなり残念ね。

「愛されているとか寵愛を受けているとか、まず作法を学んだ方がよさそうね。わたしは、メグ・オベリティ。オベリティというのは旧姓。いまは、メグ・ランディ。あなたの名前は？」

本来なら彼女の方がわたしのもとに挨拶にくるべきだったのに、彼女はそのことすら知らないみたい。

皇宮には作法を教える教師がいるはずよ。というよりか、侍女だったのならそのくらいの作法は知っていて当然なのに。

わざと、ね。それとも、皇太子殿下に入れ知恵でもされているのかしら？

「雇われ悪妻には近寄るな」、とか？

「ラウラ・ガストーニ。モンターレ王国の王女になるはずだった者よ」

(はいいいいい？)

彼女の自己紹介は、わたしの度肝を抜いてくれた。

参ったわ。彼女、わたしだったのね。そうしたら、わたしは偽者ね。

いいわ。少しの間、様子をみてみましょう。

いまはまだ、彼女が正真正銘のモンターレ王国の王女を前にして、堂々と嘘をつく事情がわからないから。

というよりか、皇太子殿下ってこれをわかっていて黙認しているわけ？

だとすれば、情報収集がなっていなさすぎよね。

ますます謎《なぞ》が増えていく。

「その亡国の王女様が、どうして侍女に？」

「あなたってバカなの？　国が滅んで働かなきゃならないからよ」

バカはあんたよ、偽者さん。

モンターレ王国は、ちゃんと存在している。だから滅んではいないし、滅びかけているわけでもない。

その国の「王女になるはずだった者」は、その国が滅んだからそうなったのではなく、その国の国王だった祖父が王太子ともども亡命しなければならなかったからである。

ラウラは、現存する国を滅ぼしてしまった。それに、王族の名さえ知らない。

「ラウラ・ガストーニ」というのは、本名よね？　偽者を気取るなら、名前くらいちゃんと調べることね。

「なるほど。それで？　その可愛さと性格のよさで皇太子殿下に気に入られて、寵愛を受けるようになったのね。まるで書物にありがちなお話よね。まぁ、ハッピーエンドになることを祈っているわ」

「ハッピーエンドにしてみせるわ。それには、あんたが邪魔なだけ」

「おお、怖い。おおいにがんばってちょうだい」

「ええ。あんたを追い出してやる。いまのところは、せいぜい大きな顔をしておくことね」

いまのって書物に出てくる側妃や愛妾そのままの台詞《せりふ》ね。可愛い顔が台無しだわ。

でも、バカすぎていていっそ清々《すがすが》しい。

彼女に背を向けると、その場を去った。


自分の部屋に戻ると、侍女のカミラとベルタがイライラした様子で待っていた。

「皇太子妃殿下、お待ちしておりました。先程、皇太子殿下の執事が参りました。本日、皇族の方々の晩餐会が行われるそうです。妃殿下にもご出席なさいますようにと」

「ええ。知っているわ、カミラ。先程、知ったの。というよりかは、思い出したの」

「ドレスはいかがなさいますか？」

「そうね、ベルタ。二人に任せるわ。一番派手で下品なデザインのドレスにしてちょうだい。じつは、わたしはその前に用事があるの。準備はそれが終わってからになるから、化粧とか髪とかは適当でいいわ。髪は、このままでもいいし。付け毛なんていらないから。皆さんに、『うわっ、皇太子妃ってなんなの？』って思われたいのよ。いえ、ちょっと待って。どうせ皇太子殿下の愛人は派手でしょうから、逆に地味な色で保守的すぎるデザインの方が反感を持ってもらえるわね」

一方的に告げると、カミラとベルタは顔を見合わせた。

「承知いたしました」

「承知いたしました」

それから、同時に頭を下げた。

ほんと、双子って息がピッタリよね。

お兄様たちとまったく一緒だわ。

カミラとベルタ、お兄様たち。この二組が結婚したら、面白いかもしれないわね。ちょっと待って。そうしたら、生まれてくる子はやっぱり双子？　それが二組でも生まれたらどうなるの？　合計で八人。やることなすことみんな同じタイミングだったらすごくない？

ダメダメ。いまは、彼女たちやお兄様たちの将来設計を立てている場合ではない。

「ところで、皇太子殿下の愛妾って、侍女をやっていたのですって？」

尋ねると、二人はまた顔を見合わせた。

「あの人が侍女になれたのも皇宮に配属されたのも、すべて自分自身を全力で売り込んだ結果です」

「付け加えますと、皇族付けに抜擢《ばってき》されたのもその結果です。そして、皇太子殿下の目に留まったというわけです」

カミラに続いてベルタが言い、二人は同時に肩をすくめた。

「侍女としての仕事ぶりは、それはもうひどいものです」

「ですので、侍女たちの間では相当評判が悪いのです」

つぎは先にベルタが言い、カミラが続けた。

「わかったわ。どうもありがとう。準備をお願いね」

そして、急いで厨房へ向かった。

商人に頼んでいた食材は、すでに届いていた。

いまからが勝負である。

とはいえ、レシピはシンプルなものばかり。

料理長をはじめ、皇宮の厨房に勤める料理人たちにとっては不本意なレシピばかりのはず。いつも品数の多さや料理の見た目を重視して作っているから。味や素材はどうでもいい。とにかく、白いテーブルクロスの上で栄えればいいのだ。

今回のレシピは、どれもその対極にあるものばかり。品数も多くない。だから、料理長たちは不平不満でいっぱいに決まっている。

それでも、もう時間がない。彼らは、本心はどうあれわたしの指示通りにこなしてくれた。

そして、デザート作りに終わりが見えてきた時点で、自分の部屋に戻った。

双子の侍女たちに手伝ってもらい、晩餐会に出席する為の準備を整えた。

晩餐会は、広間で行うらしい。

そこへ向かう為に階段をおりていると、踊り場で皇太子殿下とその愛妾のラウラ・ガストーニが言い争っているのに出くわした。

気まずいけれど、広間に行くにはそこを通るしかない。仕方なく、歩調を緩めることなく階段をおり続けた。

「どうしてですか？　わたしは、わたしは出席出来ないということなのですか？」

わたしの予想通りだった。彼女は、目がチカチカするほどド派手なドレスに小柄な身を包んでいる。

「今夜の晩餐会は、皇族のみで行われる。きみは皇族としてまだ認められていないから、出席は遠慮してくれ」

皇太子殿下は、正装がバッチリ決まっている。

彼にまったく会っていなかったので、もう少しで彼の美貌を忘れてしまうところだった。

そうね。あらためて見ても、やはり美しすぎるわ。そこは認めてあげないと。

「わたしは、いつになったら認めてもらえるのでしょうか」

ラウラは、晩餐会に出席出来ないようね。

彼女は消え入りそうな声で訴え、嘘泣きをはじめた。

「すまない、ラウラ。もう間もなくだ。きみが懐妊すれば、認めてもらえるはずだから。それまで、我慢してほしい」

「殿下、いい加減にしてください。いつもそう仰《おっしゃ》いますよね」

皇太子殿下のやさしい声音に、彼女はますます涙を絞り出す。

(うわぁ、どっちもどっちね)

皇太子殿下が、わたしに対するときの態度が違うのはわかる。愛するラウラに過剰にやさしくって気遣い抜群なのもわかる。それで、ラウラが皇太子殿下に甘え、媚《こ》び、ワガママ放題なのもわかる。

ほんと、大変よね。これが男女の駆け引きなのかしら。

ラウラは必死に嘘泣きをしているし、皇太子殿下はそれにまったく気がつかずになだめている。

こんなこと、いろいろな意味で面倒くさい。

男女の駆け引きなんて、するものではない。

「皇太子殿下、お久しぶりです。お取り込み中に恐縮ですが、通していただけないでしょうか」

「メグ、きみか」

おずおず感を出しつつお願いをした。すると、皇太子殿下の表情がパッと明るくなったような気がした。

きっと、目の錯覚ね。

ラウラは顔を両手で覆って嘘泣きをしながら、皇太子殿下にわからないようこちらを睨みつけてきた。

(嘘泣きしているの、バラしてやりましょうか？)

悪女としては実践すべきでしょうけど、面倒くさいし時間がないからやめておくことにした。

「もしかして、ラウラは晩餐会に出席出来ないのですか？」

「ああ」

「いいではありませんか。お料理は一人分増えてもなんとかなりますし、席だって準備出来るはずです」

「そういう問題ではない」

「そういう問題ですわ」

皇太子殿下の顔に自分のそれを近づけ、耳にささやいた。彼の耳たぶはやわらかそうで大きい。幸運をもたらす耳の形である。指先でフニフニしたら、癒されること間違いなしね。

癒されたいという衝動を、グッと我慢した。

「わたしが許可したことにすればいいかがでしょうか？　そうすれば、皇族の方々に『皇太子妃はなんて勝手な女』だと思われるでしょう。そして、ラウラはきっと、わざとわたしが彼女に肩身の狭い思いをさせたと思うでしょう」

そう告げると、彼から顔をはなして意地悪な笑みを浮かべてみせた。すると、彼はハッとしたような表情になった。

「か、勝手にするといい」

それから、顔をそむけてぶっきらぼうに言い放った。

「ラウラ、よかったわね。晩餐会に出席出来ることになったわ。ただし、白い目で見られるでしょうけど。その覚悟はしておくことね」

さらに意地悪な笑みを浮かべ、彼女に言ってやった。

「皇太子殿下」

ふと思い出し、彼の耳に口を近づけささやいた。

「雇用契約の詳細ですが、皇太子殿下からの打診がありませんでしたので、勝手ながらわたしの希望する条件をまとめて書き出しております。明日にでもお渡ししますので、ご検討いただけましたら幸いです」

「雇用契約の詳細？　ああ、わかった。検討しよう」

彼が面倒くさそうに言っているときには、すでに広間へと歩き出している。

同じ場所に行くのだから、当然皇太子殿下もついてくる。さらには、ラウラもとぼとぼとついてきている。

腕を組んだり手を取ったりしてくれるわけではない。なにせ、わたしたちは夫婦ではなく雇用者と被雇用者という関係。だから、なれなれしくするとか親しくする必要はない。

「そのドレス……」

皇太子殿下が、背後でなにか言いかけた。かぎりなく小さな声で。

『そのドレスは、地味すぎて晩餐会に不向きだ』

そう嫌味を言いたいに違いない。

「このドレスは、わたしの好みの色とデザインなのです。まぁ、他の人はそうは思わないかもしれませんがね。ですが、わたしらしさが強調されていると思います」

田舎者丸出しが強調され、主張していることでしょう。

「そうだな」

皇太子殿下がポツリと同意した。

そのあとは広間に到着するまで、おたがい一言も口をきかなかった。


広間の扉が開く前、皇太子殿下が右腕を差し出してきた。

皇太子殿下とわたしは、雇用者と被雇用者の間柄である。だけど、表向きは皇太子と皇太子妃。体裁は整えようという意味に違いない。

差し出された右腕を、にっこり笑って拒否した。

「わざとわたしが殿下に恥をかかせた方がよろしいかと。わたしが先に行きますから、殿下はラウラを気遣ってください。彼女を大切に想《おも》っていることを、皇族の方々に印象付けるのです」

微笑を保ったまま提案すると、彼は驚き顔でわたしを見つめた。

「では、まいります」

彼の口が開きかけたけど、時間がないので無視した。

そして、衛兵が開けてくれた扉から広間へ入った。

広間の中央部に長いテーブルがあって、上座に皇帝陛下と皇妃殿下、それから皇族の人たちが左右に分かれて着席している。

すでに料理が並んでいる。わたしたちが、最後だった。

皇帝陛下のすぐ右前の二席があいている。

「もう一席、準備してください。皇太子殿下の大切な方も参加することになりました」

広間に入ってすぐ、壁際に並んで控えている侍女に命じた。もちろん、なるべく居丈高に受け取れるようにがんばった。

その侍女は、さきほど窓拭きを手伝ったときの一人である。

彼女は、皇太子殿下に視線を送った。皇太子殿下が即座に頷《うなず》いた。彼女は「かしこまりました。皇太子妃殿下」と了承し、厨房へと続く扉の方へ足早に去っていった。

ラウラは、さすがに上座というわけにはいかない。

皇族たちは、ラウラを見てざわめいている。

そんなざわめきを横目に、ラウラに席の準備が整うまでここで待つよう目線で合図を送った。そして、皇太子殿下を促して上座へ歩を進めた。

席まで行くと、皇太子殿下が椅子をひいてくれた。

「ありがとう」

いつもだったら「ありがとうございます」とお礼を言うところだけど、侍女に接するみたいに「ありがとう」にとどめておいた。

とはいえ、一応そう振る舞ったけれど、彼の「妻にやさしい夫」のふりに、内心で笑ってしまいそうになった。

「どういたしまして」

彼と視線が合った。彼はわたしの笑いをこらえた顔を見、ちょっとムッとしたようだった。

「メグ。今宵《こよい》のレシピは、おまえが考えたそうだな」

さっそく言われた。というよりかは、鋭く問われた。

尋ねてきたのは、皇帝陛下である。

皇帝陛下《かれ》は、テーブル上の料理からわたしへと視線を移した。

「はい。わたしが考えました」

「独創的というかなんというか」

だれかがつぶやくように嫌味を投げつけてきた。

(第五皇子のオルランドね)

わたしは、彼のことをひそかに「白豚皇子」と呼んでいる。

外見を見ただけですべてを物語っている。彼は、食がすべて。口に入るものがあれば、どうとでもなる単純な皇子。

よく外見で判断するなとは言うけれど、彼にかぎっては判断しても大丈夫。

「独創的ですって?」

わざとおおげさに反応した。

「ちっとも独創的ではございません。どれも素材の持ち味をいかすため、手を加えていないだけです。

陛下や皇妃殿下も含め、ここにいらっしゃる方々すべてがムダに飽食されていらっしゃいます。その結果、ほとんどの方が、お体になんらかの不調がございます。最たるものは、腸の不調です。三日も四日も苦しむということは、どなたも経験があるはずです。それは、皇妃殿下の最大の悩みの種なのです。ねぇ、皇妃殿下？」

夫であるはずの皇太子殿下の義理の母親に、にっこり笑いかけた。

皇妃は、わたしに秘密を暴露されて相当ムカついたはず。

「こうして見回してみても、下腹部がでっぷりとされている方が多いですわ」

意地悪な笑みとともに全員を見回した。

(まずは、皇帝陛下と皇妃殿下)

皇帝陛下は、いまの世の中のあるあるだけど可もなく不可もなくボケーッと玉座についている最高権力者ね。宰相や大臣たちに任せっきりで、自分の国のことなどなに一つ知らない。それどころか知ろうともしない。ボケるまで玉座にふんぞり返るのかもしれない。それで、レディを愛《め》でるのだけはある意味優秀で、たくさんの皇子や皇女《おうじょ》に恵まれるというところかしら。

皇妃殿下は、そんな旦那の華々しい交際を見て見ぬふりをし、気がついていないふりをして日々を無難にすごしている。そして、お通じのことで悩んでいる。

第一皇子のエンリケは、美貌の持ち主である。さらに、野心的で独善的という感じ。

第二皇子のカルロと第六皇子のルーベンもまた美貌の持ち主だけど、この二人はそれを武器にただただレディといろいろなことをしたいだけの遊び人。だから、どうでもいいわ。

第四皇子のダミアンは、とんでもなくノッポで座高が高すぎる。それに、痩《や》せすぎている。神経質な三角顔で、頬《ほお》はくぼんで瞼《まぶた》が重そうに垂れさがっている。

つねに不眠症に悩まされている証拠だわ。

いかにも細かくってネチネチしているってタイプだわ。それから、なにを考えているかわからないから不気味ね。

第三皇子のフレデリクは、正直なところよくわからない。なにを考えているのかわからないポーカーフェイスは、逆に不気味さを感じる。ラウラとなにかたくらんでいそうな気もするけれど、いまのところはそれがなにかはわからない。

その第三皇子と目が合った。

彼は、目線で「おれは味方だよ」と親友アピールをしてきた。

その彼の視線を受けはしたけど、悪妻を強調する意味で「それがなんだっていうの？」と敵意に満ちた視線を返しておいた。

すると、彼は戸惑ったような表情を一瞬浮かべたけれど、すぐに視線をそらした。

（ふふん。いかにも「悪妻よ」、という視線に怖気《おじけ》づいたのね）

わたしって素敵すぎるわ。悪妻ぶりがどんどん板についている。この調子で、がんばらなきゃ。

「みなさんの腸は、不活性化しているのです。それだけではありません。血圧が高くなったり、血管を詰まらせたりします。心臓や脳の血管が詰まって御覧なさい。死にいたります。そういうことを回避する為に食材や調理法はもちろんのこと、食べすぎないこと。適度な運動を心がけること。そういうことで防ぐことが出来るのです。皇宮には広い森や庭園がございます。木々の発するきれいな空気を全身にあびたり、色とりどりの花々を愛でたりしながら歩くのも効果的です。みなさんが健康で充実した生活を送る為に、食事に気を使うことと適度な運動を心がけることをお勧めいたします」

そこでいったん言葉をきった。

どう？　食事の場で健康面について事細かに指摘をするなんて、非常識すぎるでしょう？　それに、余計なお世話的なことからムダに蘊蓄《うんちく》を語る。こんなの、ぜったいにイヤすぎる奴《やつ》よね？

だったら、さらに続けるわよ。

「というわけで、今夜のレシピは先程申し上げたことの実践です。素材の持ち味をいかす為、最低限にしか手を加えておりません。まあ、舌の肥えているみなさんには、見た目と味、双方において物足りないでしょうけど。だまされたと思って、素材のほんとうの味を味わってみてくださいな」

大量の葉物野菜を手でちぎってボウルに山盛りにし、オイル控えめのレモンドレッシングをたっぷりとかけたサラダ。パンは、ライ麦とふすまで焼き上げたもの一種類。イモはジャガイモではなくサツマイモを皮ごと石窯で焼き上げた。チーズのかわりに、わたし特製のヤギの乳をドロドロに発酵させたものにした。ニンジン、ビーツ、豆類、ダイコン、脂抜きをした豚の塊肉をコンソメでとことん煮込んだ煮込み。

それらに酢を炭酸水で割った飲み物を添えた。

デザートは、イチジクのゼリーにした。

完璧《かんぺき》だわ。どれもこれも素材の味をいかしまくったお通じ改善にはいい料理ばかり。

でも、ちょっとふざけすぎたかしら？

だれもが言葉もなくうなだれている。

皇太子殿下は、わたしの隣でこちらをじっと見つめている。

だけど、これだけ皇族をバカにしまくったレシピはない。

皇太子殿下《かれ》に「よくやった」、と褒めてもらいたい。

その後、晩餐会は静かに行われ、そして終わった。

わたしの発言やオリジナルレシピが強烈すぎたのか、ラウラの存在はすっかり忘れ去られていたのが面白かった。


晩餐会の翌日、皇太子殿下はわたしの希望する雇用条件を承諾してくれた。

彼から最初に突きつけられた条件、つまり、期間はラウラが皇太子殿下の子を身籠《みごも》るまで。皇太子殿下の子どもが出来れば、わたしの契約は終わる。ここから出て行っていい。それまでの間は、とにかく悪女・悪妻を演じる。雇用契約が満期になれば、田舎に帰ってもいい。その際、それなりの満了金をいただける。

それを考慮したわたしの条件。

とはいえ、金銭面のことだけど。育ちが悪いと笑われるかもしれないけれど、田舎にいる家族や家畜たちのことを思えば、どうしてもこだわってしまう。しかし、けっして無理な望みでも願いでもない。

毎月の給金、一時金、それから契約終了時の満了金。それらすべて、「皇太子殿下の気持ちの金額分いただきたい」、と条件を提示したのである。

彼は、その条件を承諾してくれた。

いったいどのくらいになるのか、楽しみでならない。

第二章　メグ、立派な悪妻ぶりを発揮する

晩餐会《ばんさんかい》以降、わたしは思い当たることがあって自分なりに探りを入れていた。

それは皇太子《こうたいし》殿下の意中のレディ、つまりラウラ・ガストーニについて調べることである。

彼女は、どう客観的に考えてもおかしい。

生い立ちを偽り、ついでに妊娠していることも隠している。それだけではない。探りを入れ、彼女の交友関係の広さを思い知らされた。

というよりか、複数の男性といい仲になっているみたいなのである。いいえ、訂正。「いい仲になっているみたい」ではなく、「いい仲になっている」。

あれだけ皇太子殿下に愛されていながら、皇宮《こうきゅう》内で他《ほか》の複数の男性といい仲になるとは、よくやるわね。

その男性の中の一人は、以前わたしが東屋で見かけたジェントルマンである。

第三皇子フレデリク・ナルディというわけ。

双子の侍女にそれとなく尋ねてみると、ラウラは皇太子殿下よりも先に第三皇子に見染められたらしい。

彼女は巧妙に隠しているようだけど、皇宮内でイチャイチャする限り、ぜったいにだれかに目撃されてしまう。

事情を知らないわたしですら、ああして目撃しているのだから。

もしも皇太子殿下がだまされているのだとすれば、じつに気の毒である。

彼女のことは、もう少し調べる必要がある。


悪妻ぶりを発揮しつつラウラの調査にいそしんでいるある日、調査の息抜きに皇宮内にある池の畔《ほとり》で読書でもしようと思いついた。

恰好《かっこう》も乗馬服にした。乗馬をするわけではないけれど、ズボンがはけるので木の幹に背中をあずけ、足を思いっきり広げて座っても大丈夫だから。

厨房《ちゅうぼう》によって昼食用のパンをよこせと駄々をこね、硬くなったパンをゲットした。料理長は、サンドイッチを準備すると言い張ったけれど、「手間をかけさせたくないから余っているパンでいい」とワガママを言ってやった。

結局、ワガママを通した。

いい天気ですもの。こんな日は、外で硬くなったパンをかじりつつボーッとするとか本を読むのが最高の贅沢《ぜいたく》といえる。

宮殿内にある図書室から借りた書物を小脇《こわき》に抱え、ウキウキ気分で池へと向かった。

いま流行《はや》っているらしい「悪役レディ」が主役の書物を選んだ。当然、勉強を兼ねての選択である。

池に到着すると、人だかりが出来ていることに気がついた。

皇帝陛下と皇妃殿下である。それから、親衛隊やお付きの人たち。

控えめに表現しても、大騒ぎしている。

「陛下、妃殿下。ご挨拶《あいさつ》申し上げます」

挨拶をしたが、二人ともどうも様子がおかしい。

見ると、池の中に数名の親衛隊の隊員がいる。しかも、アヒルに囲まれてなにやら楽しそうにしている。

「メグ、大変なことになったのよ」

皇妃殿下が乗馬服の袖《そで》をひっぱってきた。

「今朝《けさ》は、陛下と散歩に来たの。あなたに勧められてから、ときどき陛下と散歩をしているの。池のまわりをグルッと回ろうかということになって、黙々と歩いていたの」

黙々と？　ふーん。二人は、あまり仲がよくないものね。

「メグ、わたしを見て」

皇妃殿下は、唐突に少女みたいにクルクル回転し始めた。それこそ、目が回ってしまいそうなほどの勢いで。

「痩《や》せたでしょう？　アレが出るようになったら、痩せたのよ。それで、体全体が軽くなって元気になった気がするわ」

あらあら。大昔は美しかったでしょうたるみまくった顔もだけど、体全体が細くなっている。

それで、痩せ自慢はいまのこの大騒ぎのどこにつながるわけ？

「指よ、指。指も細くなったの。ここを通りかかったとき、あのアヒルの産毛みたいなものがふわふわ飛んできたので、手で思いっきり払ったの。そうしたら、なんてことでしょう。陛下からいただいた大切な指輪がスポッと抜けてしまったの。指輪は、ヒューッと飛んでいってポチャンと池に落ちてしまったわ」

皇妃殿下は、痩せたらしい指で池とそこにいるアヒルたちを示した。

「あのダイヤの指輪は高かったのだぞ。おまえがせがむから買ってやったのに」

「陛下。だからこそ、ずっと大切にしていたのです」

「他国から取り寄せた貴重品だったのだ。それを、迂闊《うかつ》にも失《な》くしてしまうなどとは」

「そのような言い方はおやめください。わざとではありません。それに、陛下の親衛隊が不甲斐《ふがい》ないから、見つけられないのではないですか」

皇帝陛下と皇妃殿下は、口論をはじめた。

(この二人、ほんとうに仲が悪いのね)

でも、いっしょに散歩しているのだから、一応歩み寄ろうとはしているに違いない。

「親衛隊、ダイヤの指輪が見つかるまで探し続けよ」

「で、ですが陛下。泥に埋まっていて……」

親衛隊の隊員たちは、「クワックワッ」と騒ぐアヒルに囲まれて途方に暮れている。

「まったくもう。あなたたち、親衛隊でしょう？　あなたたちは皇帝陛下と妃殿下を守護し、もろもろの問題を解決する為《ため》にいるのよ。それなのに、ほんとうに役立たずね。ちょっと隊長さん、庭園に行って土をさらう為の大きなザルを借りてきてちょうだい」

その親衛隊の隊員たちを頭ごなしに怒鳴りつけた。それから、すぐ近くでオロオロしている親衛隊の隊長に、居丈高に命じた。

「はやくして。その間にアヒルをどうにかしておくから」

さらに怒鳴りつけると、隊長は慌てて駆けていった。

「さあっ、アヒルたち。こっちにいらっしゃい。美味《おい》しいパンをお裾《すそ》分けするわ」

小脇に抱えている書物を近衛隊の隊員に押し付け、硬いパンを手でひきちぎっては池に放り投げながら、縁にそって歩いた。

「クワックワッ」

「グワッグワッ」

アヒルたちがついてくる。

「あなたたちは、すぐに池から出なさい。池から出たら、足をちゃんと拭《ふ》きなさいよ。大丈夫だとは思うけど、ヒルがくっついているかもしれないから」

隊長が戻ってきたので、池の中に突っ立っている隊員たちに池から出るよう命じた。

ヒルは、池だけでなくいろいろなところにいる。ヒルに噛《か》まれたら、それが出した成分を傷口から押し出さないと、かゆみが出たり腫れたりしてしまう。

「メグ、いったいなにを……」

ズボンの裾を折っていると、皇帝陛下と皇妃殿下がなにか言いかけた。

「探すのです」

それをピシャリと遮り、さっさと池に入った。

大きなザルで何度も池の中の泥をさらう。それを何十回と繰り返す。

皇帝陛下たちは、ボーッと眺めている。

幸運にも見つかった。ムダに大きなダイヤだったので、見つけることが出来た。

皇帝陛下と皇妃殿下は、欲が深いだけでなく見栄っ張りなのね。などと思いながら泥を落とすのに池の水で洗ってみた。

（んんんんんん？）

ダイヤって、たしか疎水性が高くなかったかしら？　水滴がつくはずなのに、これにはまったくついていない。

眼前にかざすと、思いっきり息を吹きかけた。

曇った。当然である。眼前にかざしたまま、池から上がった。

「おおっ、メグ」

「メグ、ありがとう」

皇帝陛下と皇妃殿下が駆け寄ってきた。涙を流さんばかりの勢いで。

（このダイヤ、まったく曇りがとれないわね）

本物なら、こんなに長く曇っていることはないはずなのに。

「あの、陛下、妃殿下。このようなこと言いたくはないのですが、念のためお伝えしておきます。これは、偽物かもしれません。宮殿にお戻りになったら、ガラスに擦りつけてみてください。おそらく、このダイヤに傷がつくはずです。お早めに信頼のおける鑑定士に鑑定してもらうことをお勧めしておきます」

これもまた、書物から得た知識である。

間違っている可能性もあるけれど、鑑定してもらっておいて損はないはず。

「では、わたしはこれで。あっ、陛下。たとえこのダイヤが偽物だったとしても、皇妃殿下の強い希望をかなえて差し上げるなんて素敵ですわ。皇妃殿下のことを、心から愛していらっしゃる証拠です。皇妃殿下、陛下に愛されていると自信を持つべきです。歩くのが苦手でも、こうして肩を並べて散歩に付き合ってくださっているのですから。笑い話のひとつでもして、大笑いしながら歩いてみてください。さらに健康になりますよ」

お節介きわまりない忠告を忘れてはならない。

親衛隊の隊員にあずけていた本を返してもらい、ついでにハンカチを借り、その場を去った。

結局、ムダに大きいそのダイヤは偽物だったらしい。

皇帝陛下と皇妃殿下に恥をかかせてやった。しかも、生意気な忠告まで叩《たた》きつけた。

雇われ皇太子妃になって、これが一番の快挙であることは間違いなし。

わたしったら、最高の仕事をしているわ。

ダイヤ騒動の直後、皇太子殿下の執事から伝言を受け取った。

「すぐに執務室にくるよう」

皇太子殿下に呼びつけられてしまった。

(雇用のことかしら?)

もしかして、悪女ぶりが足りないとか文句を言われるのかも。この前、あらためて承認された雇用契約のことでケチをつけられるのかしら。

そうだとすれば、お給金に影響がでるかしらね?

田舎《いなか》のお父様やお兄様たちのことが脳裏に浮かんだ。

いずれにせよ、あれこれ想像していてもはじまらない。命令通り、即座に皇太子殿下の執務室に出頭した。

執務室に通されると、すぐに腰かけるように言われた。

呼びつけられた事情をきくと、わたしの予想した内容とはまったく違っていた。

急遽《きゅうきょ》、イメルダ王国の王太子夫妻が訪れることになり、その歓迎会に同席するよう命じられたのである。

イメルダ王国は、この大陸の西方地域にある大国の一つである。

「承知いたしました」

ニッコリ笑って承知した。

最初のときに公式の場に同席するよう言われている。だから、当然である。

「お話がそれだけでしたら、わたしは下がらせていただきます。目障りでしょうから」

皇太子殿下にとっては、わたしの存在そのものが目障りどころか不快きわまりないに違いないでしょうから。

「メグ……」

長椅子《ながいす》から立ち上がろうとしたタイミングで呼ばれたので、立ち上がるのを中断した。そして、視線を皇太子殿下へと戻した。

「失礼いたしました。まだなにかございますか？」

「い、いや……。そ、そうだ、メグ。ここでの生活はどうだ？」

「はい。お蔭様《かげさま》で思うようにすごさせていただいています。ただ、立派に悪女、悪妻が務まっているかどうかはわかりかねますが。殿下はいかがですか？　お体だけでなく、公私ともに充実していらっしゃいますか？」

尋ね返した瞬間、彼の表情が曇ったのを見逃さなかった。

彼は、わたしから視線をそらすと小さく頷《うなず》いた。

一瞬、彼にラウラの妊娠について尋ねてみようかと思った。

もしも彼女が妊娠しているのなら、雇用関係は終わりを迎えることになる。

わたしは彼から報酬を受け取り、故郷に、お父様とお兄様たちのもとに帰ることが出来るのである。

彼らも心配しているだろう。「元気にやっている」、とお父様たちに手紙を送っている。だけど、それでもわたしがなにかしでかしやしないか、皇宮を追い出されて路頭に迷っているのではないかと、やきもきしているに違いない。

よく考えてみたら、妊娠に関しての話題はデリケートである。ラウラ本人から「妊娠しているの」、と打ち明けられたわけではない。わたしの勘にすぎない。勘違いということも考えられる。もしかすると、ラウラは皇太子殿下を驚かせようと計画しているのかもしれない。なにかのきっかけで打ち明けるという、サプライズを考えているのかも。

そうだとしたら、わたしがバラしたらそれこそ台無しよね。

もっとも、悪女としてはバラしてしまうのもありかもしれないけど。

ラウラの妊娠についてなにかしらアクションを起こすとしても、もう少し調べてからの方がいいわ。

「きみのお蔭で体調がずいぶんとよくなったよ」

ラウラの妊娠のことを考えていたので、皇太子殿下の言葉をきき逃すところだった。

「わたしのお蔭？」

「ああ」

彼は、立ち上がると執務机をまわってこちらに近づいてきた。そして、テーブルをはさんだ向かい側の長椅子に腰をかけて足を組んだ。

こんなささいな行動も、美貌《びぼう》だったら絵になるのね。

お兄様たちとは大違い。

お兄様たちも美貌である。体格は、貧乏で食べる物があまりないので痩せ気味ではある。だけど、過酷な農作業や大工仕事で筋肉質である。

しかも、小さい頃に王宮ですごしているから作法も身についている。もっとも、いまの生活ではその作法が役に立つことはないけれど。それでも、所作の端々に身についたものが出ることがある。

どうしてかはわからないけれど、そういった所作は皇太子殿下のように洗練されていない。泥臭いようにしか感じられない。

もっとも、わたしはその方が好みなのだけれど。

なにせわたしの所作も泥臭いから。泥臭い方が、ずっとずっと気楽に接することが出来る。

「わたしがなにかしでかしましたか？」

「食事だよ。ほら、この前の晩餐会のときのことだ。素材の味をいかした素朴な料理。それから、適度な運動。じつはあの夜以降、食事をシンプルなものにかえてもらっている。きみの言う通りだ。胃腸の不調や不眠や運動不足。こういうことが積み重なって、体調がよくなかった。だが、食事の内容をかえて量を調整し、時間をみつけて歩くようにしはじめてから、じょじょに体調がよくなってきている。おれだけではない。義母上《ははうえ》と父上もそうだ。それから、他の皇子《おうじ》や皇女《おうじょ》たちもそうだ」

「はぁ、そうですか」

そうとしか答えようがなかった。

まぁ、みんなが健康になるのならいいわよね。

晩餐会で言ったことは、けっしておおげさではない。

脂っこいものや体に悪そうなものを、毎日のようにたくさん摂取したら体にいいわけがない。

しかも、歩くことすらまともにしないのですもの。

命を縮めているようなものだわ。

「いままで、食事は生きていくためにただ食べればいいものと思っていた。だから、出されたものを無理に詰め込んでいた」

彼はわたしから目をそらすことなく、しみじみと語りはじめた。

（なに？　いったいなんなの？　彼ったら、どうしたというのかしら？）

急に饒舌《じょうぜつ》になった彼を見ながら、「これは罠《わな》なのかしら？」と勘繰ってしまった。

「殿下。たしかに、食事は生きていく為に必要不可欠です。ですが、摂《と》り方によっては逆効果になるのです。とはいえ、先日はやりすぎてしまいました。みなさんに嫌われたくておおげさにしてしまったのです。健康に気をつける食べ方も必要ですが、なにより楽しく食事をする。これが一番だと思います」

急にわたしに絡んでくるなんて、ぜったいになにかある。警戒しつつ、それでもそれを悟られないようにっこり微笑《ほほえ》んだ。

「実家では、その日に食べる物がないことが多々あります。そういうときは、森に行って食べても死ぬことのない草や根っこや実を取ってきて調理をするのです。父と双子の兄たちと、『これはほんとうに大丈夫なのか？』とか、『お腹《なか》を壊したり吐いたり死んだりしないよな？』なんて、わいわい話をしながら食べるのです。それがまた楽しくって」

「えっ？」

皇太子殿下は、口をあんぐり開けている。

せっかくの美貌が台無しよね。

「なにせ遠くの街にある図書館の図鑑が、わたしたちの先生なのです。だから、字や稚拙《ちせつ》な絵では判断出来ないときがあります。実際、こういうことがありました。あるとき、自生しているニラを採りに行ったのです。ニラってビタミンが多く含まれていてすごく体にいいのです。それに、老化の防止にもなります。うちのニワトリが産んだ卵と料理をしたり、そのまま茹《ゆ》でて食べたりするのですが、それがまた美味しくって。もしも入手出来るようなことがあれば、作ってみますね。それはともかく、そのときは誤ってニラではなくスイセンを採ってしまいました。これって、実は毒なのです。双子の上の兄が、『これってヤバくないか？』と二冊の図鑑とにらめっこしていたのですが、下の兄とわたしが『食べてみたらわかる』と言って、父に出したのです。そうしたら、父は『ニラの臭いがしないなぁ』と言っていました。嫌な予感はしたのです。兄たちと『ヤバいかも』と顔を見合わせている間に、父は完食しました。すると、やはりです。わたしたち兄妹《きょうだい》の『ヤバい』という直感は、大当たりだったのです。父は、とんでもなくひどい状態になりました。ですが、スイセンの毒素って、出すものをすべて体外に流し尽くせばめったに重篤な状態にならないのです」

「……」

皇太子殿下ったら、さらに口をあんぐり開けて面白がっている。だったら、サービスしようかしら。

「殿下は、シャグマアミガサタケってご存じですか？」

「え？　あ、ああ。たしか、見た目が気持ち悪いキノコだったかな？」

「よくご存じですね」

食べたことがあったとしても、いちいち食材の名前や原形まで知るわけがない。

彼がキノコマニアでないかぎり、知っていることじたいがすごいと感心してしまう。

彼のことを少しだけ見直した。

「実は、シャグマアミガサタケとは毒キノコなのです。ですが、ちゃんと毒さえ抜けば美味しい食材になります。兄たちと大量に採取しました。充分に煮沸することで毒が抜けるのですが、それでも一度に大量に食べません。念のため、少量ずつ食べます。とはいえ、うちはどんなものでも入手出来たら少しずつ消費しないと、次にいつ手に入るかわかりませんので。当然、そのキノコも少しずつ食べるわけです。あのときは、『煮沸の時間がすくなくて、もしかしたら毒が抜けていないかも』、と兄たちと話をしていました。たまたまご近所さんから自家製のバターをいただいたので、他の食材といっしょに炒《いた》めました。父は『おお、これは美味《うま》い』と言い、上機嫌で完食しました。が、やはり煮沸の時間が短くて毒が抜けきっていなかったのです。父は、とんでもなく悲惨な状態になりました。このときばかりは、さすがの父も農作業を休んでいました。しかし、少量しか食べませんでしたので、お腹を下して嘔吐《おうと》だけですみました」

あのときは、ほんとうにラッキーだった。

お兄様たちとわたしは、一口も食べなかった。だから、なんともなかった。

「メグ。その、父上は、きみの父上は存命なのか？　元気にしていらっしゃるのか？」

「はい？　父、ですか？　それは生きているに決まっていますよ。ピンピンしゃんしゃんしています」

「そうか。それをきいて安心した」

皇太子殿下ったら。お父様は、まだそんなに年ではないのに。

「というわけで食材や調理法もですが、楽しみながら食べるのもまた体にいいのです。ですから、殿下もラウラさんと楽しくお喋《しゃべ》りをしながら体にいいものを食べてみてください。ですが、毒を含んだ食材にはご注意くださいね」

さすがよ、わたし。話の締め方がうますぎる。しかも、愛想笑いまで添えるなんて。

「そ、そうだな。きみの言う通りにしてみよう。メグッ」

皇太子殿下は、唐突に二人の間にあるローテーブルに身を乗り出してきた。

そのとき、やっと気がついた。

彼の顔が赤くなっているのである。

「殿下、もしかして熱があるのではないですか？」

そう尋ねたときには、彼のおでこに自分のそれをくっつけていた。

すると、皇太子殿下が身をひこうとした。

「失礼をお許しください。ですが、熱があるかどうか確かめたいのです」

「い、いや。熱はない……」

彼は、なにか言いかけた。しかし、しばらくそのままでいてくれた。

(よかった。どうやら熱はないみたい)

きっと、室内に射し込んでいる陽光のせいだわ。光の加減で、彼の顔が赤いように見えたのに違いない。

「よかったですわ。どうやら熱はなさそうです」

額を彼のそれからはなし、椅子に座り直そうとした。

が、皇太子殿下が手を伸ばしてきてわたしの右手首をつかんだ。

そのあまりの力の強さに「痛い」、と悲鳴をあげそうになった。ついでに、顔をしかめたくなった。

というよりか、顔をしかめながら「痛い」と訴えたかった。

が、そのどちらも我慢した。

皇太子殿下の顔が、あまりにも真剣だったからである。

そこで初めて、彼の真っ赤《まっか》な顔が怒りによるものだと気がついた。

(なんてことなのかしら。わたし、彼を完全に怒らせたみたい。もしかして毒の話が刺激的すぎた？

それとも、お父様が生き残っていることが気に入らないとか？　もしくは、勝手に額を彼のそれにくっつけたこと？　というか、顔を近づけたことがダメだった？)

いったいなにがいけなかったのかしら？　思い当たる節が多すぎて、正直なところ特定することは出来そうにない。

「す、すまない」

彼は真っ赤な顔のままわたしから視線をそらし、謝罪とともにわたしの右手首から手をはなした。

「失礼いたします」

彼がこれ以上怒り狂う前に、退散した方がいいわね。

彼が口を開くよりも早く、立ち上がって一礼した。そして、そそくさと執務室を出た。

お給金がもらえなくなったら大変なことになる。

閉ざされた執務室の扉を見つめ、冷や汗を拭《ぬぐ》った。

結局、彼の怒りの理由はなんだったのかしら。

でもまぁ、それを知ったところでどうしようも出来ない。だとすれば、冷却期間をおいた方が無難ね。

彼は、根に持つタイプではなさそう。それなら、ちょっと時間をおけばきれいさっぱり怒りを忘れてしまうかもしれない。

そういうことにしておきましょう。


執務室を訪れた後、王宮の料理長が面会を求めてきた。

「イメルダ王国の王太子夫妻の歓迎会のことなのですが……」

料理長は、そう切り出した。

とりあえず、彼の話をきいてみることにした。

どうやら、先日のボヤで壊れた冷蔵倉庫が、まだ復旧していないらしい。その為、肉や魚といった生もののストックがまったくなく、急な話なので準備も間に合わないという。

「そうよね。大切なゲストをお迎えするのに、まさか体にいいものですからって健康食でごまかすわけにはいかないわよね」

非公式の訪問とはいえ、他国の王太子夫妻がやってくるのである。さすがに、見栄をはりたいところね。

そうでないと、このスカルパ皇国《こうこく》がなめられてしまう。

「皇太子妃殿下は、食に関して広い見識をお持ちでございます。どうにかやりすごすアイデアをお持ちではないかとうかがった次第です」

神妙な彼を見ていると、気の毒になってきた。

だからつい、協力したくなった。

「大豆、小麦、トウモロコシ粉はあるかしら？」

「ええ。そういうものは、穀物庫に保管しております」

「だったら、なんとかなるかもしれないわ」

不敵な笑みとともに言った。

またまた忙しくなりそうだわ。


イメルダ王国の王太子ディーノ・ファルネーゼと王太子妃ミネルヴァ夫妻は、両名とも気さくでさっぱりとした気質の人たちである。しかも、二人とも子ども向けの物語に出てくる善良で思いやりのある美貌の王太子と王太子妃を地でいっている。

王太子妃はもともとジェンタ国の王女で、親交のあるイメルダ王国の王子と相思相愛になり、結婚したのだとか。

今回のイメルダ王国の王太子夫妻のスカルパ皇国への訪問は、外交の為ではない。王太子妃の里帰りに、王太子殿下も同行することになったとか。ジェンタ国へ行くには、スカルパ皇国を通過しなければならない。その為、挨拶に立ち寄ってくれたらしい。

だから、非公式の訪問というわけである。

客殿に一泊し、明日《あす》の朝出立するらしい。

非公式ということで、今回は皇帝陛下と皇妃殿下は顔を出さない。

かわって皇太子殿下とわたしが、おもてなしをするというわけである。


王太子殿下と皇太子殿下は、これまで何度か顔を合わせているらしい。皇太子殿下は、二人の結婚式にも出席したという。

王太子殿下も王太子妃殿下も、皇太子殿下とわたしの結婚を祝福してくれた。それはもう、わが事のようによろこんでくれた。

「婚儀に呼んでくれないなんて水くさいじゃないか。知らなかったとはいえ、いまはなにも祝いの品を準備していない」

「殿下。わたしの祖国で準備いたしましょう」

「ああ、そうだった。きみの祖国ジェンタ国は、鉱物資源が豊富だったね」

王太子殿下と王太子妃殿下は、わたしたちの結婚祝いのことで盛り上がっている。

向かいの席からその様子を見ていると、胸が苦しくなってくる。

とても微妙だし、複雑な心境だわ。

もしも二人がお祝いの品を贈ってくれたら、おそらくわたしではなく愛人のラウラが受け取ることになる。

そんなやり取りがあり、いよいよ歓迎会となった。

とはいえ、それも大規模なものではない。

王太子夫妻とわたしたちの四人である。

二人に随行している側近や侍女や護衛の人たちは、広間で食事をしてもらっている。

ほんとうに四人だけである。

広間より貴賓室の方が落ち着ける。

というわけで、会食も出来る貴賓室で接待することになった。

皇太子殿下のエスコートは、申し分なかった。

これなら、どこからどう見てもちゃんとした夫婦である。

エスコートだけではない。ことあるごとに気遣ってくれる。それこそ、夫が妻をいたわるように。

妻を心から愛しているかのように。

もう少しで、自分が彼に雇われていることを失念してしまうところだった。

自分が雇われ妻だということを忘れ、本物の妻だと錯覚するところだった。


食事も完璧《かんぺき》だった。

肉や野菜のかわりに、大豆、小麦粉、トウモロコシ粉をこねて固めたものを使った。たしかに、咀《そ》嚼《しゃく》すると偽物だとわかってしまう。味もソースなど調味料でそれらしく見せてはいるけれど、本物の味とは違う。

だけど、王太子殿下も王太子妃殿下も機嫌よく食べてくれた。料理長が呼ばれ、料理長《かれ》はお褒めの言葉をいただいた。

皇太子殿下もまた、満足そうに食べていた。

ささやかな歓迎会は、和やかな雰囲気で終わるはずだった。

食事が終わり、お茶を楽しんでいた。

お茶のお供は、わたしが作ったジンジャークッキーである。

実家で材料が手に入ったときはかならず作っていた。

お父様と双子のお兄様たちの大好物である。彼らだけではなく、いつも助けてくれるご近所さんたちにも好評だった。

「これをメグが作ったの？　とっても美味しい。もっといただいてもいいかしら？」

王太子妃殿下は、しあわせそうな表情でお皿からクッキーをつまんでいる。

「また太るわね。でも、二人分必要だからいいってことにしておくわ」

彼女のそのつぶやきに、やはりそうなのかと納得した。

「やはり、ご懐妊されているのですね。四カ月くらいでしょうか？」

「メグ。あなた、すごいわね。というか、わたしのお腹ってそんなに目立っている？　悪阻《つわり》がそれはもうかなりひどかったの。そのせいかしら？　顔つきもきつくなってしまって、殿下に驚かれてしまったの。それで、悪阻はやっとおさまったけれど、今度は逆に食べすぎてしまって。もしかすると、わたしの二人分理論が間違っていて、単純に太っただけなのかしら」

王太子妃殿下は、ほんとうに冗談が好きみたい。

「そうか。はやくも世継ぎが出来たのだな。だったら、おれの方が贈り物をしなければならないではないか」

皇太子殿下が王太子殿下の肩を叩いている。

王太子殿下のうれしそうな表情は、こちらまで気分をよくしてくれる。

じつは、王太子妃殿下の祖国に行くのは、その報告も兼ねてのことらしい。

もう少しお腹が大きくなったら、旅が出来なくなってしまうから。

「王太子殿下は、はやくも名前を考えていらっしゃるのですよ」

「それはそうだよ。男の子と女の子。名前と服は、ちゃんと準備しておかなければ。生まれて来てくれてありがとう。心待ちにしていたのだよ、という気持ちがあるからね」

しあわせそうに語る王太子殿下を見つめる皇太子殿下の表情に、なぜかドキリとしてしまった。

心の底から彼らを祝福しているのがわかる。そして、うらやましがっている。

「わたしが立ち上がったり歩いたりしても、いちいち『大丈夫か？』とか『疲れていないか』とついてまわってはお尋ねになります。そこまで気を使っていただかなくともいいですのに」

「当然だよ。生まれてくる子が大切なのは当然のことながら、きみのことだって大切だからね。出産は、男にはなにも出来ない。せめて、気配りくらいさせてほしい」

「殿下……」

なんて素晴らしい夫なのかしら。

そういえば、王太子殿下には側妃がいないらしい。王太子妃殿下のことを、よほど愛しているのね。

彼ならきっと妻を心から愛し続けるだけでなく、生まれてくる子どもも愛して大切にするでしょう。もしも女の子が生まれるようなことがあれば、溺愛《できあい》しすぎて嫁にもやらないようなそんな甘々な父親になりそうだわ。

もっとも、今回はそうではないけれど。

「大丈夫ですよ。安産です。それから、生まれてくるのは元気な男の子かも。あっ、性別は確実ではありませんが、元気であることは間違いありません」

王太子殿下があまりにも素敵すぎて、つい口を滑らせてしまった。

当然、二人とも「えっ？」ってなるわよね。

「あっ、わたし、こういう勘は鋭いのです」

そうごまかしておいた。

昔から妊婦の顔付き心身の状態を見ると、お腹の子が男なのか女なのか、安産なのか難産なのかということがわかってしまう。勘のようなものだけどよく当たるので、田舎では妊婦はわたしに見てもらうという習慣がある。

だから、王太子夫妻も話半分にでもきいてくれるといい。今後の励みになるかもしれないし。

「メグ、ありがとう。そう言ってくれてうれしいわ。すごく安心出来たし。出産するときに、側《そば》についていてほしいくらいだわ」

王太子妃殿下は、そう言ってわたしの手を握った。

社交辞令でも、これだけよろこんでくれたのなら言った甲斐《かい》があったわよね。

「よかったよ。ぼくも安心した。なにせ初めてのことばかりで、不安で仕方がなかった。だけど、メグがいてくれるなら、それも軽減される。真剣に考えてくれないかな？」

　王太子殿下まで社交辞令的なことを言い出した。

「アルノルド、是非とも検討してくれないか？　そうだ。メグと二人で来てくれよ。メグ、イメルダ王国に来たことはあるかい？」

「残念ながらございません。とても豊かできれいな国とはきいておりますが」

「メグ、ありがとう。ただの田舎だけどね。そう言ってくれてうれしいよ。ほら、アルノルド。視察という名目で、メグと王国内をまわればいいから。出産に立ち会うことを検討してくれ、なっ？」

「ああ、そうだな。メグは、きっと安産になるようにしてくれる。母子ともに守ってくれるさ。わかった。考えてみるよ」

（なんてことかしら）

　皇太子殿下ったら、ニコニコしながら安請け合いをして。そのころには、わたしではなくラウラを同道することになるのに。

　それにしても、わたしっていつから安産の神様になったのかしらね？

「皇太子殿下」

　そのとき、耳をつんざくという表現がぴったりな叫び声とともに、扉が「バンッ！」と音を立てて乱暴に開いた。

　開いた扉の向こうに立っているのは、ラウラである。

「ラウラ？」

　隣で皇太子殿下がつぶやいた。

「殿下、どうしてわたしを同伴してくれないのですか？　どうしてこんな女を同席させるのですか？」

彼女は、まるでなにかにとりつかれているかのようにわけのわからないことを叫びはじめた。

「どきなさい。そこは、わたしの席よ」

そして、彼女の怒りの矛先はわたしへと向いた。

「どけ。そこは、殿下の子を宿したわたしの席なのよ」

そして、彼女はわたしにとびかかってこようとした。

（いったいなに？　もしかして彼女、とうとういっちゃった？）

長椅子から飛び上がり、飛びかかってきた彼女をかわそうとした瞬間である。

「いいかげんにしろ。この無礼者」

皇太子殿下がさっと立ち上がり、わたしの前に立った。

同時に、部屋に護衛の兵士たちが飛び込んできた。

ラウラは、屈強な兵士たちに連れていかれながらでも、わけのわからないことを叫び続けていた。

皇太子殿下が、驚いている王太子夫妻にごまかしてくれた。

上流階級にとどまらず、男女の関係にはいろいろある。とくに皇族ともなれば、そういうゴシップ的なトラブルはすくなくない。

今回のことも、なにも見なかったしきかなかったと、暗黙の了解でおさまった。

王太子夫妻がいい人たちだからこそ、それでおさまったのかもしれない。

とりあえず、ラウラの凶行は彼らの中ではなかったことになったので、皇太子殿下ともども安心した。

ハプニングはあったけれど、無事に大任を果たすことが出来た。

王太子妃殿下には、旅の道中のお供にとジンジャークッキーを渡しておいた。

「厚かましいお願いだけれども、出産のときには是非ともイメルダ王国に来て側についていてほしいの。前向きに検討してもらえるとうれしいわ」

彼女は、何度もそう言ってくれた。だけど、そんな約束は出来るはずがない。

なぜなら、皇太子殿下にいつ「雇われ皇太子妃」の仕事を雇い止めにされ、契約満了を言い渡されるかわからない。

だけど、せっかくの縁ですもの。なにより、彼女の気持ちを蔑《ないがし》ろにするわけにはいかない。

彼女と笑顔で抱きしめ合い、約束を交わした。

イメルダ王国の王太子ディーノと王太子妃ミネルヴァは、機嫌よく去った。


イメルダ王国の王太子夫妻が去ってから十日ほど経《た》った。

イメルダ王国の王太子夫妻との歓談中に乗り込んできて大暴れしたラウラの処分は、事件後すぐに決まった。

彼女は、第三皇子のフレデリク・ナルディが引き取ることになった。

ラウラは、非公式とはいえ他国の王太子夫妻の前で皇太子殿下に恥をかかせたのである。その罪は重く、当然それに似合った厳罰が処せられる。

しかし、彼女は皇太子殿下の愛妾《あいしょう》。しかも公にはされていないものの懐妊している。彼女の素行の悪さから確実とまではいかないものの、彼女のお腹の子の父親は皇太子殿下の可能性が高い。皇太子殿下もそう信じているに違いない。

したがって、本来なら監獄に収容されるとか辺境の地で重労働させられるという罰を与えられるところを、第三皇子の実母の生家ナルディ公爵家領への追放、というよりかはそこで無期限で謹慎するという処置ですんだのである。

罰の軽重はともかく、あの第三皇子が引き取ったというところが興味深い。

処分の決まったラウラが、またもや事件を起こした。

朝食をすませ、悪妻ぶりを発揮しようと気持ちもあらたに部屋を出ようとした。

洗濯場に行こうと思いついたのである。この時間、侍女たちはそれぞれのお付きの人の洗濯をするのに集まっている。そこで洗濯をしつつ、嫌味のひとつやふたつ言えばいい。

そうと決まったら、洗濯物よ。

洗濯籠《かご》に洗濯物を放り込み、それを抱えた。

カミラとベルタは用事でいない。いまのうちに行こう。見つかると、また叱《しか》られてしまうから。

「皇太子妃なのですから、そのようなことはわたしたちにお任せください」

「妃殿下は、もっと皇太子妃としての自覚をお持ちになるべきです」

二人にグチグチとお説教や嫌味を言われるのは慣れた。それよりも、なにもさせてもらえないことがつらすぎる。

どうせこの生活は続くわけではない。近い将来、かならず終わりがくる。なにせ雇われているのだから。終わりがきたら、田舎でまた洗濯や掃除、料理や裁縫、大工仕事などすることになる。忘れない為にもやっておかなければばってことなのよね。

というわけで、あとでばれるようなことになると叱られてしまう。それを覚悟で部屋を出た。

軽快に階段をおりていく。書物に出てくる宮殿とか裕福な上位貴族の屋敷のように、途中に踊り場があり、そこからまたおりるとエントランスになっている。

そういえば、皇太子殿下にわたしたちの関係が夫婦ではなくって雇用者と被雇用者という関係だから、「愛することはない」って宣言されたのはここだった。

あのときから、わたしの出稼ぎライフがはじまったのよね。

そう考えると感慨深いものがあるわ。

そんなふうにしみじみしながら踊り場を通過しようとしたときである。

「この泥棒猫。あんたのせいよ。あんたのせいで、わたしは、わたしは辺境の地へ追いやられることになったのよ」

背中に金切り声があたった。

足を止めて振り返ると、昨夜のド派手なドレスを着用したラウラが立っていた。彼女の派手なドレスは、シワだらけになってしまっている。

（着替えていないのね）

そんな余計なお節介的なことを考えてしまっている間に、彼女があっという間に迫ってきた。両腕を伸ばし、わたしのシャツの襟もとをつかんできた。

今朝はいろんなところで作業をしている侍女や庭師や料理人たちを相手に悪妻ぶるつもりだったので、ドレスではなく作業をしやすいシャツにスカートを着ている。

彼女の手がそのシャツの襟をつかみ、グイグイと押したりひっぱったりしはじめた。

「ちょっと、ラウラ。ここでは危ないわ。どうせやるのなら、外でやりましょう。いくらでも受けて立つわよ」

お兄様たち相手に殴り合いのケンカだってやっている。だから、暴力でもって対処出来る。

とはいえ、わたしに甘々なお兄様たちは、わたしに殴られたり蹴《け》られたりするばかりだった。そのときには気がつかなかったけど、ある程度の年齢になってケンカをしなくなってから初めて、彼らのやさしさに気がついた。

それはともかく、ラウラはグイグイと押してくる。これだと、いつ階段から落ちてもおかしくない。

「キャー」

「皇太子妃殿下」

エントランスを行き来している使用人たちが、わたしたちの醜態を見つけて悲鳴や叫び声を上げている。

「おまえなんか、踊り場《こ こ》から落ちて死んでしまえっ」

(ラウラ、可愛い顔が台無しよ)

苦笑している間でも、彼女はすごい形相で押し続けている。

こんな状態なのに、抱えている洗濯籠はなぜか死守している。

そうだわ。この洗濯籠を脇ではなく胸元に抱えていたらよかったのに。そうしたら、彼女に襟もとをつかまれることはなかった。まぁそんなこと、いまさらだけど。

「ラウラ、やめなさい。ここから落ちたらただではすまないわよ」

「落ちるのはあんただけよ、この泥棒猫」

（泥棒猫？）

それは皇太子妃のわたしのことではなく、彼の愛妾であるあなたのことを指すのよ。

内心で苦笑してしまった。

そんな最中にも、彼女ともみ合いへし合いが続く。

よくあるように、外野はオロオロするだけで動こうとしない。

「なにをしているっ」

そのとき、階上で凛《りん》とした声が響いた。

「キャアッ！」

書物でよくあるように、絡んできたラウラが足を踏み外した。

わたしのシャツの襟もとから彼女の手が離れ、踊り場から彼女の体がやけにゆっくり舞い落ちていく。

（ダメ。彼女のお腹の赤ちゃんが危ないわ）

「ラウラッ」

その瞬間、踊り場からジャンプしていた。体が宙を舞った瞬間、洗濯籠を階下に向けて投げつけた。

「メグッ」

男性の声で呼ばれたのと同時に、体のどこかをつかまれた。わたしの手は、ラウラの肩をがっしりつかんでいる。

そうして、わたしたちは落下していった。

「いたた。ラウラ、ラウラは？」

おもわず、「いたたたた」だなどと口から出てしまった。しかし、実際には体のどこかに痛みはないみたい。

わたしよりラウラよ。いえ、彼女のお腹の中の赤ちゃんよ。

「痛い。はなしなさいってば」

右耳に彼女の金切り声が痛いほど響いた。

どうやら、彼女はわたしをクッションにして着地したみたい。

とりあえず、彼女は無事でよかった。お腹の赤ちゃんに影響がなかったと信じたいわ。

「いたたたた。どいてくれ。二人とも、そこからどいてくれ」

「まあっ！　殿下、そんなところでなにをされているのです？」

「いいからどいてくれ」

驚いてしまった。皇太子殿下が、ラウラとわたしの下でもぞもぞ体を動かしている。

なるほど。さっきの声は、彼だったのね。そして、踊り場から落ちたときにわたしの肩をつかんだのも。

それで、わたしたちの下敷きになったわけね。

結局、わたしが投げた洗濯籠がわたしたち三人を受け止めて衝撃をやわらげてくれた。そのお蔭で、三人とも助かった。

一番下になった皇太子殿下が、ちょっとだけ腰と臀部《でんぶ》を打っただけですんだ。

一番大活躍したのは、やはり洗濯物と洗濯籠ね。それらがなかったら、皇太子殿下は腰や下半身を痛めるかなにかして、一生ラウラといいことが出来なくなってしまったに違いない。

それにしても皇太子殿下ったら、あのとき一瞬で判断して階段から飛び降り、わたしたちの下敷きになるなんてすごい判断力と身体能力ね。というよりも、すごく器用だわ。

まぁ、かなりカッコよかったかも。ラウラにもカッコよさをアピール出来たでしょうし。

なにより、その場にいた侍女や執事ら使用人たちの株がおおいに上がったはずよ。

でも、ちょっと待って。もしかしたら、わたしって皇太子殿下の愛妾ラウラを階段上から突き落とした悪妻に見えたわよね？　ぜったいにそう見えたはず。

不幸中の幸いってこと？

皇太子殿下はカッコよさが強調出来たし、ラウラは気の毒な愛妾って思われたでしょう。

そして、わたしは非道きわまりない悪妻ぶりを発揮出来た。

この功績は大きいわ。皇太子殿下、特別一時金でも支給してくれないかしら。

だけど、残念ながらわたしの期待は外れてしまった。

ラウラは、すぐに第三皇子の領地へ旅立ってしまったのである。

ラウラとわたしを助けてくれた皇太子殿下は、しばらくの間わたし特製の湿布薬の世話になった。

皇宮の森に自生している薬草を摘《つ》んできて作った、オリジナル湿布である。

お父様から教えてもらったオベリティ家秘伝の湿布。とはいえ、代々伝わっているわけではない。

お父様やお祖父様《じい》がたまたま薬草を発見し、作り出したものである。だけど効果は抜群で、オベリティ家になくてはならないものの一つになっている。

皇太子殿下は、数日間で痛みがひいてよくなった。

第三章　雇用者の皇太子殿下がやたらと絡んでくる

ラウラの事件以降、皇太子《こうたいし》殿下がなにかと絡んでくるようになった。それだけではない。なにかと連れまわされるようになった。

イメルダ王国の王太子殿下と王太子妃の歓迎会、それに続くラウラの乱入事件。それから、宮殿のメイン階段落下事件から半月以上経《た》っている。ラウラは、乱入事件で謹慎処分になった。最初の事件後すぐに処分が決まり、階段事件の直後には謹慎する為《ため》に第三皇子の領地へと旅立った。

彼女が皇宮《こうきゅう》からいなくなり、皇宮内は静かになった気がする。侍女たちも、噂《うわさ》の種が一つ減ってまた違う話題探しをしているみたい。

皇太子殿下は、ラウラがいなくなったからわたしを相手にするしかない。だから、絡んでくる。それ以外でも、あちこち連れまわされるようになった。あっちのお茶会、こっちの食事会。おもに公爵や侯爵に招待され、ときには遠方の領地にまで足を運ぶこともある。

そういうときは宿泊することになるのだけれど、当然皇太子殿下と同じ部屋である。

第三者からすれば、わたしたちは夫婦なのだから。

表向きは夫婦である以上、まさか「別々の部屋にしてください」とお願い出来るわけがない。

とはいえ、最初の方こそ抵抗があったけれど、そういうことを何度か繰り返したいまは、かえって皇太子殿下と同室を望むようになっていた。

というのも、わたしたちは濃厚でスリリングな時間を共有している。

さる侯爵家の領地を訪れたときである。

広大で土壌の豊かな領地である。人々の生活は潤っていて、しあわせそうである。

ほんとうに偶然だった。というよりか、奇蹟《きせき》だったのかもしれない。

その領地内に、皇都《おうと》で把握していない鉱物資源があることを知ったのである。

つまり、侯爵はそれを伏せていたわけである。しかも、税金や貢納《こうのう》もかなりすくないことがわかった。

それ以降、だれかの領地に行くたび、わたしたちはそこで不正が行われているかどうかを調べている。

というよりかは、お忍びと称して疑わしき領地を訪れている。

昼間はのんびり視察をするふりをし、領地内のあらゆるところを嗅《か》ぎまわる。そして夜、寝室で頭を突き合わせて調べたことを綿密に精査していく。

いままでは、皇太子殿下のことをただの雇用者と見ていた。私生活では愛妾《あいしょう》をこよなく愛し、公には皇太子としての責務を漠然《ばくぜん》とこなす。つまり、書物によく出てくるような可もなく不可もないプリンスというふうに認識していた。

しかし、その認識は誤っていた。彼は、洞察力や見識の広いキレ者である。視察でいっしょにときをすごす中で、それを思い知らされた。

さすがは数いる皇子《おうじ》たちの中から皇太子になっただけのことはある。しかも、お母様の身分が低いという不利な状況だったのに。

力を隠しているというよりかは、その力を存分に発揮する機会がないのかもしれない。

いずれにせよ、わたしは彼を見誤っていた。

皇太子殿下と各領地を調べたり話し合ったりして、疑わしきがあれば彼が信頼する調査員たちが潜入し、本格的に調査を開始することになる。

彼にとっては、皇太子妃を連れての物見遊山というのはじつにいい隠れ蓑《みの》になるというわけである。

彼にそうきかされてから、わたしもバカなふりをしている。もちろん、悪妻もがんばって続けている。

今回は、ある伯爵家の領地にやってきた。当人は、管理人に領地経営を任せて皇都で放蕩三昧《ほうとうざんまい》をしている。

伯爵家の領地は、葡萄《ぶどう》の栽培が盛んである。葡萄そのものも出荷されていて、甘くて美味《おい》しいと好評を博している。それ以上に、葡萄酒の製造に重点を置いている。当然のことながら、葡萄酒の方がはるかに儲《もう》けになるからである。

その伯爵家の当主は、代々「葡萄酒王」と呼ばれている。それほど上質の葡萄酒が生産され、国内外に出荷されている。

早い話が、伯爵当人ではなく管理人が不正をしている。帳簿をごまかしているのである。酒税などの絡みがある。しかも、何十年にもわたって行われている。当然、いまもそれは継続中である。その額は相当なものになる。

管理人は、わたしたちをあからさまにバカにしている。帳簿や書類を見せても、わたしたちにはわからないとタカをくくっている。だから、こちらが要望する帳簿や書類を見せてくれた。

夜、いつものように皇太子殿下と二人で、客用の寝室で顔を付き合わせていた。管理人が無造作に置いていった帳簿や書類を確認し、不正が行われていることを短時間のうちに確認がとれた。

「いつもバカなふりをしている。無知を装ってもいる。多くの官僚や貴族たちは、おれを父上同様御しやすくだましやすいと思い込んでいる。こうして各領地に視察に訪れても、領主や管理人たちは『殿下と妃殿下は、呑気《のんき》に物見遊山している』程度にしか思っていないだろう？」

皇太子殿下はそう言った。

こんなふうに彼とすごしはじめてから、彼がただの雇用者ではないということがわかってきた。

彼は優秀で洞察力があり、思慮深い雇用者みたい。

「殿下のおっしゃる通りです。ここの管理人も、わたしたちをバカにしています。ですが、殿下のその演技のお蔭《かげ》で、こうして不正を暴くことが出来るのです」

「いや、きみのお蔭でもある」

彼は、帳簿を「パタン」と音を立てて閉じると立ち上がった。それから、小さな丸テーブルの上に準備してくれている葡萄酒の瓶とグラスを持ってきた。

「さあ、調査は終了だ。一杯飲もう。不正だらけとはいえ、この地域の葡萄酒の質に間違いはないからな」

「はあ……」

ワイングラスに注がれた葡萄酒は、ビーツの煮汁のような赤色をしている。

ビーツの煮汁は、栄養価がギュッと凝縮されている。だから、捨てずにシチューやソースなどに使う。もちろん、ビーツじたいも栄養満点の万能野菜である。田舎《いなか》のうちの場合は、ご近所さんが売りに出せないものをお裾《すそ》分けしてくれるときにしかお目にかかれない。それも、年に一度か二度あるかないかだから、貴重すぎる食材ね。

それはともかく、わたしは葡萄酒を飲まない。というか、あらゆるお酒をたしなむことはない。田舎ではもちろんのこと、皇都に出稼ぎに来て以降はワイングラスに口をつけて飲むふりをしている。だから、飲めるかどうかもわからない。においは、嫌いではない。だから、飲めないことはないと思う。

お父様いわく、「美味《うま》いが、人によっては飲みすぎると酔ってとんでもないことになったりする。それに、少量だと体にいい場合もあるが、摂取しすぎると常習化したり体に不調が起こったりする」、らしい。

うちは貧乏だから、たとえ粗悪な葡萄酒であっても購入してまで飲もうとは思わない。葡萄酒を買うなら、家畜たちの飼料を買った方がずっといい。

「さあ、飲もう」

「え、ええ」

ワイングラスを合わせると、「カチン」と音がした。

うーん。二人きりだと飲むふりは難しいわね。仕方がない。

今夜は、ちゃんと飲んでみることにした。

ゴクリゴクリと音がする勢いで飲むと、あっという間になくなってしまった。

だって、グラスにちょっとだけしか入っていないのですもの。当たり前よね。

「メ、メグ？　その、大丈夫？」

ローテーブルをはさんだ向かい側で、皇太子殿下がグラスを傾けかけたまま固まっている。

「はい？　大丈夫、とは？」

「いや、そんなにいっきに飲んで大丈夫かと」

えっ？　もしかして、葡萄酒っていっきに飲むものじゃなかったの？　よく書物では、安酒場で「葡萄酒をいっきにあおった」なんて描写があるけれど。そういえば、たまたまかしら。読んだのは安酒場のシーンばかりで、貴族のパーティーとか舞踏会のシーンで葡萄酒の飲み方の描写は読んでいない気がする。

「大丈夫です」

たとえいまのが禁断の飲み方だったとしても、悪女悪妻なのですもの。飲み方が「さすが悪妻の飲み方だ」、ということになるでしょう。

「ならば」

皇太子殿下は、あらたに注いでくれた。

それもいっきに飲み干す。

「すごすぎるな」

彼が褒めてくれた。褒められて嫌な気分にはならないわよね。

「でっ、どう？」

「芳醇《ほうじゅん》な味わい、とお答えすればご満足でしょうか？」

これも書物の受け売り。

だって、味がわからないですもの。

結局、客室に準備してあった三本の葡萄酒のうち、二本半はわたしが飲んだかもしれない。

「殿下？　殿下、そんなところで寝たら風邪をひきますよ。ほら、寝台に行かないと」

皇太子殿下は、長椅子《ながいす》の上で眠ってしまった。彼にそっと近づいて頰《ほお》をツンツンするとか、ふわふわの耳たぶをプニプニしても、彼は「う、うーん」というだけで起きようとしない。仕方なく、彼の両脇《りょうわき》に腕を回して彼をひきずって寝台まで運んだ。それから、ギックリ腰にならないよう気をつけつつ、彼をどうにか寝台の上に抱え上げた。彼を定位置である寝台の端っこに、シーツの上に仰向けに寝かせた。

そのとき、この体勢では彼の体にシーツをかけられないということに気がついた。だけど、彼をどかしてシーツをめくり、体にかけるというのは重労働。したがって、彼のジャケットで代用することにした。

というわけで、椅子の背にひっかけてある彼のジャケットを取ってきて、彼のお腹《なか》のあたりにかけておいた。そして、わたしは反対側の端っこにシーツをめくって潜り込み、しばらくの間彼の寝顔を観察した。

その美しい寝顔に見惚《みほ》れつつ、彼のことが気になっていることを自覚した。

もしかすると、彼のことが雇用者としてではない、違う意味で気になりはじめているのかもしれない。

そんなことを漠然と考えている間に、眠りに落ちていた。

翌朝、皇太子殿下は風邪の症状が出た。

疲れが出ているのかしらね？　それとも、軟弱なだけかしら？

わたしは、貧乏で鍛えられているから風邪などめったにひくことはない。

それって、もしかしたらバカだからかもしれないけれど。

とりあえず、伯爵家の料理人ににんにくスープを作ってもらうようお願いをした。

風邪の初期症状には、大量のにんにくが一番効くから。

にんにくスープが効いたのね。彼の風邪は、鼻がグズグズするくらいで治ったみたい。

それにしても、せっかく二人でお酒を酌み交わしたのに、ほとんど覚えていないっていうからビックリよね。

じつに残念だわ。


今回は、第三皇子フレデリク・ナルディの領地にやってきた。厳密には、第三皇子の母親の実家であるナルディ公爵家の領地である。

ラウラは辺境の地と言っていたけれど、ちっともそんなことはなかった。辺境どころか、皇都にまだ近い地であった。

彼女はきっと、皇都以外の地はすべて辺境だと思い込んでいるに違いない。

ナルディ公爵家の領地に行くまでの道中、皇太子殿下にラウラのことを尋ねてみた。

「ラウラは元気にしているでしょうか？」

「ああ。あいかわらずだろう」

「お腹の子を大切にしているでしょうか？」

ラウラとともに宮殿の階段から落ちたことは記憶にあたらしい。あのとき、ラウラというよりかは彼女のお腹の子のことで必死だった。

「……」

皇太子殿下は、わたしの問いに答えてはくれなかった。

(心配ではないのかしら？)

なんとなく違和感を覚えた。

そんなやりとりもあり、ついにナルディ公爵家の領地に到着した。


ナルディ公爵家は、三大公爵家の一家である。

第三皇子は、イメルダ王国の王太子ディーノ・ファルネーゼと王太子妃ミネルヴァがやってきたときに大暴れをしたラウラの謹慎が決まった際、自分の領地で謹慎すればいいとラウラを引き取った。

以前、皇宮の東屋で二人が言い争っているのを見かけたことがある。それに、第三皇子はラウラが皇太子殿下の愛妾になる前に付き合っていたらしい。

いまでもまだ、二人は付き合っている。

おそらく、噂されている通りなのでしょう。だからこそ、彼がラウラを引き取った。そうすれば、領地で好きなだけスキンシップがとれるでしょうから。いろんな意味でのスキンシップが。

第三皇子の領地の屋敷は、広大な敷地に贅《ぜい》を尽くした屋敷《もの》である。

いつものように皇太子殿下と護衛の兵士とともに訪れると、第三皇子は歓待しているふうを装い出迎えてくれた。

第三皇子は、あいかわらず渋カッコいい。ニヤリと笑う顔は、他《ほか》のレディには「キャッ」ってなるのでしょうけれど、わたしにとっては胡散臭《うさんくさ》さしか感じられない。

ダメね。先入観で物事を見てはダメ。

お父様やお兄様たちからいつも注意されているじゃない。

動植物、人間、なんだってそう。見た目や先入観で判断してはダメだと言われているのに。

あらためて自分に言いきかせた。

その上で滞在した。皇太子殿下と二人で能天気なふうを装い領地内をまわっている。

今日《きょう》はうしろに護衛兵たちを従え、馬で田舎道をのんびり歩いている。

一応、わたしも乗馬は出来るのである。というか、皇太子殿下に教えてもらった。

彼の教え方がうまいから、軽く駆ける程度ならすぐに乗れるようになった。

「ナルディ公爵家でなにかあるとしても、そう簡単には出てこないかと思いますが」

馬首を並べる皇太子殿下に考えを告げると、彼はあっさり同意した。

「昔から巧妙にしているからな。ナルディ公爵家は、もう何百年と皇族を欺《あざむ》き続けている。視察に来たくらいでは、見つけることは出来ない」

「それでしたら、なぜ視察に？」

「ナルディ公爵家の不正を暴きに来たわけじゃない。第三皇子個人を潰す為だ」

「……」

おもわず、だまってしまった。

彼の告白に思い当たる節があるからである。

「メグ、きみの観察力や洞察力はなかなかのものだな」

丘の上に達した。

見下ろすと、広大な小麦畑が広がっている。金色に輝く小麦の穂が永遠と思えるほど整然と並んでいる。

風に乗って流れてくるサワサワという音が耳に心地いい。

馬の脚が止まっていた。

その唐突すぎる問いに、彼を見てしまった。

向こうもこちらを見ている。

彼は、グレーの乗馬服がよく似合っている。頭上に輝く太陽よりも、彼の美貌《びぼう》は輝いて見える。

一方、わたしの乗馬服姿は情けないほど似合っていない気がする。

ドレスも然《しか》りである。

着慣れていないというのもあるけれど、もしかしたら着るわたし自身がよくないのかもしれない。

だけど、それも気にしなくてよくなる。

雇用契約が満了すれば、田舎でまたシャツにスカートやズボンといった服装に戻るのだから。

とはいえ、皇太子殿下はたくさんの衣服や装飾品や靴を準備してくれていた。そのどれもがわたしにはもったいなさすぎる。だから、ほとんど着用していない。レディとして最低限のマナーを守る為に、数着は着させてもらった。それを場に合わせて着替えている。下着や他の服や靴も同様である。シミ抜きをしたり汚れを拭《ふ》き取ったり洗濯をしたりしながら、着まわしている。

貧乏性というのもあるのね。

ということは、ほとんどがそのまま残ることになる。でも、ほとんどがわたしの好みからすれば派手なデザインに奇抜な色合いのドレスや靴ばかり。だから、謹慎が解除されてラウラが戻ってくれば、彼女が着ることになるかもしれない。


そうだった。皇太子殿下に観察力と洞察力について言われたのだった。

「どうして、そのようなことをおっしゃるのですか？」

苦笑しながら尋ねてしまった。

お父様やお兄様たちに比べれば、わたしなんてたいしたことはない。

「妊娠を言い当てたり、領主たちの嘘《うそ》を見破ったり。それだけではない。きみは、気難しい父上や義母上《はは》の体調から精神の状態まで正確につかんでケアをしてくれている。この前は、ダイヤをみつけたばかりか偽物《にせもの》だと見破ったときいた。彼らはあまり仲がよくなかったが、きみの助言で歩み寄りはじめている。メグ。きみは、いまやわが一族になくてはならない存在だよ。ああ、そうだ。皇宮の使用人たちだって、きみを慕っているし頼りにしている。彼らをなにかと助けたりアドバイスしたりしているだろう？　なにより、このおれもきみに……」

彼は、不意に言葉を止めてわたしから視線をそらした。

「それでしたら、殿下も観察力や洞察力にすぐれていらっしゃいます。とくに洞察力には感服いたします。わたしの観察力や洞察力など、たかがしれています。わたしの場合、人のちょっとした仕草や癖を見、なんとなく察しているだけです。妊娠だってそうです。体型や行動、それから一般的に言われていることから推測するのです。嘘を見抜くのも、洞察力というよりかは女の勘があればわかるものなのです。それと、ハッタリもありますね。これらがあれば、嘘や体調の変化を見抜くのはそう難しいことではありません」

「なるほど。では、ラウラの懐妊については？　彼女が懐妊していることは明白だ。であれば、彼女のお腹の子はほんとうにおれの子なのか？」

一瞬、どうするか迷った。

厳密には、調べたところまでで推測していることを告げるかどうかを迷った。

だけど、それは一瞬だった。

なぜなら、皇太子殿下もわたしと同じことを推測しているに違いない。その上で、わたしに尋ねているはずだから。

いいえ。彼は、ただ確認をしているにすぎないのだ。

自分の推測が誤ったものではないのか、それを確認したいのでしょう。

そして、その確認はわたしたちの雇用関係にも結び付くことになる。

「殿下のおっしゃる通り、彼女はほぼ懐妊しています。ですが、それが殿下との、ということになりますと疑わしいかと推察します。殿下、申し訳ございません」

なぜか謝罪していた。

彼との子どもではないと告げたことが、とてもつらかった。だけど、その一方で彼との子どもじゃなくってよかったという思いもある。

　自分でも、どうしてこんな気持ちになったのかはわからない。

　いまの謝罪は、そんな矛盾した気持ちになったことじたいに対する謝罪である。

「なぜ謝罪を？」

　当然、尋ねたくなるわよね。

「殿下との間に出来たお子様ではない、という回答をしたことに対するものです」

　即座に答えた。すると、皇太子殿下は「ククク」と小さく笑った。

　その子どもっぽい表情に、なぜかドキッとしてしまった。

「メグ、きみはやさしいな。おれのことを心配してくれたわけだ。おれがショックを受けるのではないか、とね」

「当然です。あなたは、わたしの雇用者なのですから」

　また即座に答えた。すると、彼の表情が歪《ゆが》んだ。

　その表情の変化に、またしてもドキッとしてしまった。

（どうしたのよ、わたし？　いちいち反応しないで）

　ポーカーフェイスのまま、内心で自分を叱咤《しった》する。

「そうか、そうだったな。きみにすれば、おれは……」

　彼の視線が戻ってきた。

　きれいな青色の瞳《ひとみ》に、わたしが映っている。

　その自分の姿は、いかにも皇太子妃を演じているかのように違和感がある。

「それで？　おれの子どもではないとすれば、だれとの子だと思う？」

「第三皇子、でしょうか？　もしかして、彼女はもともと第三皇子と、その、親密な仲だったのではないでしょうか。いえ、もしかすると継続中とか？　だけど、どうして嘘を？」

　自分で推測しておきながら、ラウラが嘘をつく理由や事情がまったくわからない。

「さすがだな、メグ。きみの推測通りさ。彼女は第三皇子と付き合っていた。だが、彼との間の子どもかどうかはわからない。なにせ彼女は、同時に複数人と付き合っているからね。だれとの子なのかは、神のみぞ知る、だな。すくなくとも、おれは違う」

　皇太子殿下は、瞳をわたしの瞳《それ》にぴったりとくっつけてきた。

「おれは、彼女とは一度もそういうことをしていないからな」

「はい？」

　なにそれ？　どういうことなの？

「彼女の葡萄酒に睡眠薬を混ぜ、眠らせた。そして、目覚めた彼女に『酔った勢いでつい』と言っておいた。実際は、なにもしていないのにね。それも、きみがやってくる直前のことだ。彼女、懐妊してどのぐらいだと思う？」

「五カ月ぐらいでしょうか。わたしが来てまだ二カ月ちょっとです。彼女が懐妊していることに気がついたのは、わたしがまだ皇宮に来たばかりの頃のことです。『三カ月ぐらいね』、とそのときに感じましたので。なるほど。彼女、懐妊を隠したがるはずですね。時期が合っていませんから」

「結局、医師を抱き込んで辻褄《つじつま》を合わせたようだけどな。いずれにせよ、なにもしていないのに懐妊するわけはない」

彼は、またちいさく笑った。

「ちょっと待ってください。彼女が殿下との子をなすまで、わたしは雇用されたままなのですよね？」

「そうだ。だが、彼女が懐妊することはない。すくなくとも、おれの子どもを懐妊することはないな」

「では、わたしはどうなるのです？」

「さて、な。それよりも、早急に片付けなければならないことがある。雇用関係については、その問題を片付けてからにしよう」

（なんですって？）

それは、あなたはそれでいいでしょう。だけど、わたしにとっては死活問題よ。

いいえ。わたしたちオベリティ家にとってよ。

とはいえ、わたしは雇用されている身。そして、彼は雇用者。

わたしから提示した雇用条件を守ってくれている以上、彼に従うしかないわね。

「わかりました。それで、片付けなければならない問題とは第三皇子とラウラのことですね？　いったいどういう問題で、どうするおつもりですか？　どうやら、殿下はすでに決めていらっしゃるようですが」

「メグ、さすがだよ。そうだな。これだけ頭が切れる人材は希少だ。すべて話すよ」

皇太子殿下が馬を進めたので、わたしもそれに倣った。

そして、詳細をきかせてもらった。

第三皇子フレデリク・ナルディの屋敷では、広間を居間にしているらしい。

壁一面に絵画が飾られ、いたるところに彫刻や置物が並べられている。

まるで美術館だわ。

田舎には美術館がない。そういえば、皇都で美術館を訪れたことは一度もない。

雇用契約が終了して田舎に帰るまでに一度は訪れたい。双子のお兄様たちに話してきかせたいから。

あいにく、わたしは美術にあまり興味がないのだけれど、お兄様たちはどちらも絵を描く。

とにかく、お兄様たちはすごい絵を描く。もっとも、わたしの見立てはただの身内贔屓《びいき》かもしれないけれども。

だけど、素人《しろうと》のわたしでも、お兄様たちの絵を見ていつも心が洗われたり震えたりする。感動してしまい、気分が高揚したり悲しくなったりうれしくなったり可笑《おか》しくなったりする。

これって、すごいことだわ。

わたしは書物が大好きで、文字に依存している。それと、言葉にも。

字を読んだり話す言葉をきいて、感情を揺さぶられたり感動させられたりする。

だから、絵だけでそんなことが出来るって素晴らしいと思う。

彼らの絵を見るたび、そのように感心してしまう。

お兄様たちの絵にくらべれば、ここにある数々の名画はただの絵である。

最初、第三皇子が絵の価格についていろいろ言っていたけれど、正直「ふうん」としか感じようがなかった。

立派な額縁に飾られた色とりどりの水彩画や油絵は、たしかにきれいだしうまいと思う。これはこれで値打ちがあるし、だれかを感動させるに違いない。

でも、わたしは質の悪い紙とペンを使って描かれたお兄様たちの絵の方が、ずっとずっと感動する。どう考えても、これは身内贔屓としかいいようがない。

体全体が沈んでしまいそうなほどクッションのきいたソファーに、第三皇子と並んで座っている。大理石のローテーブルをはさんだ向こう側のソファーには、皇太子殿下とラウラが並んで座っている。

「今後のことを話し合いたい。一応、謹慎処分を言い渡しはしたが、懐妊をしていることもあるのでこれからのことを話し合いたい。ラウラの謹慎場所を提供してくれている第三皇子もまじえて」

皇太子殿下がそう誘うと、ラウラと第三皇子はすぐに応じた。

そして、皇太子殿下はラウラに自分の横に座るよう促し、わたしには第三皇子の横に座るよう命じた。

こうして、わたしたちは向かい合って座っているというわけである。

「フレデリク。彼女のお腹の子の父親は、あなたなのか？」

皇太子殿下は、開口一番第三皇子に尋ねた。

「おいおい、アルノルド。そんなことは、きみの隣に座っている気の多すぎるレディに尋ねろよ。おれにわかるわけはないだろう？」

「今回のことは、あなたの入れ知恵ではないのか？」

「だから、そのレディに尋ねろよ。彼女が勝手にやったことだからな」

「な、なんですって？　アルノルド、どういうことなのよ？」

ラウラが吠《ほ》えた。文字通り、第三皇子に噛《か》みつかんばかりの勢いで叫んでいる。

「ラウラ、おまえはだまっていろ。おまえの愚かきわまりない言動のせいで、おれは義弟から謀反《むほん》の疑いをかけられているのだからな」

「なにを言っているのよ。あんたのせいでしょう？　あんたがわたしを捨てるからじゃない」

「捨てる？　はんっ！　おれに皇太子の地位を奪うつもりがないことを知った途端、アルノルドに乗り換えようと媚《こ》びを売りはじめたのはおまえだろうが」

「ち、違うわよ。あんたが貴族のご令嬢と浮気をしたからでしょう」

（なんてことなの）

二人は、皇太子殿下がちょっと水を向けただけで醜い争いをはじめてしまった。

「おまえこそ、男なら見境なく尻尾《しっぽ》を振りやがって。だいたい、おまえの言うことは嘘ばかりではないか。しかも、身籠《みごも》っているだと？　アルノルドに子どもが出来るわけがないのに、笑わせてくれるよ」

「はあ？　どういうことよ。そんなこと、きいてないわよ」

これには驚いた。

わたしは、ラウラと違ってポーカーフェイスを保っている。だけど、いまの第三皇子の発言は、

「そんなこと、きいてないわよ」と声を大にして言ってやりたい。

「アルノルドには子種がない。それなのに、彼との子を身籠っただと？　大嘘もいいところだ」

第三皇子の言葉に、おもわず皇太子殿下を見てしまった。

向こうもこちらへ視線を向けてきた。

男性にとって微妙すぎる事実を暴露されてしまい、美貌のその心の中は穏やかであるはずがない。

「殿下、わたしをだましたわね？」

「だます？」

ラウラは、皇太子殿下に対して激怒した。が、皇太子殿下はそれをまったく意に介していない。女神も感心する美貌に、冷笑が浮かんだ。

「きみに一度たりとも子どもをつくろうと言ったかい？　きみに子種を授けたって告げたかい？」

皇太子殿下は、思いっきり鼻を鳴らした。

他人《ひと》をバカにしたようなこんな態度ですら、彼がするとスマートに見えるから不可思議ね。

「たしかに、きみが酒に酔い潰れて一夜を共にしたことがある。が、そのときにはなにもなかった。そういうことをしたというようなことをにおわせはしたが、したとは断言しなかった。あの夜、おれたちの間になにもなかった。いずれにせよ、おれに子種があろうがなかろうが、ヤル機会はあの一夜だけだった。きみは、あの一夜を迎えたとき、すでに懐妊していたはずだ。よって、おれがきみをだましたのではなく、おれがきみにだまされたわけだ」

皇太子殿下は、冷笑をはりつけたまま続ける。

「それに、どこから得た知識か知らないが、きみの出自も嘘だ。なにが『モンターレ王国の王女だったはず』だ？　そんな虚言、本人がきいたらきみをぶっ飛ばすはずだ。なあ、メグ？」

突然、話を振られてしまった。

「ええ、まあそうかもしれませんわね。噂によると、モンターレ王国の王女だったはずのレディは、

どんなやり手の皇太子でも震え上がるほど冷酷非情な人らしいですから。なりすまされたなんて耳に入ったら、その愚か者の頭の皮を剥《は》いでしまうかもしれませんわ」

どこかの大陸に暮らす部族かなにかは、敵の頭の皮を剥いだりするらしい。

昔、どこかの冒険家がそういう内容を記した書物を読んで驚いてしまった。

「ああ、彼女なら平気で頭の皮でも尻《しり》の皮でも引っ剥がしてしまうだろう」

皇太子殿下は、わたしの顔を見てニヤッと笑ってから力いっぱい同意した。

（な、なんですって？）

冗談にきまっているのに、皇太子殿下ったらどうして同意するわけ？

「とりあえず、きみは目障りだ。皇都に連行し、収監する。詳しくは、弁護人からきくといい」

「ちょっ、待って、待ってよ」

ラウラは涙を流しつつ謝罪をし、慈悲を乞《こ》いはじめた。

彼女の涙や言葉は、嘘で塗り固められている。

が、皇太子殿下は容赦ない。

ラウラは、護衛兵たちによって連れていかれてしまった。

彼女は連行されながら皇太子殿下に同情してもらおうと哀《あわ》れっぽい言葉を叫び、きくに堪《た》えない罵《ば》詈《り》雑言の数々を怒鳴り続けた。

そして、ついにそれらがきこえなくなった。


ラウラが連行されてからも、皇太子殿下と第三皇子とそのまま座っている。

皇太子殿下と第三皇子は葡萄酒を、わたしは葡萄ジュースを飲んでいる。

男性二人は、ラウラがいたときとは比べものにならないほどリラックスしている。というよりか、うちとけているような感じがする。

まるで昔ながらの友人どうしであるかのように。

ときおり視線を合わせては、ニヤニヤ笑っている。その二人の姿は、いたずらっ子のように見えなくもない。

（これって、どういうシチュエーションなわけ？）

二人を交互に見つつ、頭の中で考えずにはいられない。

すると、皇太子殿下と第三皇子が同時に笑いはじめた。

「フレデリク、あぶり出すのにずいぶんと手間がかかりましたね」

「楽しみながらやらせてもらったからな。まぁ、これで連中を皇宮から追い払えるかもしれない。よしとしてくれよ、アルノルド」

（えっ、いったいなんなの？）

皇太子殿下と第三皇子は、突然親し気に会話を交わしはじめた。

その二人を、呆《ほう》けたように見つめてしまった。

「ああ、すまない」

第三皇子は、そんなわたしの様子に気がついてすぐに事情を語ってくれた。

ラウラを操っているのは、第一皇子とその実母の父親である宰相らしい。

第一皇子や宰相は、彼女を使って皇太子殿下を失脚させようと目論《もくろ》んでいた。

だけど、大きな誤算が二つあった。

一つめは、皇太子殿下が皇太子妃、つまりわたしを妻として迎えたこと。もう一つの誤算は、ラウラがバカすぎた上に欲が深すぎたこと、である。

皇太子殿下が表向きわたしを妻に迎えたのは、皇太子妃を迎えて子をなすことで彼自身が皇太子としての責務をまっとうし、その地位を確実なものにする為だったのかもしれない。

皇太子殿下は、いまはその地位にあるとはいえ後ろ盾や有力な味方がいない。「実母の身分が低い」という背景がある為、少しでも有利に働くよう環境を整える必要がある。

「元国王の孫娘」との結婚は、そんな皇太子殿下の地位を安泰にする為の鍵《かぎ》というわけね。いくら落ちぶれていようと、一応王家の血をひいていればブランドとしては申し分ない。しかも、跡継ぎが出来ればさらに有利に働くかもしれない。

そのように推測したのは、皇太子殿下とわたしの雇用関係のことがあったからである。彼とわたしの関係は、あくまでも雇用する者と雇用される者の関係。それ以上でも以下でもない。ラウラのことは抜きにし、わたしが彼の子を産めばいい。ただそれだけの関係なら、それはまさしく雇用する者と雇用される者である。

もっとも、このことはあくまでもわたしの推測である。実際、皇太子殿下はもっとシビアに考えているのかもしれない。

忘れていたけれど、皇太子殿下の子種がないとかあるとかの話はほんとうなのかしら？　彼と話をしたときには、「ラウラとそういうことはしていないから、子どもが出来るわけがない」というようなことを言っていた。けっして「子種がないから」という理由ではない。

もしも皇太子殿下に子種がなければ、いくらわたしが王女だったかもしれなかったとしても、跡継ぎを残せるわけがない。ということは、先程の推測は間違いかもしれない。

結局、妄想がふくらむばかりで納得のいく結論は出そうにない。

そのような中、第三皇子がまた説明をはじめた。

「ラウラのことだが、彼女は泳がせて第一皇子や宰相が黒幕であることを暴こうとしたのだ」

ラウラを泳がせ、第一皇子や宰相の計画の裏をとろうとしたらしい。

もっとも、ラウラはその計画については知らされていない。でも、彼女が投獄されることで、第一皇子派はなんらかの対策を講じるはず。

ラウラがいつ第一皇子派に不利になるような発言をするとか、行動をとったりするかわからないからである。

皇太子殿下と第三皇子は、そこにつけ込むらしい。

「話はそれるが、おれは両陛下の養子となって皇子の一人として名を連ねてはいるが、第二皇子や第六皇子以上にレディとの噂が絶えない。つまり、彼らよりよほどレディ癖の悪い、ろくでもない皇子というわけだ。だから、表向きには皇太子候補から外されている。しかし、おれのろくでもない皇子ぶりは、皇帝陛下やアルノルドらの為、諜報員《ちょうほういん》として活動する為の偽装にすぎない。じつは、ナルディ公爵家は諜報員としての責務を担っている家系でね」

第三皇子は、皇太子殿下を顎《あご》で示した。

「メグ、きみのことを調べたのもおれだ。ラウラは、モンターレ王国の王女云々《うんぬん》のことを第一皇子にでもきいたのだろう。祖国を追われた王族の孫ということになれば、アルノルドだって政治的にも個人的にも興味がわくからね。彼女は、出自をそう偽ることで彼の気を惹《ひ》こうとした」

第三皇子は、がっしりとした両肩をすくめた。

「モンターレ王国の王族が亡命してきた、ということは知っていた。だけど、恥ずかしながら王族がどうなってしまったのか、それ以降のことは知らなかった。ラウラからきいたとき、なぜかその王女のことが気になって仕方がなかった。あぁ当然だが、ラウラがその王女ではないということは彼女を一目見た瞬間に気がついたよ。それはともかく、王女の存在を知ることが出来たことは、ある意味では彼女のお蔭かもしれないな」

皇太子殿下の美貌にやわらかい笑みが浮かんだ。

「モンターレ王国の王女に興味を持ったアルノルドから頼まれたおれは、本物の王女について調べたわけだ。そして、彼はその調査結果をきいた直後にきみを呼び寄せた」

「そこはわかりました。しかし、なぜ皇太子妃としてなのですか？　興味があるだけでしたら、呼び寄せて観察するだけでもよかったではありませんか。ああ、そうでしたね。皇太子として不動の地位を築く為、でした」

「いや、違う。違うのだ、メグ。おれがきみを皇太子妃として呼び寄せたのは、政治的な理由からではない。これだけは、誤解しないでくれ。あくまでも、おれ個人の事情によるものだ」

（皇太子殿下個人の事情ですって？　彼ったら、そんなにわたしを観察したかったわけ？）

だとすれば、皇太子殿下って相当かわっている。

「すまなかった」

突然、皇太子殿《か》下《れ》が謝罪してきた。

「先に謝罪しておくよ。フレデリクは、きみやご家族の事情を詳しく調べ上げてくれた。だが、さすがにきみ自身の性格まではわからない。つまり、おれにはきみという女性《ひと》がわからない。だから、きみに会うまでは、どう接したらいいのかずっと悩んでいた。しかし、なんというか、きみは婚儀の後の宴《うたげ》で、参加している上流階級の人たちとじつに楽しそうに会話を交わしていただろう？　それを見た瞬間、その、少しだけ不愉快になった。そういう感情のもつれもあって、悪妻のふりをしろとか雇用結婚云々の話をしてしまった」

「アルノルド、きみがそんなことをするとは。よほどメグのことを愛しているというわけか」

第三皇子は、「ククク」と小さく笑った。

「フレデリク、黙っていてください」

美貌を真《ま》っ赤《か》に染めて、第三皇子にクレームを入れる皇太子殿下がちょっとだけ可愛《かわい》いと思った。

「いずれにせよ、おれはきみに悪女、悪妻のふりをしろと言ったのに、きみはそのふりをしなかった。きみ自身は気がついていないようだが、皇宮でのきみの人気はすさまじいものだ。あの父上と義母上《ははうえ》も、きみに惚《ほ》れ込んでいるのだから。まぁ、これはうれしい誤算だったがね」

「ちょっと待てよ、アルノルド。陛下や皇妃はこの際どうでもいい。きみ自身、だろう？　そもそも、おれが彼女の存在を報告したときから、きみはメグに惹かれまくっていた。いいや。完璧《かんぺき》にまいっていた。それなのに、ずいぶんと消極的な言動をしているではないか。というよりか、きみは可愛くないし素直じゃないいな」

第三皇子は、苦笑した。

（そんな……）

いろいろなことが、いろいろな意味でショックだわ。

「メグ、忘れていた。アルノルドの名誉の為に言っておく。先程、おれがラウラに彼には子種がないと言ったが、それは嘘だ。ラウラに思い知らせたかったから、ああ言っただけなのだ」

「まったく、よりにもよって子種がないなどと……。フレデリク。あなたでなければ、不敬罪で投獄するところですよ。誹謗《ひぼう》中傷もいいところです」

「おおっと、すまない。アルノルド、お茶目な冗談だ」

男性二人は、視線を合わせて笑った。

(はぁ、そうですか……)

そうとしか思いようがない。

というよりか、いったいわたしはなんなのかしら？


「さて、と。おれは一足先に皇都へ戻り、第一皇子と宰相に揺さぶりをかけるとするよ。アルノルド。きみは、メグといっしょにナルディ公爵家領で視察の続きをするといい。おれが揺さぶりをかけることで、連中が焦ってさらによからぬ考えに及ぶ可能性がある。ここにいた方が安全かもしれないからな。メグと二人で、是非ともナルディ公爵家の多額の隠し財産や鉱物資源を探り当ててくれ。もしも探り当てたら、半分はもらいたいな」

第三皇子は、そう言ってからウインクをした。

「ああ、ナルディ公爵家の不正のことですか？　フレデリク。あなたと同じく、お茶目な冗談を言っただけですよ」

第三皇子の嫌味に、今度は皇太子殿下が苦笑した。

皇太子殿下《かれ》がわたしに言ったナルディ公爵家の隠し財産や鉱物資源のことは、冗談だったのね。

あとで知ったことだけれど、ナルディ公爵家の財産は豊饒《ほうじょう》な土地とそこに住む善良な多くの領民たちらしい。代々のナルディ公爵は皇帝や皇太子の為に密《ひそ》かに働き、そのことを誇りにしているとか。

第三皇子のことをすっかり誤解していたわたしには、まだまだ観察力や洞察力は備わっていないのね。


「フレデリク、お願いします。あなたのアドバイス通り、メグとしばらくの間ここですごすことにします」

「それがいい。ここには、美味《うま》いものや見るべきものがたくさんある。いい休暇になるはずだ。二人で満喫してくれ。メグ、アルノルドを頼む」

第三皇子は、クッションのきいたソファーから身軽に立ち上がった。

皇太子殿下も立ち上がったので、わたしもそれに倣う。

そして、第三皇子は去った。


（き、気まずいわね）

第三皇子が去ってから、二人で元の場所に座り直した。

皇太子殿下と視線を合わせるのも気まずいし、かといってどこかよそに向けるのも白々しい。それを言うなら、だまっているのも気まずすぎる。そうかといって、いきなりなにか当たり障りのないことを話題にするのも不自然な気がする。

（ど、どうしよう）

すっかり混乱している。

「メグ、すまなかった。何度謝罪しても、きみは許してはくれないだろうな」

めずらしく気弱になっていると、皇太子殿下がまた謝罪してきた。

「先程は、フレデリクの手前ちゃんと告げなかったのだが……」

皇太子殿下は、向かい側でわたしをまっすぐ見据えている。

ほんと、美貌すぎるわ。

書物に出てくる皇子や王子だって、これほどの美貌はいないはずよ。

「一目惚れだった」

「はい？」

彼のその一言の意味がわからなかった。いいえ。言葉の意味はわかる。そうではなく、いまここでこのタイミングで、わたしにその一言を発した意味がわからなかった。

「フレデリクからきみのことをきいた瞬間、なぜかきみのことが気になって仕方がなかった。というよりかは、胸が高鳴った。きみと会ったこともないのに、だ。彼からきみの様子をきくにつれ、きみこそが、おれの探し求めているレディだと確信した」

「ちょっ……」

口を開きかけた。だけど彼が手を上げたので、とりあえず口《それ》を閉じた。

「ラウラをきっかけにして、『おれを狙《ねら》う連中をあぶり出す為にきみを呼び寄せ利用する』と、フレデリクには言った。だが、ほんとうは違う。連中をあぶり出すだけなら、きみを呼び寄せるという手段ではなくてもいくらでも代案はあるからね。連中をあぶり出すことを言い訳に、きみを呼び寄せたかった。そして、きみはそれに応じてくれた。内心、うれしくて仕方がなかった。きみに会うのが楽しみでならなかった。うれしくてドキドキして、不安だったりどうしていいのかわからなかったりしながら、きみと婚儀で初めて会った。きみを見た瞬間、理性や冷静さが飛んでしまった」

衝撃的すぎる。衝撃的すぎて、思考が追いつきそうにない。

彼はほんの一瞬だけ視線をそらせてから、またそれを合わせてきた。

「さっきも言ったが、きみはあのパーティーでじつに如才なくやっていた。田舎でその日の生活もままならないほど生活が困窮しているときいていたのに、きみはまるで貴族社会で生きているかのように周囲にとけ込んでいた」

当然よ。どれだけ恋愛系の書物を読んだと思っているの。貴族が繰り広げるハッピーエンドものばかりを選んで熟読したのよ。

皇都《ここ》にくる前は、楽しい展開のハッピーエンドの書物ばかりを選んで読み、勉強した。というわけで、わたしの作法は実生活や作法の先生に習って得たものではない。すべて架空のお話の受け売りなのである。

「わたしたちと同世代の貴族子息たちが、きみに挨拶《あいさつ》をした。きみは、最高の笑顔で応《こた》えていた。おれは、それが気に入らなかった。きみの素晴らしい笑顔は、おれにだけに向けてほしかった」

（なんですって？）

書物では、ヒロインや悪女たちはそんなふうに振る舞っていたのに。

それがダメだったというわけ？

書物で勉強した後、お父様やお兄様たちを皇太子殿下や貴族子息たちに見たてて、笑顔をふりまく練習を何度も重ねた。だけど、三人とも「まるでヒロインをいじめる悪女か、皇子を呪《のろ》い殺そうとしている魔女にしか見えない」と言って、バカにしたり笑ったりしていた。

（ちょっと待って）

冷静に考えたら、お兄様たちはともかく、お父様は王宮でのマナーやパーティーでの立ち居振る舞いを知っているのではないの？　だって、短いながらもモンターレ王国の王太子としてすごしていたのだから。

どうしてあのとき、お父様は指南してくれなかったわけ？　お母様の立ち居振る舞いがどうだったとか、自分が見たことやきいたことを教えてくれなかったわけ？

田舎に帰ったら、お父様をとっちめなくては。

頭の中にメモしておきましょう。

それはともかく、書物に出てくるシーンは、どれも古めかしいのかしら。それとも、やはり架空の立ち居振る舞いにすぎないのかしら。

「婚儀の宴できみが他の男たちと談笑をしているのを見たとき、きみに意地悪をしたくなった。さらには、雇用結婚だなどとバカなことを思いつき、実際にきみにそれを突き付けた」

彼はいっきに告げてから、溜息《ためいき》をついた。

「メグ、きみをだましていたし、理不尽なまでの要求をしてしまった。それらについては、ほんとうにすまないと思っている。しかし、それもきみを愛しているからだ。きみへの強い想《おも》いがこじれてしまった結果だ」

（な、なんなの？　正直、信じられないのだけど）

わたしって、ただの田舎者なのに。こんなわたしのどこがよくて、なにがいいわけ？

やはり、彼ってば相当かわっているわ。

だけど、ひとつだけ言えることがある。

「殿下、そんなことはありません。だって、ラウラに暴力を振るわれそうになったときや階段から落ちたとき、助けてくださいました。あれは、ヒーローそのものでした。殿下、どうかご自身を卑下なさらないでください。ぎりぎりいい恰好《かっこう》が出来ていましたから」

助けてくれたのは、たった二回だった。だけど、助けてくれたことにかわりはない。

「あ、ああ。そう言ってくれるとうれしいよ」

彼、ちょっとだけテンションが下がったかしら？

きっと、気のせいよね。

「ほんとうにすまなかった」

そのとき、彼が頭を下げた。

「ここしばらくきみと行動を共にし、自分が最低な男だったということを痛感したよ。同時に、自分の中できみの存在がさらに大きくなった。謝罪をするだけで許されるとは思ってはいない。だからこの先、どれだけ時間がかかろうとも償いをするつもりだ。もちろん、あらためてきみの父上や兄上たちに挨拶をし、きみとの結婚を認めてもらうつもりでいる。だから、おれにチャンスをくれないだろうか。きみの夫になるチャンスを、あたえてくれないだろうか」

どうやら、嘘ではないみたい。それから、なんらかの罠《わな》でもないみたい。

「きみの父上と兄上たちには皇都に移ってもらい、要職に就いてもらうつもりだ。きみの父上や兄上たちが、もしも故国モンターレ王国に戻って国王や王子としての地位を奪還したければ全力で協力する。もっとも、きみは故国に戻ってもらっては困るが」

皇太子殿下の申し出は、わがオベリティ家にとっては破格のものである。

要職に就いたり国王の座を奪還したりという大それたことはともかく、すくなくとも日々の生活は保障される。

その日の糧を心配せずにすむ。

わたしが「イエス」と言えば、お父様とお兄様たちは、これからわずかでも生活がラクになる。

どのような返事をするにしても、わたしが結婚しているという事実にかわりはない。

なにより、ここ最近の皇太子殿《か》下《れ》との付き合いで、わたしも彼に興味を抱き、気になっていることはたしかなこと。

もう少し、彼に付き合ってみてもいいかしら。

人生は長い。もしもダメなときは、すっぱり諦《あきら》めて違う道を歩めばいい。さっさと田舎に帰り、いままでのように家族四人で貧乏生活を送ればいい。

それだけの時間と心の余裕はあるはずだから。

もっとも、わたしの方が彼に愛想をつかされるかもしれないけれど。その可能性もあるわよね。

そもそも、どうするか迷う必要なんてある？

グズグズしているうちに、いつの間にか彼が立ち上がってこちら側に来ていた。様子をうかがっていると、彼はちゃっかり隣に座った。

「気がおさまらないのなら、おさまるようなんでもするよ。たとえば、ひざまずくとか……」

彼は、手を握ってきた。

そういえば、視察中ずっと同じ部屋で寝泊まりしていたにもかかわらず、彼は一度も手を出してこなかった。

愛するラウラがいるから、わたしには興味がないからだとばかり思い込んでいた。

もっとも、各領地における不正やごまかしを暴くのに忙しくてそんなことに心を砕く余裕はなかったということもあるけれど。

「我慢していたのだ。せめてジェントルマンであれ、とね」

彼は、こちらの心を読んだかのようにささやいてきた。わずかに声がかすれているように感じるのは気のせいね。

「殿下、さきほどの『なんでもするよ』、という言葉に嘘偽りはありませんか？」

「あ、ああ、ああ、もちろんだとも。でっ、なにをすればいい？」

「その前に、わたしたちの関係は雇用者と被雇用者であって、わたしは終生あなたに雇われ続けるというわけですね。では、お給金や一時金をいままでと同様に実家に送らせていただいてもいいですか？　いずれにせよ、家族は、いまさら皇都で暮らすとか役人や官僚になるなどということに興味はありません。追い出された故国の国王や王子のことについても同様です。貧乏でも、田舎で気ままに暮らすのが性に合っています。ですが、家族のことを気にかけていただいていますことは、父や兄たちにかわってお礼申し上げます」

彼は、ひとつ頷《うなず》いた。その青色の瞳に、はっきりとわたしが映っている。

彼に雇われている自称悪妻が。

それにしても、金髪碧眼《へきがん》ですごく美しくて可愛いラウラに比べれば、わたしは黒色の短い髪で黒い瞳というほんとうに地味な顔立ちよね。

お父様とお兄様たちは、「夏真っ盛りの太陽みたいにギラギラした顔」っていつも言ってくれるけれど。

よくよく考えたら、それっていったいどういう意味なのかしらね。

「殿下。それでは、これからもよろしくお願いします。あらためて雇われた以上、雇用条件に従って存分に働きます。悪妻でも良妻でも、立派に演じてみせます」

「メグ……」

「話はかわりますが、じつは子どもの頃から伴侶《はんりょ》にやってもらいたいと思っていることがあるのです」

彼に満面の笑顔で望みを打ち明けた。

「お姫様抱っこです。素敵な婚儀の後、お姫様抱っこで寝室に連れていってもらうのです」

そう。子どもの頃に読んだ挿絵入りの子ども向けの書物のワンシーンである。あの挿絵が素敵すぎて、いまだに憧《あこが》れているのである。

「そうだったな。婚儀の後、おれは嫉妬《しっと》してしまい、その腹いせに皇宮の階段の踊り場できみに雇用関係のことを告げたのだった。『愛などない』、などとよく言えたものだ」

皇太子殿下は、自虐めいた笑みを浮かべた。

「そうだ。ここには、素晴らしいバラ園がある。そのバラ園の管理者が、皇宮で司祭を務めていたことがあってね。どうだい？　その元司祭に頼んで婚儀のやり直しをしよう。それから、きみをお姫様抱っこして寝室まで運ぶよ」

「バラ園、ですか？　庭園の端にあるバラ園のことですよね？　あそこから寝室まで遠いのではないですか？」

皇太子殿下は、はたしてわたしをお姫様抱っこして遠距離を移動出来るのかしら？

「まあ、死ぬ気でがんばれば……」

彼は、わたしを上から下まで見てからつぶやいた。

「し、失礼な。わたしは、そんなに重くありません。そうではなく、殿下の体力のことを心配しているのです」

「すまない。いまのは冗談だ。それにしても、やはりきみはやさしいな。おれのことを心配してくれるなんて。だが、心配はいらない。きみをお姫様抱っこするのは容易なことだ。では、さっそく行こう」

(微妙すぎる)

彼には先見の明か、未来視のスキルでもあるのかしらね。って、そんなわけはないわね。きっと、こういうことを調子がいいというのに違いない。

心の中で溜息をつきそうになった瞬間、彼が顔を寄せて来た。

あっという間だった。それこそ、心の準備も身構える暇もなかった。

彼は、指先でわたしの広いおでこをツンとした。それこそ、少年が少女にするように。

「おでこツン」の意図はわからないけれど、皇太子殿下の美貌に少年のような照れ笑いが浮かんでいるから、それはきっと彼にとっては最適な表現だったに違いない。

「お姫様抱っこという苦行のゴールは寝室だ。ということは、初夜というご褒美が待っているわけだな」

そのとき、彼はわたしの手を取りつつ、立ち上がった。

バラ園へ意気揚々と歩きはじめた彼の横顔は、とっても美しくってやさしい。

「そんな元気があれば、ですけど」

「えっ、なんだって？」

「なんでもありません」

バラ園はかなり遠い。そして、内緒だけどわたしは見た目よりちょっとだけ重い。

遠くのバラ園から屋敷内の寝室までわたしをお姫様抱っこしたら、彼はぜったいに途中でバテてしまう。

推測ではなく、断言出来る。

きっと、初夜はおあずけだということを。

でも、たとえ今日がダメでも、これからいくらでも機会はある。

ついにわたしは、期間限定のパートタイムではなくフルタイムの終身雇用に昇格したのだから。

皇太子殿下には、契約条件のひとつを遵守してもらう為にせいぜいがんばってもらいましょう。

第四章　ほんとうの意味での婚儀

皇太子《こうたいし》殿下に手を取られ、バラ園に向かっている。

彼の左手は、わたしの右手をがっしりつかんでぐいぐいひっぱり続けている。

皇太子殿下とわたしがいるナルディィ公爵家は、皇都《おうと》から馬車で丸一日かかる地域一帯を所有している。

そのナルディィ公爵家の現在の当主が第三皇子《おうじ》のフレデリクで、皇太子殿下の唯一の味方であり親友でもある。

ナルディィ公爵家は、表の顔はスカルパ皇国《こうこく》の三大公爵家の一家である。

その正体は、皇族というよりかは皇帝と皇太子専属の諜報員《ちょうほういん》というカッコよすぎる存在。第三皇子のフレデリクは、子どもの頃に皇帝陛下と皇妃殿下の養子として皇子になった。それ以降、彼は皇太子殿下の為《ため》に働いている。


皇太子殿下とわたしが歩いているのは、ナルディィ公爵家の屋敷の広大な庭園である。それはもう広くて、その辺りにある村がすっぽりおさまってしまうかもしれない。

管理するだけでも大変に違いない。

皇太子殿下に手をひかれながら、そんなことを思ってしまう。思いながら、周囲を見回してみた。

花壇には色とりどりの花々が微風にそよぎ、その美しさを競っている。

石畳の道のところどころに噴水があり、彫刻が設置されている。それも、凝りに凝ったものばかりである。

屋敷内にあるたくさんの絵画や彫刻もそうだけど、一つ売り払えば家族四人で一年は生活の心配をせずにすむかもしれない。

お金ってあるところにはあるものなのね。

そのように実感してしまう。

庭園の右手の奥には、森が広がっている。これはもう庭園とは言えないけれど。

ナルディ公爵家を訪れたばかりの頃、皇太子殿下に公爵家の土地はどのくらいの広さなのか尋ねてみた。

「さあ。皇宮《こうきゅう》の森より広いことは確かだな」

皇太子殿下は、そう答えた。

皇太子殿下越しに、皇宮よりも広いという森を見てみた。

そこには、目に見えるだけでも実家の山や森や林にはない木々が鬱蒼《うっそう》と茂っている。さらに奥の方は、まったく様子がわからない。

（獣はいるのかしら？　罠《わな》を仕掛けたらどうかしら？）

捕獲した獣は、肉は干してジャーキーにし、毛皮は街に売りにいく。

これで食料の確保とわずかでも銅貨が手に入る。

だけど実際のところは、実家の周りには小型の草食獣か鳥しかいない。

これだけの広い森なら、大型の獣がぜったいにいるはずよね。

（もうしばらくここに滞在するのなら、罠でも仕掛けてみようかしら）

皇太子殿下に手をひかれて歩きつつ、そんなどうでもいいようなことを考えている。

居間を出てバラ園に向かっているけれど、皇太子殿下と会話がない。

皇太子殿下が一言も口をきかないのである。

居間では、あれだけ喋《しゃべ》っていたのにもかかわらず。

それなのに、居間を出た瞬間押し黙ってしまった。

それは、わたしにも当てはまる。わたしもまた、黙っている。

（わたしのバカ。どうしてあんなことを言ってしまったの？）

『お姫様抱っこ、なのです。素敵な婚儀の後、お姫様抱っこをしてもらって寝室に連れていってもらうのです』

皇太子殿下が「これまですべてのことについて詫《わ》びをしたい」と言い出したから、つい夢を語ってしまった。

すると、彼はすぐにこう応じた。

『ここには、素晴らしいバラ園がある。どうだい？　婚儀のやり直しをしよう。それから、きみをお姫様抱っこして寝室まで運ぶよ』

そしていま、それを実践する為にバラ園へ向かっているのである。

わたしが無口になるとかどうでもいいことばかり考えているのは、気をそらしたいからである。

皇太子殿下がわたしをお姫様抱っこして屋敷内の寝室までたどり着こうが途中で息絶えようが、って死んでもらっては困るけれど、とにかく、いずれにせよその後はそういう雰囲気にはなるわけよね。そのことを考えると、緊張のあまり無口にもなるわ。というよりかは、正直出来るだけ考えたくない。だから、ついどうでもいいことを考えてしまう。

ということは、彼も同じ理由から押し黙っているのかしら？

「ほら、見えてきた」

そのとき、その彼がささやいた。

そのささやき声がやけにかすれているように感じたのは、きっと気のせいね。

「素敵だわ」

彼の右手は、眼前にあるバラのアーチを指している。

鉄製のアーチに、ツルバラの一種がこれでもかと咲き誇っている。バラは、濃いピンク色をしている。

豊潤な香りが鼻腔《びこう》をくすぐる。

さすがはバラ園と言っているだけのことはあるわよね。

すでに入り口で特別感を主張している。

「すごいだろう？　庭もさることながら、ナルディ公爵家のバラ園は皇都にあるバラ園よりも美しくてダイナミックだからね」

そう自慢げに語る皇太子殿下の美貌《びぼう》は、キラキラ輝いている。

「ここにくる楽しみの一つがこれさ。さあ、行こう」

「ええ、殿下」

立派なバラのアーチをくぐり、彼の案内でバラ園を巡ってみた。

赤いバラの花壇と青いバラの花壇の間に、ひょっこりと麦わら帽子が現れた。

「皇太子殿下」

「こんにちは、レナウト師。お元気そうですね」

皇太子殿下の態度があらたまったから、驚いてしまった。

彼に手をひっぱられ、麦わら帽の人物の前へと導かれた。

麦わら帽子をかぶった男性は、つなぎの青色のズボンに白いシャツ姿である。どちらも土でドロドロに汚れている。

年齢は、五十代かしら？　老人というには、まだちょっと早い年齢に思える。

彼の陽《ひ》に焼けた小顔は、温和でやさしい。いまも、満面の笑みが浮かんでいる。

近づくにつれ、シャツの袖《そで》をおっているむきだしの腕が傷だらけであることに気がついた。

「殿下、あなたも元気そうですな。いらっしゃっているのなら、わたしの方から挨拶《あいさつ》に出向きましたものを」

「レナウト師、どうかお気遣いなく。それよりも、こちらは妻のメグです」

（ええっ、妻？　わたしが？）

ああ、そうだったわ。わたしってば、皇太子殿下の妻だった。

ちゃんとした意味で妻になったばかりだから、まだ自覚も実感もない。だから、そんなふうに紹介されて驚いてしまった。

「メグ。彼は、ブルーノ・レナウト師。以前、皇宮で司祭を務めてもらっていた。現在は、ナルディ公爵家の庭園やバラ園の管理をしている」

麦わら帽子の彼が泥だらけなのと、それからむきだしの腕が傷だらけの理由がこれでわかったわ。

それと、皇太子殿下の態度があらたまったのも。

「殿下、妃殿下。この度はおめでとうございます。心よりお祝い申し上げます。それにしても、美しい妃殿下だ」

レナウトは、花壇から出てきた。彼は、わたしの前までくるとわずかに上半身を傾け、手を差し伸べてきた。

その手も傷だらけで、マメもたくさん出来ている。

田舎《いなか》の司祭も、町や村の人たちといっしょに農作物を育てたり家畜の面倒をみたり、土木作業や大工仕事をしている。だから、「えっ、ほんとうに司祭？」、と疑いたくなるほどたくましい。

彼もそんな感じなのかもしれない。

でも、皇宮付きの司祭なのだったら、田舎の司祭と違って裕福に暮らせるのかもしれない。

そうよね。以前はってことだから、いまはこうして花や木々と戯《たわむ》れているのよね。

それにしても、レナウトはおべっかを使ったりして、さすがに皇都にいただけあるわね。

「そうでしょう？　フレデリクが見つけ出してくれたのですよ。彼から彼女の話をきいた瞬間、『彼女だ。わたしの探し求めているレディは彼女だ』と確信しました。ですから、すぐに皇都に呼び寄せたのです」

「レナウト師、はじめまして。メグ・オベリ、いえ、メグ・ランディです。お会い出来て光栄です」

おもわず、旧姓を名乗りそうになった。すぐに訂正した。

やはり、まだまだ慣れないわ。というか、夫婦としてスタートラインに立っている気すらしない。

「素晴らしいバラですね。バラのことはよくわかりませんが、見た目の美しさはもちろんのこと、こちらのバラからやさしさとあたたかみが感じられます。たっぷりの愛情が注ぎ込まれている証拠ですね」

おべっかでもなんでもない。ほんとうにそう思っている。

植物だって人間や動物と同じである。育てる人の愛を感じ、一生懸命さが伝わってくる。

色とりどりのバラから、レナウトの愛情を一心に受けていることをひしひしと感じられる。

バラを見渡し、視線を彼に戻した。

彼の顔に意外なものでも見るようななにかが浮かび、すぐに消えた。

「妃殿下、ありがとうございます」

そして、レナウトはうれしそうに笑った。


「ああ、そうだ。レナウト師、じつはいまから二人で婚儀をしたいのです。と言っても、簡単にですけれど。事情があって、おれたちは今日《きょう》、これからほんとうの意味で夫婦になります。どうか立会人になっていただけないでしょうか」

皇太子殿下がレナウトにお願いしているのをききながら、皇宮でのおざなりの婚儀に聖職者が招かれていなかったことを思い出した。

「事情はよくわかりませんが、わたしでよろしければよろこんで。ただ、わたしはこのように泥だらけですが」

レナウトは、自分の服を見下ろし苦笑した。

「土は大好きです。生き物を育む大切なものですから」

その彼が可愛《かわい》くてつい口をはさんでしまった。

レナウトは、「それならば」というわけで東屋に案内してくれた。

木製のデッキ仕様の東屋もまた、バラの蔓《つる》が這《は》っていたり巻きついたりしている。

彼は、手を洗いにいって戻ってきた。それから、さっそく神の祝福をあたえてくれた。

ほんとうに簡単だけど、さすがは皇宮付きの司祭ね。

祝福をあたえられている感が半端ではないわ。

わたし自身、そこまで神に頼ったりすがったりしているわけではない。神にお願いをするのは、数日間草の根一本見つからず、餓死しそうなときだけ。

もっとも、お願いするだけではない。散々、悪口や恨み言を言ってもしまうけれど。

だけど、いまは神のパワーみたいなものを感じる。

わたしは、単純である。だから、元司祭が「神の祝福を」と言ってくれただけで、神がすべての災難から守り、毎日なにかしら食べ物を恵んでくれそうな気になってしまう。

「では、お二人とも誓いの口づけを」

敬虔《けいけん》な気持ちに浸っているわたしの耳に、レナウトのそんな言葉が飛び込んできた。

(誓いの口づけですって?)

そうだわ。すっかり失念していた。

それこそが、式のメインと言っても過言ではないわよね。

それにしても、そもそも口づけって、いったいなんなの？　その行為って、神や結婚をする相手に対する誓いなのかしら。

そうだとすれば、どうして口づけをするのかしら。

そんな素朴な疑問は、この際おいておきましょう。

いまここで、そのことを問題にしたところでどうしようもない。

「あー、メグ。ほら、おれたちは夫婦だし、口づけをしても問題ないと思うのだが。もちろん、きみの気持を尊重するよ。もしもきみが嫌なら……」

二人でレナウトの前に並び立ち、彼の厳《おごそ》かな言葉をきいている。皇太子殿下は、体ごとわたしの方に向いて言いかけた。

彼は、わたしを気遣ってそう提案してくれた。だけど、彼の美貌には口づけする気満々の表情が濃く浮かんでいるし、体からはオーラが放出されている。

ふと、自分の姿と彼の姿を見た。遠乗りから戻ってきてすぐに第三皇子を加えてラウラを弾劾し、そのままここにやって来た。だから、二人とも乗馬服姿である。

ふつうだと白いドレスにベール姿で、花婿がベールをめくって口づけするものよね。

すくなくとも、書物に出てくるような婚儀のシーンではそうだった。

いけないわね。そんなふうに、他《ほか》に気をそらしている場合ではない。

「望むところです」

皇太子殿下としっかり視線を合わせ、先程の彼の問いに応じた。

「望むところ?」

レナウトがつぶやいた。

もしかして、いまのは口づけを待ちに待っているようだったかしら。あるいは、勝負をけしかけられて受けた、みたいな感じに受け取られたかも。

「あっ、いえ、大丈夫。どんと来い、です」

すぐに言い直したけど、なにかいまのも違っていた気がする。

レナウトがプッとふいた。

「そ、そうかい?　で、では、お言葉に甘えて」

皇太子殿下の美貌が一瞬にして真《ま》っ赤《か》になった。彼ってば、血圧がいっきに上昇したのではないかしら。

同時に、彼がわたしの両肩に手を置いて自分の方に向かせた。

彼が一歩踏み出してきたから、距離がかなり近くなった。と思う間もなく、彼がわずかに上半身をかがめて顔を近づけてきた。

睫毛《まつげ》がなんて長いのでしょう。それから、なんてきれいな青い瞳《ひとみ》なの。

いくらなんでも、こんなに間近で彼を見たことがなかった。だから、じっと見つめてしまう。

青い瞳に吸い込まれてしまいそう。

彼のその瞳に映る自分の姿は、ただただ滑稽《こっけい》でしかない。

わたしの黒い瞳に、彼の美貌が映っているかしら。

彼は、その自分の姿をどう捉えているのか。

そこまで考えた瞬間、彼の動きがぴたりと止まった。

「あー、メグ？　すまないが、そんなにじっと見つめないでくれないかな？　口づけしにくいから」

皇太子殿下は、真っ赤な顔で言いにくそうに言った。

「あ、すみません。では、どこを見るといいのでしょうか？　胸元あたりでいいですか。それとも、口元？」

「閉じるのです」

すぐ近くから神の声が、違った、レナウトのささやき声がきこえてきた。

「瞼《まぶた》を、瞼を閉じて」

続けられた彼のささやき声。

書物に出てくるような口づけのシーンでも、たいていレディは瞼を閉じる。その描写を読むたび、いつも軽い失望感を覚えてしまう。

なぜなら、そのような重要な行為は、きちんと自分の瞳《め》に焼き付けておきたいから。初めての口づけならなおさらのこと、しっかり見ておきたい。

相手がどんな表情でどんなふうに唇を重ねてくるのか、ちゃんと見ておかなくては。

わたしに双子の兄たちのように絵心でもあれば、その様子を絵にしておきたいくらいよ。

「どうしても？　どうしても瞼を閉じないといけないですか？」

皇太子殿下とレナウトに尋ねた。

「そういうものなのです。たとえ神であろうと、女神にじっと見つめられれば口づけしにくいはずです」

レナウトが即座に返してきた。

なんてこと。神ですら、見つめ合ったままだとやりにくいと言うの？

口づけする側だけ相手を見ることが出来るって、ちょっと不公平ではないかしら。

これは、わたしのわがままなのかしら。

わたしは、しょせん終身雇用の身。皇太子殿下は、以前と同様わたしの雇用者であることにかわりはない。

出来るだけ雇用者のご要望にそうことが、被雇用者の務めなのよ。

「わかりました。瞼を閉じます。さあっ、どうぞ」

瞼を閉じることに集中した。体中の力を瞼に集中し、ギュギュギューッとこれでもかというほど瞼を閉じた。

「いや、そこまで閉じなくとも」

またレナウトのささやき声がきこえてきたけど、それはきこえなかったことにした。

もったいぶった時間が続いたわりには、口づけはあっけなかった。

皇太子殿下の唇が、わたしのそれをサッと撫《な》でるくらいだった。

多くの書物の口づけのシーンでは、レディはいろいろな気持ちや感覚を抱く。

甘いとか辛いとかすっぱいとかしびれるとか、あるいはジーンとくるというのもある。

それを読んでも、フーンとしか思わなかった。

唇と唇って、皮膚と皮膚が触れ合うのと同じようなもの。それを味がするとかしびれるとかジーンとくるとか、神経過敏よとしか思いようがない。

もっとも、いまの皇太子殿下の口づけはあっという間だった。だから、そんな気持ちや感覚を抱く暇もなかったけれど。

それどころか、唇に触れた感覚があったかどうかも怪しかった。

「皇太子妃殿下、もう瞼を開けてもいいですよ。終わりました」

レナウトが知らせてくれたから、瞼を開けてみた。

瞼をきつく閉じすぎていて、それを開けても陽光が明るすぎるだけでよく見えない。

やっと見えるようになると、皇太子殿下の美貌に「口づけしたぞ」という達成感のようなものが浮かんでいた。

これが、わたしの生まれて初めての口づけだった。

こんなものなのね、というのが正直な感想である。


「えっ、まさか。殿下、屋敷までかなりの距離がありますぞ」

皇太子殿下が約束を行使しようとしてくれている。

わたしとしては、その気持ちだけで充分である。だけど、彼ははりきっている。だから、わたしも彼の思うままにしてもらうつもり。

「知っています。ですが、メグの夢なのです。伴侶《はんりょ》に式場から寝室までお姫様抱っこで運んでもらいたい、というのが」

「それをかなえようとされる殿下のやさしさは、妃殿下も理解されていらっしゃいます。そうですよね、妃殿下？」

レナウトが陽に焼けた顔を向けてきた。

同意するようにとの圧がすごいわ。だから、無言で頷《うなず》いた。これだけ圧をかけられたら、そうするしかない。

「いくらなんでも、このバラ園から屋敷までお姫様抱っこされるとは無謀もいいところですぞ。そんなことは、神でさえ成し遂げられません」

(ちょっ、ちょっと待ってよ)

無謀ですって？　しかも、神でさえわたしをお姫様抱っこ出来ないってどういうことなの？

神ってどれだけ軟弱なわけ？　神だったら、わたしを宙に浮かせることくらい簡単なはずよ。出来ないのなら、神とはいったいなんなのってその存在じたいを疑ってしまう。

たしかに、わたしは子どもみたいに小さくて軽いというわけではないわ。見た目より肉がほんのちょっとだけついているかもしれない。その分、ほんの少し、ほんとうに少しだけ体重が重いかもしれない。だけど、いくらなんでも神が抱っこ出来ないほど体重が重いわけではない。

「妃殿下、どうかお許しを。悪意はございません。ただ、バラ園から屋敷まで距離がかなりあると申し上げたかっただけなのです。ですから、そのように怖い顔をなさらないでいただきたい」

なんですって？　いやだわ。無意識の内に、レナウト《かれ》を睨《にら》みつけていたのかしら？　それとも、物語に出てくる殺し屋みたいに殺気を放っていたとか？

「いずれにせよ、殿下の妃殿下への想《おも》いと情熱さえあれば、神さえも成し遂げぬお姫様抱っこを成し遂げられるかもしれません」

「そうでしょうとも」

レナウトは、なぜか急に意見をかえた。しかも、いいかげんなことを言い出した。

そのレナウトのいいかげんな助言に、皇太子殿下はすっかりその気になっている。

皇太子殿下でさえ、神や神の関係者の言うことは絶対だと思っているのね。

「さあ、メグ」

彼は腰を落とし、掌《てのひら》を上に両腕を少し曲げてお姫様抱っこをする準備を整えた。

「殿下、わたしとしても殿下のそのお気持ちだけで充分です。バラ園に来たときと同じように、手を取ってくださるだけで充分です」

「ダメだ。約束を違《たが》えたくはない。ほら、はやく」

最後の説得を試みてみた。が、彼は頑固である。意地になっている。

「わかりました。では、お願いします」

もうどうにでもなれ、という気になってきた。

どうなっても知らないから。

彼に近づいた。それから、背中から差し出されている彼の両腕に恐る恐る全身を預けた。

「ううう。ゴホンッ！」

いまのはいったいなんだったのかしら？　もしかして、彼の口からうめき声がもれなかった？　それを咳払《せきばら》いでごまかさなかった？

全身が重力にひきつけられたのは一瞬だった。彼は、すぐに姿勢を正して見事に抱っこしてくれた。

彼の右肩あたりからわずかにその顔を見上げると、彼はその視線を感じたのか視線を落としてきた。

目と目が合うと、彼はけっして頼もしいとは言えない、むしろ気弱そうな笑みを浮かべた。

「よしっ！　さあっ、行くぞ」

彼は、ムダに気合いを入れた。それから、一歩一歩進んでいく。

彼が二、三歩進んだところで悟った。

これは絶対に無理。彼は、神ではなく人間。当然、人間が神を超えることは難しい。

そもそも、神だってわたしをお姫様抱っこして運ぶのは無理なのだから。

皇太子殿下がどれだけ気合いを入れ、がんばったところで無理に決まっている。

「殿下、神は殿下に茨《いばら》の道を準備されました。それを乗り越えてこそ、将来この国を統《す》べる皇帝となれるのです。神の祝福あれ」

レナウトの激励が飛んできた。

いまの彼の激励は、いろいろと問い質《ただ》したくなる内容だった。だけど、いまはやめておいた方がいい。

機会があったら、そのときにゆっくりみっちりじっくり問い質すことにしよう。


バラ園を出てからどのぐらい経過したのかしら。

だんだんお腹《なか》がすいてきた。お腹の虫たちが、抗議の声をあげている。

「きゅ、休憩だ」

何度目かのブレイクタイム。バラ園は、かろうじて見えなくなっている。

皇太子殿下は、わたしをおろしてくれた。というよりかは、わたしが自分で地に足をつけた。その瞬間、彼は両腕を伸ばしたり曲げたりした。それから、ぐるぐるとまわした。

その表情は、かなり険しくなっている。

「メ、メグ、何も言わなくてもいい。きみは、制限時間を設けてはいないだろう？　どれだけ時間がかかろうとも、かならずやり遂げる。だから、きみは心配しなくていい」

皇太子殿下は息を整え、もう何十度目かの宣言をした。

宣言をされすぎて、もはや説得力もなにもない。

なにより、いろいろなことをいろいろな意味で心配せずにはいられない。

それに、お腹が減りすぎて目が回ってしまいそうだわ。

「あの、殿下。お腹がすいていませんか？」

もう我慢出来そうにない。

田舎にいた頃は、食べる物がなかった。だから、つねに空腹だった。一日や二日くらいなら、お水さえあれば何とか平常心のままますごせていた。だけど、いまはしばらくの間ちゃんと食事が摂れる環境にいる。それに慣れてしまったのか、いざ食べられない環境になると空腹感が半端ない。叫び出したくなるほど我慢が出来なくなってしまう。

（どうしましょう）

もしも離縁でもされれば、田舎に戻って以前の暮らしが出来るかしら？

そんなことより、お父様とお兄様たちは、いまこのときでも食べ物のない生活を送っている。

皇太子殿下から雇用の条件にのっとって給金をいただいているので、何度か金貨に手紙を添えて送った。男三人であれば、ここ数年間は充分食べていけるだけの枚数である。

だけど、彼らがそれを食費にまわしているとは考えにくい。

いつも助けてくれている村や町の人たちにお礼をしたり、ボロボロの家の修繕費にしたり、荒れ地の整備、農作物や家畜たちの用具や肥料や飼料を買い込んだり、もろもろのことに使っているはず。その上で、町や村で自分たちよりもっと困っている人たちに援助しているかもしれない。

自分たちが食べることは、最後の最後。

ということは、あいかわらず食うや食わずの生活を送っているかもしれない。

そのことに思いいたると、急に恥ずかしくなった。情けなくなった。

たとえ皇太子殿下のつまらない意地に付き合い、一食や二食食事が出来ずに飢え死にしそうになったところでたいしたことはない。

「そうだな。たしかに腹が減っている。そうか。腹が減っているから力が出ないのだな」

「そうですよ、殿下」

パアッと表情が明るくなった皇太子殿下に、大きく頷いて同意した。

ついさっき、飢えている家族に思いを馳《は》せていたのに。そんなこと、一瞬にして消え去ってしまった。

やはり、空腹感には勝てない。

食事にありつけるのなら、わたしが彼を皇子様抱っこして屋敷内の食堂まで走っていってもいい。

「ならば、食事をしてから続きをしよう。ほら、この場所にこうしておこう」

皇太子殿下は、乗馬靴の先端で地面にハートのマークを描いた。

やだ。皇太子殿下って、意外とお茶目さんね。

「印をつけたから、食事後に戻ってきてここからまた再開する。それでいいね？」

「殿下、もうほんとうにいいのです。ここまで運んでくださっただけで、わたしの夢はかないました」

「だめだ」

彼は、美貌を左右に振った。それはまさしく、頑固な老人を思わせた。

「そうだ。いま決めた。食事をして体力が回復するごとに続きをする。さすがに、ずっとナルディ公爵家にいるわけにはいかないから、ここで続きをすることは出来ない。だが、いまここにいる場所から屋敷内のおれたちの寝室までの距離と皇宮内の食堂からわたしの寝室までの距離は、まったく同じではないが同じぐらいの距離だ。ということは、皇都に戻って続きを行ってもいいわけだ。場所はかわってしまうが、それでもいいかな？　それだったら、何年かかってでも達成してみせる」

（ちょっ……）

いまの彼の発言のほとんどに問題がある気がするのだけれど。

「婚儀を行った会場から寝室まで伴侶にお姫様抱っこして運んでもらう」、というわたしの乙女《おとめ》チックな夢は、彼の中で国家レベルの壮大なプロジェクトにとってかわってしまっている。

「そうと決まったら、さっそく食事にしよう」

彼は呆《あき》れ返っているわたしの手を握ると、そのまま屋敷のある方へ駆け出した。

彼にひっぱられながら、ふと思った。

お姫様抱っこの後は、初夜が待っている。

ということは、彼はこのさき何年も初夜を、というよりかは初夜に当然すべき行為が出来ないということである。

そこまで考えての決意だったのかしら？　まぁ、いいわよね。とりあえずは食事よ。

ナルディ公爵家の使用人たちは、気遣い抜群で要領がよくて万事そつのない人たちである。彼らは何も言わず詮索《せんさく》もせず、わたしたちの部屋に夕食を準備してくれた。

ナルディ公爵家の料理人たちは、この地方のこの時期に収穫出来る旬の食材を中心とした料理を作ってくれる。肥沃《ひよく》な土地では、野菜や果物をたくさん収穫することが出来る。だから、ヘルシーな料理ばかりである。しかも麦類はこの国の七割の収穫量を誇っているので、パンの種類がたくさんある。それから、麦酒の種類も。

黒麦酒で乾杯した後、今夜もヘルシーな献立を堪能した。

皇太子殿下もわたしも最初に「乾杯」と同時につぶやいたのを最後に、一言も口をきかないまま脇《わき》目《め》もふらず一心不乱に食べた。

そしてやっと視線を合わせ、食べる以外で口を開いたのは食後のスイーツを食べているときだった。

「ああ、美味《うま》かった」

「ええ、ほんとうに美味《おい》しかったですわ」

二人とも心の底から発した本音である。

おもわず、顔を見合わせて笑った。

「以前、きみが言った通りだな。運動も必要だ、と。とくに今日は、かなりハードな運動をこなしたから、よりいっそう食事が美味しく感じられたよ」

かなりハードな運動をこなした？

なるほど。わたしをお姫様抱っこしてふらつきながら百歩ほど歩いたのが、かなりハードな運動になるわけね。

微妙すぎる。


テーブル上のお皿は、二人とも空になっている。

リンゴのワイン煮のバニラアイス添えは、最高に美味しかった。欲を言えば、もう一人前欲しい。

テーブルの向こう側で、皇太子殿下が片腕ずつ伸ばしたり曲げたりしている。

「どうかされましたか？」

「この分では、明日《あす》筋肉痛になりそうだ」

それはそうでしょうね。ふだん使わない筋肉を散々使ったのですもの。

「それでしたら、殿下。ゆっくりお風呂に入って揉《も》んだ方がいいかもしれませんね。よろしければ、入浴後にわたしが揉みましょうか？　実家にいた頃は、農作業後に父や兄の腕や脚や腰をよく揉んでいたのです」

「おおっ、それは気持ちよさそうだ。お願いしよう。では、さっそく」

皇太子殿下は、食堂の扉脇に控えているナルディ公爵家の使用人に視線を向けた。

万事心得ている彼女は、深々と頭を下げて出ていった。

お風呂の準備は、すぐに整った。

彼の筋肉痛の元凶のわたしとしては、せめてマッサージくらいはしてあげなくては。

「いい湯だった。バラの花びらの香りは最高だな」

寝室で待っていると、バスローブ姿の皇太子殿下が浴室から出てきた。

急いでバラ園へ行き、レナウトに頼んでバラの花びらを分けてもらった。

浴槽にぬるめの湯をはってあったので、それを浮かべたのである。

バラの花びらは、心身ともに癒してくれる。リラックス出来るのである。

すくなくとも、書物の中のヒロインはそう言っていた。彼女は、婚約を破棄される前の婚約者の屋敷に行き、そこで自分の婚約者が見知らぬご令嬢とバラ風呂に入っているのを目の当たりにする。

そのとき、彼女はショックを受けているわりには冷静にバラ風呂の効能について語っていた。

読み手としては、その彼女が落ち着きすぎていて苦笑するしかなかったのだけれども。

とにかく、バラの花びらは癒してくれる。だから、実践してみたのである。

「殿下、少しはリラックス出来ましたか？」

「ああ。ありがとう。わざわざバラの花びらを取りにいってくれたのだろう？」

「わたしの為にがんばってくれた殿下への感謝の気持ちです。さあ、殿下。寝台に横になってくださいな」

ムダに大きな天蓋《てんがい》付きの寝台を手で示した。

大人でも三、四名は余裕で眠れそうなほどのキングサイズの寝台である。

マットは分厚く伸縮性があり、布団はふかふかである。

実家では、藁《わら》の束を幾つも並べてそこにボロボロのシーツを敷いてマットがわりにしている。上掛けがわりの毛布は、つぎはぎだらけのボロボロである。そんな寝台もどきに比べたら、天罰が下りそうなほど素晴らしい寝台である。

皇太子殿下とは一応夫婦だから、この貴賓室を準備してくれていた。

この大きな寝台は、わたし一人で使っていた。

というのも、わたしたちはほんとうの意味での夫婦ではなかった。だから、わたしが寝台で眠っていた。

皇太子殿下は豪華なソファーで眠っていたのである。

皇太子殿下は、寝台に近づくと思いっきりダイブした。

まるで子どもね。

そういえば、双子の兄たちも子どもの頃によく藁の寝台にダイブしていた。藁が崩れ、藁だらけになりながら。そして、お父様に叱《しか》られていた。

藁だらけの兄たちの顔を思い出しつつ、皇太子殿下のマッサージをはじめた。

「ああ、気持ちいい」

皇太子殿下はうつ伏せで枕《まくら》に顔を埋め、何度も何度もつぶやいている。ときおり「ううっ」とか「うっ」とかうめくのは、わたしの力が強すぎるのかツボが大当たりなのかに違いない。

お父様やお兄様たちにも、よくこうやってマッサージをした。

農作業や土木作業や大工仕事など、とにかく全身を使ってする作業が多い。とくにお父様は、年齢的なものもある。体中悲鳴をあげはじめることもすくなくない。

図書館から遠い東の国のマッサージやツボの本を借り、これぞという技術や施術方法はノートに書き写しておいた。

けっしてうまいわけではない。しょせん本から得た知識である。ピンとこないとかわかりにくいところは、想像や適当にアレンジしているのだから。

それでもお父様もお兄様たちも、いまの皇太子殿下同様「気持ちいい」と言ってくれた。やる側とすれば、それほどやり甲斐《がい》の出る言葉はない。だから、ついついはりきってやりすぎてしまう。

翌日、三人は揉み返しに悩まされることになった。

何でもやりすぎはよくないのね。

そうだわ。いまも皇太子殿下があまりにも気持ちよさげにしているから、ついつい調子にのってやりすぎてしまうところだった。

危なかった。

「殿下、この辺りでやめておきますね」

最後に腰の辺りをやわらかくさすり、終了を告げた。

「メグ、きみは何でもすごいな。物知りだし何でも出来るし。とにかくありがとう。気持ちよすぎて、もう少しで眠ってしまうところだった。それに、全身がポカポカしているよ」

「それでしたら、明日にでもまたやりましょう。マッサージは、最初はやりすぎは禁物なのです。揉み返しといって、筋肉にある膜や繊維が損傷して炎症を起こしてしまうことがあります。ですが、眠いとか体があたたかいというのはいい兆候です。逆らわないで、このままおやすみになった方がいいでしょう」

皇太子殿下がうつ伏せから仰向けにかわるのを手伝いながら告げた。

ずいぶんと物憂げである。

「いや、まだだ」

枕の高さを整え、皇太子殿下の体に掛け布団をかけていると、その手をつかまれてしまった。

ドキッとした。

意外にも、彼の握力は相当なものである。

「な、何か足りないものがございますか？　お水でしたら、後程サイドテーブルに準備しておきます」

「いや、ちがう。そうではない」

せっかく眠る体勢になっているのに、彼は掛け布団をはいで上半身を起こした。

そして、なぜかわたしの手を握ったまま寝台の上にきっちりと座り直した。

「その、なんというか。メ、メグ、おれたちは夫婦、だよな？」

手をぐっとひっぱられてしまった。当然、寝台の上に倒れ込んでしまう。

すると、彼がわたしの上半身を受け止めた。

「きみの夢はまだかなえられそうにないが、その、初めての夜は夜だよな？」

すっかり油断していたわ。

てっきり、彼は体力も気力もなくしているかと思っていた。きっと食事とマッサージで回復したのね。

（わたし、どうするのよ？）

夫婦は夫婦だわ。彼の言う通り、今日がほんとうの意味での初めての夜であることは間違いない。

だけど、まだ心の準備が出来ていない。

田舎から皇都に出て、おざなりの婚儀とパーティーのときには、それなりの覚悟はしていた。

だけど、婚儀やパーティーで彼に無視されたのと、その後に「雇用結婚だから」という話を叩《たた》きつけられたことで、もうこの美貌とはそういう行為はぜったいにないと確信した。

それがいまになって、そういう雰囲気で迫られている。

気持ち的には、すっきりくっきりはっきりと切り替えが出来ない。

時間が欲しい。せめて心の準備をしたい。

さすがに拒むわけにはいかないでしょうから。

ちょっと待って。もしかして、これって拒むのはあり？　拒んでもいいのかしら？

胸元から彼の美貌を見上げてみた。

(あらあら)

彼、めちゃくちゃ期待しているわ。しかも、ずいぶんと気合いが入っているみたい。

ここで拒んだら、彼はシュンとしちゃうわよね。傷つけてしまうかしら。

だったら、とりあえず……。

「殿下のおっしゃる通りです」

彼に同意した。

笑顔でと言いたいところだけど、ひきつっているようにしか見えなかったでしょうね。

「あー、それでは殿下。わたしもお風呂に入り、身支度を整えて来てもよろしいでしょうか？」

時間稼ぎである。いずれにせよ、身を清めたい。その間に心の準備をすればいい。

彼の表情がパアッと輝いた。

室内の淡い光よりもずっとずっと明るい表情に、わずかながら罪悪感を覚えてしまう。

「もちろん。待っている。急いで、あっ、いや、ゆっくり入ってくるといい」

つい本音が出てしまったのね。気がつかないふりをしてあげるのが、レディよね。

「ありがとうございます」

彼ににっこり笑いかけてから、浴室へと向かった。

「メグ、待っているから」

彼の緊張をはらんだ声が、背中にあたった。

あれこれと想像や推測をしつつ、不安と恐れにさいなまれてしまっている。だから、どこをどう洗ったのかもわからない。

どれほどの時間が経《た》ったのかはわからない。だけど、そんなに経ってはいないはず。大分と伸びてきた髪を拭きながら浴室をあとにした。

皇都に出てきてから、短かった髪を伸ばしはじめた。田舎では家事や農作業などの作業の際に長い髪は邪魔になる。だから、いつも兄のどちらかに切ってもらっていた。兄たちは、絵心だけでなく髪を切るのもうまい。切ってもらうたび、どこからどう見ても「兄ちゃん」に見えた。恰好《かっこう》も兄たちのお古の服なので、村や町を歩いていても「兄ちゃん」にかならず間違われた。

さすがに皇宮で「兄ちゃん」はまずいでしょう。一応皇太子妃だし、レディっぽい恰好をしておかないと。というわけで、恰好もズボンとシャツからスカートやドレスにかえた。

すぐに慣れたけど、やはり乗馬服みたいにズボンの方が動きやすいというのが本音である。

正直なところ、伸びてきている髪も鬱陶《うっとう》しいことこの上ない。

これがブロンドやブラウン、それからはっとするような赤色だったらきれいに違いない。

あいにく、わたしの髪は黒色である。光のかげんによっては、くすみまくっているブラウンに見えなくもないけど。しかも、鋼でも入っているのではないのかというほどの剛毛である。

毛先は、針みたいだからちょっとした武器になる。

そのような髪質だから、伸ばせば伸ばすほどとんでもない状態になる。

そうよね。伸ばすのは、肩位までにしておかないと。

そんなことを考えているものだから、室内の灯《あか》りが消えていることに気がつかなかった。

テラスへと続くガラス扉から、月光が射し込んでいる。その強烈なまでの自然の光は、灯りよりもよほど明るく感じられる。

なんてことなのかしら。

皇太子殿下は、寝台に横になって待ちかまえているみたい。

モフモフの上履きが、大理石の床上で可愛らしく並んでいる。

どうにでもなれ、って感じかしら。

そうね。覚悟よ。覚悟をするの。彼のことはまだよくわからないけど、興味はかなりの勢いでわいてきている。だから、少しずつでも心を開いていけそう。

うん。きっと好きになれそう。

だからいいわよ、ね？

お父様もお兄様たちも許してくれるわよね？

ソロソロと寝台に近づいてみた。悪いことをしようとしているわけでもないのに、なぜか気配を消してしまう。

「殿下、お待たせいたしました」

こんな感じかしら？　あとは、しおらしく寝台にすべり込めばいいの？

恋愛系の書物の夜の一場面を思い出しつつ、その通りにやってみた。

「殿下？」

が、彼から返事がない。

ちょっとしおらしすぎたかしら？　もしかして、きこえなかった？

「殿下、その、そちらへ行ってもかまいませんか？」

反応なし。

庭園で虫が合唱している。

「殿下、側《そば》に行きますよ」

イラッときた。

書物によくあるように、こういうときになったら急に恰好をつけるとか態度が大きくなる男がいる。

そういう男って、たいていは虚勢をはっているのよね。

皇太子殿下って、もしかしてそういう類《たぐい》の男なのかしら。

寝台のすぐ横に立ってみた。

「殿下」

室内に響き渡るような大声で呼びかけた。

が、まだ反応がない。

まさか、死んでいるとか？

腹上死、なんてことはあるのかしら？　だけど、相手を待っている間に死ぬっていうのはあり得るわけ？

だったら大変。冷静に状況を把握している場合じゃないわ。

動転している。それでも、意識のない人の体に下手《へた》に触ったり揺すったりしてはいけないということくらいはわかる。

皇太子殿下とおそろいのモフモフスリッパを脱ぎ捨てながら、ムダに広い寝台に飛びのった。膝立ちで彼に近づき、美貌をのぞき込んでみた。

「グー」

えっ？

「スピピピピ」

ええっ、もしかして眠っているの？

わたしを待っている間に、まさか寝落ちしたということ？

それにしても、寝顔も美しいわね。

月光を受け、寝落ちしたその顔は血色がよく美しい。

(こんなに美しい顔ってあるのね)

これでもう何度目かしら。つくづく感心してしまう。

気がつくと、今回も長い間見惚《みほ》れていた。

そっと手を伸ばすと、指先で頬《ほお》をツンツンしてみた。それから、幸運の象徴っぽい耳たぶを指でつまんでフニフニしてみた。

が、感じないみたい。正確には、気がつかないほど眠っている。

そうだわ。彼がラウラを眠り薬で眠らせてそういうことをすませたふりを装ったように、わたしとそういうことをすませたようにみせかけられないかしら。

具体的には、夢うつつの中ですませたとか？

とりあえず彼の横で眠っておいて、彼が起きた時点ですませた後っぽく振る舞ってみたらどうかしら。

ダメもとよ。それでいってしまおう。

後日、ほんとうにすませたときに「えっ？」ということになったら、ごまかせばいいわよね。

だって、彼も待っている間に寝落ちしたなんて、きっと情けなく思うでしょう。残念でならないでしょう。口惜しくなるでしょう。

彼にそんな思いをさせるわけにはいかないわ。

これは嘘《うそ》ではない。ちょっとしたお茶目なごまかし、ね。皇太子殿下と第三皇子は、お茶目なことが大好きみたいだから。

なにより、彼の為である。

まずは寝台をおりてから上掛けをめくり、そこに滑り込んだ。それから、彼の横に落ち着いた。

横顔を見つめつつ、これは皇太子殿下の為と自分に言いきかせる。

わたしたちは、たしかにいっしょに寝る。寝ることに間違いはない。

もう少しだけ彼に寄り添った。小さな鼾《いびき》がきこえてくる。それが耳に心地いい。お父様やお兄様た

ちのそれより、どこか上品でやさしく感じられる。

右頬を彼の左上腕部にくっつけてみた。ふてぶてしい野良犬母さんと、可愛らしい仔犬《こいぬ》の図ね。

不思議と緊張がとれ、心が安らいでくる。

目を閉じた。

これがわたしたちの初夜なのね。

そして、意識が途絶えた。


遠くの方で何かを叩いている音がする。

それから、すぐ近くでうめき声がする。

突然覚醒した。

最初に目に飛び込んできたのは、天蓋である。

ああ、そうだったわ。

年代物の豪華な天蓋を見つつ、昨夜のことを思い出した。

先程から、バンバンと音がしている。それから、うめき声もきこえてくる。

一瞬、自分が宙に浮いているような気がした。

気のせいではない。わたしの体は、寝台から物理的に浮いている。

「お、重い。メグ、どいてくれないか」

頭の下から、うめき声とともに懇願がきこえてきた。

「やだ。皇太子殿下、どうしてわたしの下で眠っているのです？」

「わからないよ。すごい重みで目が覚めたら、きみが上にのっていた」

彼ったら、じつに器用ね。いったいどうやったら、眠っているわたしの下に潜り込めるのかしら。

「待ってください」

彼の上から、横向きに転がりおりた。

「いったい何があったのだろう？　たしか、きみが浴室から出てくるのを待っていた気がする」

彼は、わたしと同時に上半身を起こした。そして、頭を抱えた。

そのとき、バンバンという音がよりいっそう激しくなった。その音に驚き、二人して飛び上がってしまった。

テラスへと続くガラスの大扉を見ると、外はまだ薄暗い。早暁の中、だれかがガラスの大扉を叩いている。

「何事だ？」

二人して寝台の端まで膝《ひざ》立ちで進み、目を細めてガラスの大扉の向こう側を見つめた。

帽子のようなものが、ユラユラ揺れている。

「レナウト師？」

「レナウト師？」

皇太子殿下と同時につぶやいた。

間違いないわ。よく見ると白いシャツが浮かんでいて、その上に帽子のようなものが揺れている。

それは、麦わら帽子のように見える。

「きみはここにいて」

わたしが寝台からおりようとするよりもはやく、皇太子殿下が滑り降りた。

こういう場合は、わたしが行かなければいけないのよね。

ガラスの大扉の向こうにいるのがレナウトではなく刺客だった場合、皇太子殿下を守るのはわたししかいない。

「殿下、わたしが行きます」

そう言いながら、寝台から飛び降りた。モフモフの上履きをはかず、素足で彼を追いかけた。

「刺客だったら危険だ。こう見えても、おれは護身術が出来るのだ」

「はぁ、そうですか」

そのわりには、わたしを抱っこして満足に歩けないのね。

そんな失礼なことは、まったく考えていない。

「では、二人で行きませんか？　刺客だとしたら、二人でやっつけてしまいましょう」

そう提案してみた。すると、外から射し込むわずかな光の中、彼の美貌に白い歯が浮かんだ。

そうして、テラスへと続くガラスの大扉の前に並んで立った。

不意打ちの訪問者は、元皇宮付きの司祭でいまはナルディ公爵家のバラ園をはじめ庭園を任されている、ブルーノ・レナウトに間違いなかった。

「お疲れのところ、申し訳ございません。殿下と妃殿下をお連れするようにということです」

レナウトは意味ありげに口角を上げると、いっきにそう告げた。

バラ園の奥に、レンガ造りの小さな教会と住居がある。

そこがレナウトの住まいらしい。

立派である。すくなくとも、わたしの実家よりかは何百倍も立派である。

ずっと昔は、近くの街の人たちがこの教会に集っていたらしい。だけど、数十年前にナルディ公爵家の当時の当主が街に立派な教会を造った。それ以降、この教会はナルディ公爵家バラ園の片隅でひっそりたたずんでいるというわけである。

その教会で、ある人物たちが皇太子殿下とわたしを待っていた。


「フレデリク、いったいどうしたのです？」

驚いたのは皇太子殿下だけではない。わたしも驚いてしまった。

わたしたちを待っていたのは、ラウラを連れて皇都に戻ったはずのフレデリク・ナルディだったからである。

「皇太子妃殿下」

「皇太子妃殿下」

「まあっ！　あなたたち」

さらに驚いたことに、わたし専属の侍女のカミラとベルタの双子の侍女までいる。

皇宮にいるはずの二人が、である。

驚きはすぐに去った。祭壇の前で皇太子殿下に挨拶している二人に駆け寄り、二人まとめて抱きしめた。

「まさか会えるなんて思わなかったわ」

「妃殿下、お元気そうでなによりでございます」

「妃殿下、どれだけお会いしたかったことか」

「カミラ、わたしはすごく元気よ。だって、元気だけがとりえですもの。ベルタ、わたしも会いたかったわ」

二人とは、同郷である。なんでも、皇太子殿下がわたしと同郷の侍女を専属にするようにと手配してくれたらしい。二人とは、初めて会った瞬間から「ビビビッ」ときた。だから、仲良くしてもらっている。

皇太子殿下の最初の雇用契約の際に悪妻を演じていたときも、三人きりのときは友達感覚で仲良くしていた。だけど、人目があるときには傲慢《ごうまん》でわがままな主《あるじ》ぶりを発揮していた。

「アルノルド、メグ。情勢がかわってね。いったん戻ってきたのだよ」

第三皇子がベンチから立ち上がると、古くてボロボロのベンチが悲鳴を上げた。

教会内に何本か蝋燭《ろうそく》が灯《とも》っている。その淡い光を受け、古いベンチはつやつやと光沢を放っている。

壁も床も、ところどころ穴が開いている。しかも、崩れかかっている箇所もある。

ここって、風雨に耐えることが出来るのかしら？

つい不要な心配をしてしまう。

古めかしくボロボロではあるけれど、レナウトが朝夕のお祈りをしているのね。祭壇はきれいに磨き上げられている。

「ラウラは？　彼女はどこに？」

もともと、第三皇子はラウラを連れて皇都へ戻ったのである。

「メグ、彼女は奥の部屋で眠っているよ。ずっと文句を言い続けていてね。正直、疲れたしうんざりしているよ」

彼は、溜息《ためいき》をついた。

彼女があなたに文句を言い続けている場面は、頭の中ではっきりと思い描けるわ。

心から同情してしまった。

「それで、情勢がかわったというのは？」

皇太子殿下が尋ねると、レナウトは気をきかせてくれた。彼は、一礼すると奥の部屋へと消えた。

皇太子殿下は、わたしに座るようベンチへと導いてくれた。二人して座ると、第三皇子とカミラとベルタも近くのベンチに腰掛けた。

「アルノルド。それを説明する前に、二人のことを説明させてくれ」

第三皇子は、そう言いながら視線をカミラとベルタへ向けた。

「きみにメグ専属の侍女をと頼まれたから、この二人を彼女につけたのだ」

「ええ、わかっています。出来るだけメグと同郷の、とお願いしましたよね。その方が彼女も気がラクだと思いましたから」

「違う。二人は、メグの同郷ではない。すまない。きみとメグをだましたことになる。じつは、二人はおれの腹違いの妹だ。おれの実父は、ナルディィ公爵家に養子に入った。祖父母にはおれの実母しか子どもがいなかったから。その実父は、母が亡くなってから後妻を迎えた。カミラとベルタは、その後妻の子どもだ。二人は、ナルディィ公爵家の血を継いでいるわけではない。しかし、二人ともおれと同じ道、つまり皇帝や皇太子の諜報員となることを望んだ。だから、ともに訓練を受けた上で働いてくれている」

「なんだって？」

「なんですって？」

皇太子殿下と、驚きの言葉がかぶってしまった。

「妃殿下、申し訳ありません」

「妃殿下、申し訳ありません」

カミラとベルタの謝罪もまたかぶった。

「おれが二人をメグの侍女にしたのは、彼女を守る為や情報を得る為など理由は幾つかある。とりあえず、メグに二人をつけておいた方がいいだろうと勝手に判断したわけだ」

第三皇子は、そこでいったん言葉をきった。

「いまから話すことは、二人が皇都で探った情報だ。彼女たちは実家で不幸があったと嘘の申告をして暇をとり、急いでおれに知らせに来てくれた。その道中で出会ったというわけだ」

第三皇子は、そこでまた口を閉じた。

皇太子殿下と顔を見合わせた。それから、同時にカミラとベルタを見てしまった。

二人とも申し訳なさそうにうなだれている。

（カッコいい。レディの諜報員だなんて、めちゃくちゃカッコいいわ）

感動ものである。だから、だまされたなどとは思わない。だって、いっしょにすごした中で彼女たちに嘘やごまかしはいっさいなかったから。

すくなくとも、わたしには二人との付き合いはすべて真実しか感じられなかった。

そんなことよりも、まさか二人がそんなイケてる人たちだなんて想像もしなかった。

二人ともどこからどう見ても完璧《かんぺき》な侍女だから、その点ではだまされたけどね。

「アルノルド。きみが各領地を見回っている間に、とんでもない噂《うわさ》が流れている。きみが愛妾《あいしょう》、つまりラウラといっしょになりたいが為に、メグをどうにかしようとしているとね。領地を連れまわしている間に、精神的にも肉体的にも追い詰めるとか、追い払ってしまうとか。それだけじゃない。きみはラウラが出自を偽っているのを知っていて、それでも皇太子妃にするつもりでいると。懐妊を理由にね。当然、メグは子どもを産めない体とかなんとか嘘を並べ立てる。そうなれば、本物のメグが邪魔になる。だから、殺す機会を狙《ねら》っている、などという噂もある」

「そんなバカな。むちゃくちゃすぎる」

「そうですよ。穴だらけの噂ではないですか」

皇太子殿下とまたかぶってしまった。

第三皇子の語った噂とやらは、矛盾や穴が多すぎていっそ清々《すがすが》しい。滑稽すぎて笑ってしまう。

「あくまでも噂にすぎない。その内容が矛盾だらけだろうと胡散臭《うさんくさ》かろうとどうでもいいことだ。ようは、皇太子が皇太子妃をどうにかしたがっている。それさえわからせればいいだけのことだ」

「そんなこと、だれが信じるのです？」

不可思議でならない。根も葉もない噂を、だれが信じるというの？

「メグ、いまやきみは皇宮で絶大な信頼と人気を得ている。だから、きみの身が危険だということになれば、だれもがきみを助けたいと願う」

「そんなバカな。だって、あれだけ他人《ひと》が嫌がることをしまくったのですよ。それはもう、嫌がられ、嫌われるようなことばかり」

　言ってから、ハッとした。

　そうだわ。一生懸命悪妻を演じたのに、その行動すべてが逆効果、つまりよい行動や行為になっていたのだった。

「それにしたって、皇太子殿下ご自身の人望があるでしょう？　つい最近あらわれたわたしより、殿下の方がよほど信頼や人気があるはずです」

「ないのだ」

　皇太子殿下は、わたしの言葉をはっきりすっきりきっぱりと否定した。

「はい？」

　彼が否定した意味がわからず、彼を見た。

「おれには、信頼や人気や人望はない。ついでに言うと、人脈も後ろ盾もまったくない。おれは、皇帝と侍女の子だ。亡くなった母は、皇宮の侍女の中でも最下級だった。だから、何もない。あるのは皇太子という望みもしない地位と、フレデリクという友だけだ。そうだな。いまは、メグ、きみもいてくれているな」

（なんてことなのかしら）

　そうだった。彼の出自のことをすっかり失念していたわ。

　彼は、書物によく出てくる最下位の皇子の成り上がりストーリーを地でいっているのだったわね。

　だけど、現実的によく皇太子になれたものよね。

　創作を見事に凌駕《りょうが》したという感じかしら。

「他の皇子たちが、それほどクズばかりだということだ」

皇太子殿下は、わたしが抱いている疑問に即座に答えてくれた。

「母は、おれを産んですぐに亡くなった。お情けでいまはもう打ち壊されてなくなった離宮に置いてもらった。そこでは、気にかけてくれる人はおらず、一人ですごすことが多かった。そんなおれに絡んでくる人は、きまって蔑《さげす》んできた。宮殿にいる他の皇子とその母たちはもちろんのこと、離宮にいる数少ない使用人たちまでおれを嘲笑《ちょうしょう》した。食事すらあたえられなかったこともすくなくない。そんなおれを気にかけてくれたのは、第三皇子、つまりフレデリクだけだ。彼だけが、おれの味方でいてくれた。おれという存在がいまあるのは、彼のお蔭《かげ》だ。子どもの頃にはひどかった扱いですら、彼がいてくれているお蔭でじょじょにかわっていった。いいや。周囲の人たちだけではない。おれ自身、周囲の人たちとうまく付き合うとか認めてもらえるよう、努力するようになった。悲観したり諦《あきら》めたりするのではなく、どのようなことでも前向きに考えるようになった」

皇太子殿下の告白は、昔読んだ書物を思い出させてくれた。

底辺から皇太子を目指す最下級皇子の努力と根性の成り上がりストーリー。

主人公の皇子は、口惜しさをバネに神もびっくりするほどいろいろなことを努力した。それから、ド根性ぶりを発揮していたわね。

ということは、皇太子殿下も同様に口惜しくていろいろ学んだのね。本をたくさん読んで知識を得、剣とか武術とかも見様見真似《まね》で練習したはずよ。それこそ、寝る間も惜しんで努力を続けた。

その努力が実を結んだ。他のクズ皇子たちよりずっとずっと優秀で、それが父である皇帝陛下の目にとまった。

皇子の一人としてすら数えられなかったのに、皇太子殿下に選ばれたという王道の成り上がりストーリーを、実践してのけたわけね。

わたしは、結末がわかっているのにそういうストーリーが大好きなのよね。底辺から成り上がって栄光をつかみ取る。しかも、皇太子や皇帝、王太子や国王となれば、究極のサクセスストーリーですもの。

それに、他の皇子やら王子たちの口惜しがるとか呆然《ぼうぜん》とする描写がまたたまらないのよね。

そういう王道のストーリーは、ありきたりすぎて難しく考える必要がない。

お兄様たちは、「しょせん書物にすぎないよな」とか「結末はどれも同じではないか」とバカにしていた。だけど、ある意味そういうありきたりな物語は、安心して読み進められる。

当然だけど、バッドエンドよりハッピーエンドの方が読むのは楽しい。

「おれは、皇太子になりたくなかった。多くの人に蔑まれ、存在を否定されても受け入れていた。それなのに、おれには後ろ盾がいないから均衡を保つという理不尽な理由で、皇帝陛下とレナウト師がおれを皇太子にしてしまった。『神託』、という大義名分を振りかざしたというわけさ」

これも失念してしまっていた。

というよりか、「神託」ってほんとうだったのね。それは知っていたけれど、すべてを鵜呑《うの》みにしていなかった。

きっと、わたしがサクセスストーリーを求めるあまり、「神託」という言葉は頭と心から除外していたのね。

これはもう想像の範疇《はんちゅう》を超えてしまったわ。

コツコツ努力し、ド根性ぶりを発揮して成り上がる系ではなく、神託を振りかざしてうまくおさめる神系ストーリーだったわけね。

「他の皇子たちは、どれも似たり寄ったりだ。結局、だれが皇太子になろうとその後ろ盾が実権を握ることになる。これまでがそうだったように。アルノルドは自分を卑下しているが、実際のところは違う。もともと優秀なのに加え、彼自身努力と研鑽《けんさん》を惜しまない。だからこそ、いまの彼がある。けっして、運や偶然、ましてや『神託』やおれだけのお蔭ではない。いまの皇太子という地位は、アルノルドがなるべくしてなったものだ。そのアルノルドが実権を握れば、これまでチャンスのなかった優秀な人材たちに活躍の場があたえられることになるかもしれない。この皇国は、そろそろ悪しき習慣や腐敗をどうにかした方がいい。ちょうどいいタイミングだった。皇帝とレナウト師は、そう考えたわけだ」

第三皇子が補足説明してくれた。

いろいろなことを正すとか変化をもたらせようとするのであれば、皇太子殿下の前途は多難である。いまもそうであるように。

「こんなことなら、さっさと皇太子の地位を退いてどこかに行ってのんびり暮らせばよかった」

皇太子殿下は、大きな溜息とともに吐き出した。

「おいおい、アルノルド」

「冗談ですよ、フレデリク」

皇太子殿下は、第三皇子の呆れ声にすぐに応じた。だけど、先程の吐露は彼の本音だったように感じられた。

わかるような気がする。だれだって、そんな気持ちになるわよ。

「それで、噂が流れていてどうなったのかしら？　わたしとしては、一生懸命悪妻ぶりを発揮したつもりだったのだけれど」

皇太子殿下の気持ちを切り替える為に、おどけたように言ってみた。

すると、カミラとベルタがそれに反応してくれた。

「妃殿下、覚えていらっしゃいますか？　妃殿下が皇宮にいらっしゃってしばらく経ってから、皇妃殿下の悩みをおききになり、それを解消すべくヤギのミルクを発酵させたものを準備されましたよね」

「ええ、カミラ。もちろんよ。あの臭くってドロドロしたものを、皇妃殿下に無理やりにでも食べさせたら嫌われるだろうと思いついたのよ」

「それを皇妃殿下に運んでいるときでした。皇子の一人に仕えている侍女たちが、ワゴンでお茶を運んでいて、大廊下の角で出会い頭にぶつかりそうになりました」

「ええ、ベルタ。覚えているわ。ワゴンの上にお茶のポットが幾つものっていたわ。そういえば、あのときあなたが急にわたしの前に飛び出したのよね。そうだわ。なるほど。あなた、気配を察してわたしがワゴンとぶつからないようにかばってくれたのね」

「わたしたちのほんとうの任務は、あなたを守ることですから。それはともかく、あのときまさかワゴンを避《よ》けるわけにはいきませんでした。普通の侍女は、ああいうときぶつかりますので。ですから、ぶつかるしかありません。わざと体ごとぶつかりました。倒れて床に膝をついたわたしに、ワゴンの上のポットが倒れてお茶が降り注いできました。わたしが胸元に抱えているヤギのミルクの発酵させたものが入ったポットは、床に落ちて中身がこぼれてしまいました」

「そうだったわね」

「そのとき、あなたは叫んだのです。『ベルタ、大丈夫？』まずそう叫んでわたしにおおいかぶさり、さらなるお茶のポットからわたしをかばってくれました」

「あなたは、すぐにご自身の行動に気がつかれましたよね。それから、『ドジな娘《こ》ね』と慌ててそう言いました。その後『火傷《やけど》をしなかった？　熱くなかった？』と、またベルタを気遣う言葉を発したのです。さらに、あなたは相手の侍女たちに落ち着くよう声をかけてなだめ、すみやかに床を拭《ふ》き、お茶の代わりを準備して持っていくよう指示しました。ベルタが持っていたヤギのミルクの発酵させたものを床に落としてしまったことも、『そんなことより、あなたよ。ドジなあなたがケガをしなかったかどうかよ』と言いました。その声も表情も、心から彼女を心配しているものでした」

カミラは、そう一気に言ってから両肩をすくめた。

「あの後、そのときにいた侍女たちからうらやましがられました。だれもが『侍女のことを心配してくれる主人なんていないわ』と言っていました。あなたが『ドジな娘《こ》』と言っただけでは、傲慢にも悪っぽくも感じられなかったのですね」

ベルタもまた、両肩をすくめた。

（ああ、なんてことなのかしら）

わたしにとって「ドジな娘《こ》」は、最高の罵倒《ばとう》だったのに。

「ショックだわ。あのときも、わたしの思いはみんなに通じていなかったのね」

おもわず、溜息が出てしまった。

その瞬間、だれかがプッとふいた。

するとみんな笑いはじめた。だから、わたしも笑うしかない。

「先程の妃殿下のご質問ですが、皇太子殿下は愛妾のラウラに夢中で妃殿下を疎ましく思っているように周囲に見せています。それを信じきっている宰相派やその他もろもろの派閥は、それを利用するようです。妃殿下、皇子たちがあなたを狙っています。皇子たちは、皇太子殿下とあなたを離縁させるつもりです。そして、あなたを妻に迎えるつもりなのです。もちろん、第三皇子、つまり義兄《あに》は違いますが」

「なんだって?」

「なんですって?」

ベルタの衝撃発言に、またまた皇太子殿下とかぶってしまった。

「ラウラが出自を偽っているのも、向こうにとっては有利に働きます」

「おいおい、カミラ。それは、連中がそうするよう入れ知恵したのだろう?」

「殿下、それはあくまでもわたしたちの推測の域を出ません。ラウラは、あくまでも出自を偽る男癖の悪い元侍女です。皇宮内の人々の認識がそうなのです。向こうにしてみれば、入れ知恵の有無よりもその認識さえあればいいのです。そんなラウラと隣国の元国王の孫娘という存在。しかも、その孫娘は皇宮で絶大な人気を誇っています。二人のどちらを味方につければいいのか、あるいは妻にしておけばいいのかは申すまでもありません」

カミラの言葉を他人事《ひとごと》のようにきいてしまっているけど、元国王の孫娘ってわたしのことよね?

いやだわ。

それって、まるで書物に出てくる「亡国の王女様」だわ。しかも、男性を一瞬にして虜《とりこ》にするような絶世の美女よ。

「大陸一」とか「この地域で一番」とか、そんな謳《うた》い文句のついている美女って設定よね。

そして、作中ではたいてい王女を巡り、皇子たちの間で熾烈《しれつ》なアピール合戦が繰り広げられるのよ。

「メグ、メグ？　どうしてにやけているのだ？　いまの話に、にやにやするような要素はなかったはずだぞ」

「殿下、だって面白いではありませんか。一人の高貴な美女を巡り、皇子たちが戦うのですよ。それは、わたしにとってお姫様抱っこと同じくらいかなえたい夢なのです」

「お姫様抱っこ？」

「お姫様抱っこ？」

「お姫様抱っこ？」

「お姫様抱っこと同じくかなえたい夢？　きみにはまだ夢があるのか？」

第三皇子とカミラとベルタと皇太子殿下がかぶった。

彼らにお姫様抱っこのことを話してきかせた。

「これは可笑《おか》しすぎる。アルノルドが？　アルノルドがバラ園から屋敷の寝室まで、メグを抱っこして運ぶのか？」

「素敵。妃殿下、お気持ちわかります」

「素敵ですね。レディでしたら憧《あこが》れますよ」

「フレデリク、そうなのです。五ヵ年計画で達成出来ればいいと思っています」

四人がまたかぶった。

というよりも、皇太子殿下？　お姫様抱っこは、あなたの中でとうとう五ヵ年計画になってしまったのね。

でも、それって国家や民間事業のレベルをかなり上回っていませんか？

「お姫様抱っこはともかくだ。メグ、すまない。『一人の高貴な美女を巡って皇子たちが戦う』という意味がわからないのだが」

「フレデリクの言う通りだ。メグ、どういう意味だ？」

「皇太子殿下も第三皇子もいやですわ。言葉通りではありませんか」

シーンと静まり返った。

「いや、メグ。きみは、勘違いをしているのではないだろうか」

「フレデリク、彼女は本が大好きなのです。想像力が豊かってわけです」

「ど、どういう意味なのですか？　失礼ですね、二人とも」

おもわず、腐ってしまった。

カミラとベルタは、なぜかわからないけどクスクス笑い続けている。

「妃殿下。宰相は、ご家族に使いを出しました」

「ええっ？　ご家族ってお父様とお兄様たち？」

ベルタは、ひとしきりクスクス笑いを続けた後、真剣な表情でまたもや衝撃発言をした。

「三人になんの用なの？　わたしの親兄弟というだけの存在なのに」

田舎者の落ちぶれ親子を、いったいどうしようっていうの？

都会の人って、いったいなにを考えているのかしらね？

ほんと、理解に苦しむわ。

「おそらく、きみを味方につける為の保険だろう。家族に説得してもらおうっていう算段かもしれない。見返りに、故国の王座復帰の協力をするとかなんとかをひけらかせてね」

「はあああ？」

第三皇子の推測は、さらに戸惑わせる。

いまさら故国の王座もなにもない。そんなもの、家族のだれも欲しやしない。

そんなことより、その日の糧を心配せずに家畜たちといっしょにまったり暮らす。平穏でのんびりした毎日を送る。

もしも家族がなにかを欲するとすれば、そういうことを欲する。

王座どころか、田舎を出ていくことすら嫌がるでしょう。もっとも、わたしが困っているとか、来てほしいと言っているとか言われれば、三人で来てくれるでしょうけれど。

それ以外では、すくなくとも自らの意志で都会に出てくることなどないわ。

ましてや、そこで生活するなどということも。

「そうだわ。そんなにわたしや家族を味方にしたいのでしたら、すべての人にわたしの嫌なところを見せつければいいのよね。今度は大丈夫。コツはつかんでいるから、いまからは磨きのかかった悪妻を演じられるはずよ。ついでに、父や兄たちにもそのように振る舞ってもらえばいい。悪妻とその悪家族ってわけ。四人でひっかきまわしてみんなを幻滅させるの。すぐにでも用なしって思わせられるわ」

わたしってばすごい。戦記物に出てくる有能な参謀みたい。もしくはスマートな政治家ね。

完璧な作戦だわ。

ほら、皇太子殿下も第三皇子もカミラもベルタも感心している。

無言のまま、わたしに熱い視線を向けてきている。

「それはムリだろう」

「それはムリだと思います」

「ムリ、ですよね?」

皇太子殿下とカミラとベルタがつぶやいた。

「まぁまぁ。彼女はともかく、彼女の家族はまともかもしれない。おれからも話をしてみる。アルノルド、作戦変更だ。きみは、このままラウラといい仲を続けるのだ」

「しかし、ラウラがバラしやしないだろうか」

「彼女はすでに見捨てられている。彼女の言葉など、だれもききやしない。きみはラウラの子どもが自分の子だと信じた風を装い、表立っては彼女を気にかけているふりしてくれ。それと、メグには冷たくな。カミラ、ベルタ。おまえたちは、メグの側について彼女を見張る、あっいや、守るのだ」

第三皇子の知的な美貌がこちらに向いた。

「メグ、期待しているぞ。皇子たちやその後ろ盾の連中に、きみの悪女ぶりを見せつけてやってくれ」

「了解。任せてください」

「だが、メグ。皇子たちの中には、きみをあの手この手で落とそうとする者がいる。気を許すな」

「殿下、大丈夫ですよ。わたしは、あなたの妻なのです。そういう契約ですよね? 他の皇子と契約したら、契約違反になります。そこのところは心得ていますから、どうか安心してください」

「いや、メグ。そういう意味ではない。そういうこととは関係がないのだ」

「さて、と。そうと決まったら、皇都に戻る準備をしなきゃ」

「いや、メグ。待ってくれって」

リベンジよ。つぎはだれもが心の底からすごいって思えるほどの悪妻を演じなきゃ、よね。

皇太子殿下がなにか言っていたみたいだけど、気にしない気にしない。


ボロボロの教会から飛び出し、早朝の鋭く澄んだ空気を思いっきり吸い込んだ。

バラのいい香りと肥料のにおいが混じり合ったものが、鼻をムズムズさせる。

（このにおいは……）

バラの香りではなく、肥料のにおいだけど。すごくいいにおいね。このにおいは、動物性の肥料ではないかしら。たぶん、だけれども。

知りたいわ。出来ればその肥料を入手したい。どういう材料が使われているかきいてみたい。

そうだわ。お父様やお兄様たちに会えるかもしれないから、持って帰ってもらえばいいわよね。もちろん、レナウトに分けてもらえれば、だけれども。

この糞《ふん》を、田舎の痩《や》せ細った畑に使ってもらいたいわ。

これは、いいお土産《みやげ》になる。

お父様やお兄様たちもおおよろこびしてくれるに違いない。

さっそく、レナウトにきいてみよう。

「レナウト師」

教会の中に駆け戻り、レナウトの名を呼びまくった。


ナルディ公爵家の領地を発ち、皇都へ向かった。

皇太子殿下とわたしの不仲は、護衛の兵士たちにも見せ続けなければならない。

ナルディ公爵家の領地内を馬でまわった際、ちょっとだけ仲のいいところを見せてしまった。だから、皇都に向けて出発する際には、皇太子殿下に不興を買おうと思っていた。

だけどそんな気遣いをよそに、皇太子殿下がお父様たちへのお土産のことで難癖をつけてきた。

レナウトは、気前よく荷馬車いっぱいの極上のブレンド肥料を譲ってくれた。よりにもよって、皇太子殿下はそのにおいが「くさい」だの「鼻がもげそう」などとクレームをつけてきたのである。

信じられないわ。こんなにいいにおいなのに。

レナウトは、バラや庭園の植物に自分メイドの肥料を使っていた。

そのもととなるのが、いったいなにの糞なのか。そして、どういう製法なのか。残念ながら、レナウトは教えてくれなかった。

それでも、彼は譲ってくれた。

今後は、取りに来てくれるなら譲るとも約束してくれた。

実家のある田舎からナルディ公爵家は、それほど遠いわけではない。だけど、そんなに近いわけでもない。今後、取りにくることが出来るかどうかはわからない。

だけど、もしかしたらどんな糞が使われているのかくらいは、お兄様たちがわかるかもしれない。

だったら、まったく同じものは無理でも、近い肥料が作れるかもしれない。

お兄様たちに期待したいわ。

それはともかく、出発前に皇太子殿下が難癖をつけてきて、ひと悶着《もんちゃく》あった。それで、皇太子殿下は怒ってラウラと馬車に乗ってしまった。

そしてわたしは、荷馬車に乗った。だれも荷馬車を馭《ぎょ》してくれなかったから。

レナウトがシートを持って来て、それを荷台に丹念にかけてくれた。

せっかくのいいにおいなのに、そのシートでやわらいでしまった。

そうして、出発した。

道中、みんな疲れているのか口数が少なかった。

ちなみに、第三皇子とカウラとベルタは、一足先に戻ってしまった。

そうして、第三皇子のナルディ公爵家の領地から皇都まで旅は順調に続き、あっという間に終わった。

無事に皇都に戻ることが出来た。

いいえ。違ったわね。

皇都までは、たしかに順調だった。皇都までは、である。

最初に問題が起こったのは、皇都に入るときだった。

わたしの荷馬車がひっかかったのである。

門番たちは、荷馬車のにおいがひどいから通せないと言った。

仕方がないので、門番たちには「これは第三皇子から皇太子殿下への貢物《こうもつ》だ」と告げた。

まったくの嘘ではない。

「皇宮内で使用する」と言うと、門番たちは渋々通してくれた。

さらにひっかかってしまった。皇宮に入る門でもひっかかってしまった。

当然、同じ言い訳を連ねた。

とりあえず、荷馬車は厩《うまや》に置いておくことにした。

肥料が盗まれやしないかと、一瞬考えた。だけど、皇宮内で何かを盗もうものなら即極刑である。

それに、肥料を盗もうなどというもの好きは、そうそういないでしょう。


皇宮に戻ると、皇宮《そこ》で働いている人たちが出迎えてくれた。

もちろん、先に戻ったカミラとベルタもいる。

二人は、郷里で不幸事があったからと皇都を出た。皇太子殿下とわたしに、皇宮で起こっていることを報告に来てくれる為に。

皇都に戻ってきた日は、とりあえず部屋に食事を運んでもらって食べ、寝台に倒れてそのまま落ちてしまった。


久しぶりに、自分の部屋ですごしている。

最近は第三皇子のナルディ公爵家の領地だけでなく、いろんな領地をまわった。基本的には領主の屋敷や城に泊まらせてもらうのだけれど、そこで提供してくれる部屋はつねに皇太子殿下と同室だった。

一応夫婦だから、社会的には問題ない。それが当然であり自然である。だけど、個人的には気になってしまう。

田舎では、狭くてボロボロの小屋に家族四人で身を寄せ合い、眠っていた。そういうのとはわけが違う。

だから、皇太子殿下に気を使って仕方がない。その為、慢性的な寝不足に陥ってしまった。

ぐっすり眠れたのは、最後の夜くらいね。ほんとうの意味での婚儀をやった後の初夜。あのときだけだった。

というわけで、皇都に戻って部屋に一人きりで眠ったその夜もぐっすり眠れた。

目が覚めたのは、翌朝だった。

第五章　お父様とお兄様たちがやってきた

宰相の名は、バルトロ・ロッシというらしい。

彼は、表向きは名宰相として活躍している。しかし、じつは反皇太子《こうたいし》派の筆頭である。というのも、皇妃殿下の実兄だからである。

皇妃殿下は、第一、第四、第五皇子の母親である。

皇妃殿下は、以前お通じのことで悩まされ続けていた。しかし、わたしの嫌味なアドバイスで、いまは素晴らしいほど快適な毎日をすごしている。

そのこととは関係ないけれど、三人も実子がいれば、その三人の皇子たちのだれかに皇帝の座を継がせたいと思うのは当然のことかもしれない。

皇宮《こうきゅう》に戻った翌朝、宰相が会いたいと使いをよこしてきた。なにやら、驚かせたいことがあるとか。

それがなにかはすでに知っている。でも、知らないふりをしてこちらから会いにいくことにした。


宰相の執務室は、皇太子殿下のそれよりも立派である。室内は、どうでもいい装飾品で溢《あふ》れかえっている。

これみよがしに所有物をひけらかすのは、その人物の器量が知れるわよね。

「これは、皇太子妃殿下。わざわざご足労くださり、誠にありがとうございます。最近は、皇太子殿下に連れまわされ、あっいいえ、ご一緒に様々な領地を巡っていらっしゃってさぞかしお疲れのことと存じます」

執務室に入ると、宰相はすぐに立ち上がって執務机をまわり、こちらにやってきた。

「そうね。田舎《いなか》を連れまわされて、いい気分転換になっているわ」

さあ、これでどう？　いまのはとっても居丈高だったでしょう？

いまの傲慢《ごうまん》な一言、自分で自分を褒めてやりたいわ。

金ぴかの執務室内を無遠慮に見回した。

座ろうかと思ったけれど、話をはやく終えたいからやめておいた。

「それで、なんの用事かしら？　忙しいから、さっさと用件を伝えてくださいな」

「では、さっそく。じつは、皇太子妃殿下のご家族をお招きしております。われわれも挨拶《あいさつ》をさせていただきたいですし、皇太子妃殿下もお会いになられたいかと思いまして」

「まぁっ、なんてことかしら。宰相閣下、気を使っていただいてうれしいですわ。ふふふっ。もしかして、なにか下心でもおありだったりして」

なにかを含んだような笑みを浮かべつつ、嫌味を炸裂《さくれつ》させた。

「とんでもありません。わたしはただ、皇都《おうと》に出ていらっしゃった皇太子妃殿下が寂しい思いをされていらっしゃるのではないかと思いまして。なにせ皇太子殿下は……、ですから」

宰相は、頭をふりながら答えた。その頭部には、赤ちゃんの産毛《うぶげ》みたいな毛がチラホラ見える。

「そう。せっかくだから、父や兄たちとすごさせてもらうわね」

「是非ともそうなさってください。客殿にいらっしゃいます。皇帝陛下と皇妃殿下もお会いするのを楽しみになさっておいでです。われわれ家臣も同様です」

そうでしょうとも。皇太子殿下をその地位からひきずり下ろす為《ため》に、わたしたち親子を利用しようとしているものね。

「では、さっそく会ってまいります」

彼に背を向け扉に向かいかけたけれど、強烈な罵声《ばせい》を浴びせるつもりだったことを思い出した。

「宰相閣下。あなた、海藻を食べた方がいいわよ。それから、レバーやナッツ類も。このレシピ、使ってちょうだい」

手に握っている紙片を彼の手に押し付けた。

「その頭に効果のあるレシピばかりだから。あなたの頭、まだ間に合うはずよ。諦《あきら》めないで」

(わたし、やるじゃない)

いまのは、最高の誹謗《ひぼう》中傷だったわ。彼ったら、口をあんぐりあけている。

やったわ。

彼は、わたしのことを憎悪したくなるほど傷ついたに違いない。

宰相の執務室を、意気揚々とひきあげた。


宰相の部屋を出ると、皇太子殿下に会いにいった。

皇都に戻ってきてから、まだ一度も彼と会っていないからである。

とはいえ、昨夜戻ってきたばかりである。いずれにせよ、会う暇はなかったのだけれども。

皇太子殿下とは、表向きは不仲を装い続けることになっている。そんな状態でも、お父様やお兄様たちに会わせないというのはさすがに不自然かもしれない。だから、彼を誘ってお父様たちに会いにいこうと思いついた。

皇太子殿下付きの執事に、皇太子殿下に会いたい旨を告げた。すると、すぐに彼の部屋に通してくれた。

彼の寝室に来たのって、初めてだわ。

どんな豪勢な寝室なのかしら。ワクワクしながら、開けてくれている扉から中に入った。

だけど、ワクワクするほどのものではなかった。

驚くほどシンプルである。わたしの寝室より狭くてなにもない。

なるほど。

彼が自分自身で言っていたけど、たしかに皇太子のわりには冷遇されている。

この寝室を見ただけでもそれが感じられる。


「殿下、宰相に呼ばれました」

執事の気配がなくなってから、皇太子殿下にささやいた。

書物のようにどこでだれが聞き耳を立てているかわからない。ついついささやき声になってしまう。

「やはりな。でっ、宰相はなんと言った？」

「とくになにも。父と兄を呼びよせたので会えばいい、と。ですから、いまから会いにいこうかと思います。そこで是非、殿下にも会っていただきたいのです」

「もちろん」

「カミラとベルタにも同道してもらいます」

「ああ、その方がいい」

彼はクローゼットに行くと、紺色のジャケットを着ながら戻ってきた。

「執事はついてこないのですか？」

「ついてこない。執事は、宰相派のスパイだ。ついてこさせる必要はない」

二人で彼の寝室を出た。

その様子を、執事が柱の蔭《かげ》からそっと見ていることに気がついた。

「そしらぬふりをしてほしい」

大廊下を歩いていると、彼がささやいてきた。

「護衛の兵士たちもそうだ。あいつらも宰相や他《ほか》の派閥に飼われている。あいつらは、おれを守っているのではない。守るふりをしておれを見張っているのだ」

彼は、さらに続ける。

「きみとさまざまな領地をまわり、領主や管理人たちの不正を暴いただろう？　だが、ほとんどが揉《も》み消されてしまうだろう。きみも見聞きしている通り、領主の中には領民から不当に、あるいは過剰に搾取している者も少なくない。自分の利益にするとか、皇都にいる有力者に献上する為だ。情けないが、そのことをわかっていても正すことが出来ないのが現状だ。せっかくきみと調べ上げても、結局はなにも出来ない。調査をさせてはいるが、すべて揉み消されてしまっている」

彼の左斜め後ろを歩きながら、口惜しさの入り混じった言葉をきいている。

「すまない。きみに愚痴を言っても仕方がないのに。さあ、メグ。ここで待っているから、カミラとベルタを呼んでくるといい」

彼は、体ごと向き直った。

その美貌《びぼう》には、疲れがにじんでいる。

そういえば、領地をまわっているときは明るかったのに、皇宮にいるときはじゃっかん表情が暗くて硬い気がする。

そんなことを思いつつ、彼に頷《うなず》いて見せた。そして、カミラとベルタを呼びにいった。

彼の為になにか出来ることはないかと考えつつ、大理石のつやつやした床を早歩きした。


「うおおおおっ！」

「うわああああっ！」

「わあああああっ！」

客殿に行き、客殿付きの侍従にお父様たちの部屋に案内してもらった。

部屋に入るなり、お父様とお兄様たちが雄叫《おたけ》びを上げた。

そして、そうと気がつくまでに三人に抱きしめられていた。

というか、もみくちゃにされていた。

「あぁメグ、愛娘《まなむすめ》よ。元気そうではないか」

「メグ、わが妹よ。あいかわらずだな」

「メグ、メグ。愛《いと》しい妹よ」

三人でギュウギュウ抱きしめてくるものだから、苦しくてならない。

「お、お父様、お兄様たち、く、苦しいわ」

「おっと、ついうれしくて」

三人に訴えると、ようやく解放してくれた。

あらためて三人を見た。

手紙でやり取りはして様子はわかっているつもりだったけれど、三人ともあいかわらず血色が悪い。

わたしが皇都に出てくる前よりも痩《や》せてしまっている。

お父様とお兄様たちは、もともとスラリとしていて美貌である。

お父様は渋い美貌で、お兄様たちはやさしい美貌。

上のお兄様は、やさしく知的な美貌。下のお兄様はやさしく可愛《かわい》い美貌。

同じ美貌でも、ちょっと違うから面白いわよね。お父様はともかく、お兄様たちは双子なのに美貌の種類が違うから、どっちがどっちだっけ？　ということはまずない。

間違えてしまうとか見分けられないのは、ほんとうに初対面の人だけかもしれない。

お兄様たちの美貌のことはともかく、三人とも痩せてはいるけれど日頃の農作業や土木作業のお蔭なのか筋肉質で日焼けしている。だから、パッと見た感じでは健康的に見える。

「お父様もお兄様たちもお元気そうでなによりです。三人とも、少し痩せたのではないですか？」

尋ねると、三人はお互いに顔を見合わせた。

「痩せた？　そうかな。それよりも、金貨を送ってくれてありがとう。おおいに助かっているよ。じつは、それを元手にして東の方の荒れ地を開墾していてね。もしかすると、それがハードで痩せたのかもしれないいな」

「そうそう。父上の言う通り。メグ、金貨をありがとう」

「感謝しているよ、メグ」

三人ともそう言ってニッコリ笑った。

お父様の渋い美貌には、苦労皺《じわ》が幾つか刻まれている。

「あら？　三人ともそのズボンとシャツ、まともではないですか」

三人とも同じような白いシャツにグレーのズボンを着用している。

白いシャツは、破けていたり黄ばんだりしていない。ズボンも破けていたり裂けていたりしていない。

「メグ、そうだろう？」

お父様は胸をはった。

「おまえに会いにいくからというので、町の服屋が売れ残りの訳アリ品を破格の値で提供してくれてね。サイズが大きかったり小さかったりはするが、贅沢《ぜいたく》は言っていられない。どうだい、少しはまともに見えるだろう？」

お父様だけでなく、お兄様たちもうれしそうに胸をはった。

よくよく見ると、たしかにボタンがほつれていたり袖《そで》が長すぎたり、ズボンの丈が短くてつんつるてんだったりする。

だけど、いつも着ているシャツやズボンに比べるとずっとずっとまともである。

わたしに会いにくるのに、まともな恰好《かっこう》をして来てくれたのね。

うれしいわ。やっぱり家族よね。

それはともかく、送った金貨はやはり自分たち自身のことより他を優先したのね。

自分たちの食べ物や身の回りのことは、後回しにしたというわけ。

そこでハッと気がついた。

その金貨も、皇太子殿下からいただいたものである。真実を知るまでの雇用の条件の分と、真実を知ってからの雇用の条件の分である。

「皇太子殿下、申し訳ありません。父や兄たちに会ってついうれしくなってしまい、殿下のことが頭の中から飛んでしまっていました」

うしろを振り返った。皇太子殿下と、そのうしろにいるカミラとベルタが驚き顔で立ちすくんでいる。

「殿下、父のケン・オベリティ。それから、双子の上の兄のナオと下の兄のトモです。お父様、お兄様たち。こちらが皇太子のアルノルド・ランディ殿下です。えっと、わたしの雇用者、ではなかったわね。一応、夫だったかしら？」

紹介をすると、皇太子殿下はハッとわれに返ったようである。

疲弊している美貌にやわらかい笑みを浮かべ、わたしの横に立った。

「皇太子殿下、はじめまして。メグの父親のケン・オベリティです。娘が迷惑をかけていなければいいのですが。それよりも、娘を通じて過分な援助をいただいて心からお礼申し上げます」

お父様たちは、自然な動作で優雅に礼を取った。

「というか、いまの紹介はどういう意味だい？ 雇用者って？ それと、『夫だったかしら？』ってどういうこと？」

上のお兄様が眉間《みけん》に皺をよせた。

彼は、すぐに言葉尻《じり》をとらえるのよね。

「あー、お兄様。それはね」

「メグ、そこは省いていい」

せっかく説明しようとしたのに、皇太子殿下にピシャリと止められてしまった。

「わたしたちのちょっとした関係性よ」

だから、そう言うにとどめておいた。

「『一応、夫だったかしら？』などと、失礼すぎるだろう」

下のお兄様もすぐに揚げ足を取るのよね。

「だって、わたしたちはつい最近仲良くなったばかり……」

「メグ、そこも省いていいから」

イヤだわ。また皇太子殿下に止められてしまった。

「はじめまして。アルノルド・ランディです。この度は、メグをくださりありがとうございます」

「娘がなにかしでかしていないといいのですが。なにせ田舎者ですし、性格も素養もマナーもとんでもなくひどいものですから。無礼なことや失礼なこと、不愉快なことや憎たらしいことをしておりませんか？」

お父様、いくらなんでもひどすぎやしませんか？

他人様の前で身内贔屓《びいき》しないのは当然だけれど、それでもいまのは失礼すぎるわ。

でも、大丈夫。皇太子殿下がすぐに否定してくれるわ。

「……」

（えっ？　皇太子殿下、どうしてだまっているの？）

沈黙している皇太子殿下を、おもわず見てしまった。

「やはり。父上、だから言ったではありませんか」

「そうですよ。メグにはムリだったのです」

お兄様たちは、ここぞとばかりに断言した。

「大丈夫です。大丈夫ですから」

そのとき、皇太子殿下が唐突に言った。

いったい、なにが大丈夫なのかしら。

「なんとか、大丈夫ですから」

皇太子殿下は、美貌に気弱な笑みを浮かべている。

「たぶん、大丈夫かと」

彼は、さらに言い募る。

「おそらく、大丈夫なはず」

さらにさらに告げる。

「父上、いまからでも遅くはありません」

「そうですよ。メグを田舎に連れて帰りましょう」

お兄様たちは、同時にわたしを指さした。

すると、皇太子殿下が笑い出した。続いて、お父様とお兄様たちも。

カミラとベルタも、皇太子殿下のうしろで笑っている。

「いやあ、久しぶりに大笑いしたよ。メグ、やはりおまえがいないと面白くないな」

「父上の言う通り。おまえは、いつもわたしたちを笑わせてくれるからな」

「わたしたちだけだと中途半端な笑いになってしまうから、スッキリしないよ」

お父様もお兄様たちもなにを言っているの？

たしかに、わたしたちはいつも笑いや笑顔が絶えない。それは認める。だからこそ、苦しい生活の中でも楽しめているししあわせでもある。

だけど、わたしはいつだって真剣よ。意識的にも無意識的にも、笑わせるようなことをするとか面白がらせるようなことはしていない。

「殿下」

「どうかアルノルドとお呼びください。あなた方は、わたしの義父と義兄なのですから」

「では、アルノルド殿。第三皇子とカミラとベルタから、おおよその事情はきいています」

「ええ。おれも、彼からすでにあなた方に事情を説明している旨をききました」

笑いがおさまると、お父様が皇太子殿下に言った。

すでに第三皇子とカミラとベルタが、お父様たちに会って事情を話してくれたみたい。

さすがは諜報員《ちょうほういん》一族。仕事がはやいわ。


とりあえず、ソファーに座ることにした。

どうやら、この客間は続き部屋みたい。

お父様が一人でこちらの部屋を使用し、隣室をお兄様たちが使用しているのね。

こちらの寝台はキングサイズが一台、隣室にはダブルサイズの寝台が二台あるそう。

皇太子殿下と並んで座り、お父様とお兄様たちがローテーブルをはさんで向かいのソファーに並んで座った。

そのタイミングで、カミラとベルタがお茶を淹《い》れに行ってくれた。

彼女たちが凄腕《すごうで》の諜報員という事実を知ってから、わたしの侍女を装っているということを忘れてしまうときがある。

「第三皇子から、是非とも力を貸してほしいと。こんな田舎者ですから、到底お役に立てるわけもないのですが。ですが、好き勝手にしていいという話ですし、とにかく宰相や他の派閥の人たちに嫌われるようなことをするとか、困らせてやればいいということでした。それでしたら、出来るだけのことはやってみましょうと答えました。アルノルド殿には多額の援助をしてもらっていますし。なにより、メグの大切な旦那《だんな》様なのですから。恩を返して義理を果たせるというわけではありませんが、少しでもお役に立てればいいかと思っています」

「ご協力、感謝いたします」

お父様と皇太子殿下は、視線を合わせて頷き合った。

「お父様、家は空けていて大丈夫なの？　家畜たちは？　まさか、飢えて死んでしまったってことはないわよね？」

「メグ、大丈夫だよ。家畜たちは元気だ。だけど、みんなもう年だろう？　働かせるのはかわいそうだ。ゆっくりと余生を送ってもらおうと、家畜小屋を建て替えたのだ。だから、みんな元気でまったり暮らしている。今回は、村の人たちに餌《えさ》と寝床の掃除を頼んできた」

「アルノルド殿のお蔭で、家畜たちはのんびりすごせています」

上のナオお兄様と、下のトモお兄様の説明でホッとした。

家畜小屋は建て替えたのに、家の修繕は後回しになっているに違いない。

年老いた家畜優先だなんて、三人らしいわ。

苦笑してしまった。同時に、家畜たちに会いたくなった。


カミラとベルタがお茶を運んできてくれた。

二人は、ナルディ公爵家のバラ園の管理人レナウト師に分けてもらったバラの花びらで作ったローズティーを淹れてきてくれた。

香りを楽しみつつ、みんなで飲んだ。

まさかお父様やお兄様たちと自分のボロボロの家以外の場所でお茶を飲むなんて。しかも、皇宮で飲むことになるなんて。

それはともかく、お茶じたいは、カスみたいな茶葉で淹れた出がらしとは違って最高のクオリティーである。

「申し訳ありません。もっと送ればよかったですね」

皇太子殿下は、カップをソーサーの上に置きつつ言った。一瞬、なんのことを言っているのかわからなかった。だけど、すぐに思いいたった。

金貨のことね。

「殿下、いいのですよ。たとえ金貨を百枚送ろうと千枚送ろうと、お父様たちは自分たちの為に使うことはほとんどないのですから」

皇太子殿下に顔を向けて告げると、彼はなにかを言いかけた。が、その形のいい口から言葉は出てこなかった。


「アルノルド殿、メグといっしょに領地をまわられていたとか？」

「はい。この王都にいる官僚や貴族だけでなく、領地を統《す》べる領主たちも不正や横暴を当たり前のようにやっていますす。どうにか出来たらな、と。皇太子として、わが国の多くの民がよりよき生活を送れるよう是正したいのです。おれは、どうせ蔑《さげす》まれていますから、だれにどう思われようと平気です。ですが、実際は是正するどころか縦の物を横にすることすら難しい状況です」

皇太子殿下は、自分では「ヤル気がなくて厭世的《えんせいてき》で日和見主義だ」というようなことを言っていた。

でも、全然違うじゃない。

見直したわ。自分の境遇や現状を悲観したり諦観《ていかん》したりするのではなく、ちゃんと夢や希望を抱いている。

それがかなうかかなわないかは別にして、すくなくとも彼はそれに向けて行動を起こしている。

そんな彼に、お姫様抱っこを強要した自分が恥ずかしいわ。

「わかりました」

ややあってお父様が大きく頷いた。

「わたしたちは、あなたの政敵に招待されました。彼らは、メグともどもわたしたちを利用しようとしているのは明白です。そういうことですので、わたしたちはそれを利用します。わたしたちがなにをしようと勝手だろう、ということです。すくなくとも、あなたの差し金であるとか、目論見《もくろみ》ではないということだけはわからせたいものです」

「そうです。アルノルド殿とはまったく関係がなく、メグと四人でなにかやってやりたいですね」

「これは面白くなりますよ。楽しみでならない」

お父様とお兄様たちの顔には、いたずらっぽい笑みが浮かんでいる。

ええ、みんな。わたしには、わかっているのよ。

お父様お兄様たちの顔に笑みが浮かんでいるということは、すでにとんでもない計画を思いついているってことよね？

ほんと、楽しみでならない。

家族四人で、心から楽しみましょう。

皇太子殿下はなにがなにやらわからない表情で、わたしたちを順番に見ていた。

皇帝陛下と皇妃殿下とは、その夜に会った。

皇太子殿下とわたし、それからお父様とお兄様たちとで食事をした。

驚くべきことに、少し会わないうちに皇帝陛下も皇妃殿下もスリムになっている。しかも、肌はスベスベでずいぶんと血色がいい。

以前、お通じのことや健康的な生活を送るよう不愉快きわまりないアドバイスを授けたことがあった。

彼らは、いまでもまだそれを続けている。

怠惰《たいだ》で飽きっぽい彼らが、続けているということがすごいと思う。

継続するってなかなか難しい。だれだって、さぼりたくなったり嫌になったりすることはある。それでもちゃんと継続出来ているのは、シンプルに驚きだし感心もしてしまう。

「この前のダイヤ事件以降も、早朝に皇宮の森を陛下とあれやこれやと話をしながら散歩しているのよ。あなたに言われた通り、楽しくね。それから、朝食はたくさん食べ、庭園の手入れを手伝ったりしているわ。陛下は公務ね。昼食はサンドイッチやフルーツを持って森の中で食べたりしているの。夕食は軽くすませ、お風呂やストレッチをして就寝。この生活にかえてから、お通じが劇的によくなったし、体は軽くなったわ。そうすると心も晴れてきてね。なにより、陛下と仲良くなったの。以前は一日まったく言葉を交わさないことの方が多かったのに、いまはしょっちゅう話をしているの。つまらない話題が多いし、ケンカもしょっちゅうしているけれど。メグ。ダイヤ事件の際にあなたに言われたことも作用しているのね」

皇妃殿下は、そう言って笑った。

彼女、美しくなったわね。

もともとすごい美人だったらしいけど、すっかり若返ってキラキラしている。

ダイヤ事件ね。

以前、皇妃殿下が皇帝陛下からの贈り物のダイヤを池に落としてしまった。そのダイヤを、わたしが探し出した。そのとき、ダイヤが贋物《にせもの》のような気がした。だから、その場で声を張り上げ指摘してやった。大国の皇帝陛下と皇妃殿下に恥をかかせてやったわ。

「メグ、おまえのお蔭だよ。体調がすこぶるいい」

そして、皇帝陛下も頬《ほお》の肉がこそげ落ちた顔は、驚くほど美貌になっている。

皇帝陛下は、健康の為に剣の稽古《けいこ》をはじめたとか。

「よかったですわ。心も体も健康でいること。笑ってすごすこと。これが一番です」

ニッコリ笑って断言した。


お父様とお兄様たちは、宰相が準備してくれて正装している。

客室で着替え終わった三人を見た瞬間、身内贔屓だということを差し引いても素敵すぎると感動してしまった。

人の多くが外見で判断してしまう。

宰相たちは、初対面で三人をどう判断したかしら。そして、いまこの素敵すぎる恰好を目の当たりにしたら、最初の判断がかわるかしら。

とにかく、三人は素敵なのである。

皇太子殿下とカミラとベルタも驚いた。

そして、皇帝陛下と皇妃殿下も。

皇妃殿下は「まぁ素敵」、と感嘆していた。

食事だけのはずが、食後のお酒もということになった。

だけど、お父様たちはお酒を飲まない。いいえ、違うわね。お酒を楽しむお金も心の余裕もないと言った方がいいかもしれない。

だから、お茶をいただいた。

例のローズティーである。

その席で、なぜかわたしのマナーの話になった。マナーが悪いというわけではない。生まれ育った環境から、知っているはずがないのにそんなに悪くない、ということを言われたのである。

「書物で学びました。もちろん、父や兄からも教えてもらいましたけれど。だけど、ほとんどが、書物中の登場人物たちの受け売りです。ですから、どこの大陸のいつの時代のものかわからないマナーもまじっています。そこは、お許しください」

説明すると、皇帝陛下と皇妃殿下は思い出したみたい。

お父様は、王太子だった。そして、お兄様たちは王子だったということを。

彼らは、マナーはもともと身についているのである。

「だから完璧《かんぺき》なのだな」

皇帝陛下の言う通りである。

お父様たちはマナーが完璧なだけでなく、一つ一つの所作が洗練されている。

それだけ見れば、日常的に鍬《くわ》や鋤《すき》をふりまわしたり、のこぎりや斧《おの》で挽《ひ》いたり切ったりしているとは考えられない。

強いて言うなら、手は荒れて節くれだち、マメやタコだらけだということかしら。

「スカルパ皇国《こうこく》は、ほんとうに素晴らしい国ですね」

食後のお茶の時間も終わりを迎えようとしているとき、お父様がしみじみといった感じで言い出した。

（いよいよ始動ね。お父様ったら、いきなり嫌味を炸裂させたわ）

さあ、どんな不愉快なことを言い出すのかしら。皇帝陛下と皇妃殿下に、どれだけ不快感をあたえるのかしら。

「ですが、各領地や皇都に綻《ほころ》びや齟齬《そご》が生じているようです。この国に長年暮らし、こうして田舎からやってきただけでも、それらが目につきます。田舎者の貧乏ジジイですら、それに気がついているのです。皇都にいる優秀な官僚や両陛下の周囲の方々は、とっくの昔に気がついていらっしゃることでしょう」

さすがよ、お父様。いきなり上流階級や官僚たちの不正などを指摘するなんて。同時に目が節穴だとか曇りまくっていると嘲笑《あざわら》うなんて、最高すぎる。

これは、両陛下も面白くないでしょうね。

「支配者は、多くの民によって生かされているのです。多くの民の犠牲や力がなければ、支配者は一日たりとも生きることは出来ません。だからこそ、支配者はすべきことがあります。あなた方にはなすべきことがあるということを、じっくり考えてみてください」

お父様は、渋い美貌に嫌味きわまりない笑みを浮かべた。

しびれるわ、お父様。最高よ。これほど両陛下を侮辱した言葉はないわよね。

「とても美味な食事でした。ですが、これもまたどれだけの犠牲によるものかを考えると、心から堪能は出来ませんでした。両陛下に、うちの痩せ細った畑でとれた作物をいつか献上したいものです」

お父様が立ち上がって両陛下に礼を取ったので、わたしたちもそれにならった。

「ああ、そうでした。陛下、アルノルド殿下を皇太子にされたことは快挙でしたね。このことは、史実に残るかもしれません」

お父様は、もう一度やわらかい笑みを浮かべると大食堂を出て行った。

もちろん、わたしたちもそれに続く。

去り際に皇太子殿下を絶賛するなんて、お父様も抜かりがなさすぎるわ。

両陛下、とくに皇妃殿下は不愉快を通り越しているはずよ。

なにせ自分が産んだ皇子《おうじ》たちを否定されたようなものなのだから。


翌日、お父様とお兄様たちは、宰相をはじめとする官僚との会食があるということで行ってしまった。

わたしは、朝から皇子たちにお茶を飲まないかと誘われている。

厳密には、第一、第二、第四、第五、第六、第七皇子からである。つまり、第三皇子以外からお声がかかった。

誘われたのがわたしの美しさにほだされて、というわけではないから残念すぎる。

カミラとベルタと話し合い、とりあえず順番に会ってみることにした。

当然、どの皇子も晩餐会《ばんさんかい》や食事会、ちょっとしたお茶会などで何度か会っている。偶然、庭園や宮殿内でばったり会えば話をしたりもする。

だけど、今回は違う。

どの皇子も後ろ盾からの指示に従い、わたしを味方につけなければならない。

　彼らも大変である。つくづく気の毒になる。


　第七皇子グラートは、皇族の中でもめずらしく痩せてひ弱そうに見える青年である。顔はいいけれど、いつもおどおどと周囲の顔色をうかがっている。

　性格が気弱すぎて、自分自身にまったく自信を持てないでいる。そんな感じがする。

　こんな皇子が皇太子や皇帝になろうものなら、鼻をかむのですら周囲に許可を求め、許可が出て初めてオドオドと控えめにかみそうである。

　東屋で小一時間ほど、第七皇子とお茶をした。具体的には、ローズティーを飲んだ。が、彼があまりにも気弱すぎて話しかけてくることがない。だから、時間ばかりがムダにすぎていく。

　途中、何度か話を振ってみた。

　しかし、彼は気弱な笑みを浮かべるか、テーブル上に視線を落とすだけである。

　こちらが気恥ずかしくなりそうなほど、モジモジしている。

　埒《らち》が明かない。

　嫌われたり憎まれたりする為とはいえ、こんな気弱な皇子に悪口雑言を叩《たた》きつけるのは気がひける。

　それでもやらなければならない。せっかく終身雇用にしてもらったのだし、それに似合う分の働きはしなければならない。雇用者である皇太子殿下に、わたしを終身雇用にしてよかったと思わせたい。

　その為には、第七皇子にわたしの餌食《えじき》になってもらわなければ。

　悪妻を演じるのもつらいわよね。

「皇子殿下、趣味とか特技とかお好きなことや興味のあることはありますか？」

そう尋ねると、彼は気恥ずかしそうに「読書」と口の中でつぶやいた。

「読書？　わたしも読書が好きなのです。どのようなジャンルがお好きなのですか？」

さらに尋ねると、意外にも「経済や政《まつりごと》の分野」と、口の中でつぶやいた。

それをきくと、この国の経済や政について意見を求めてみたくなった。だから、彼の執事と侍女たちに下がるよう申しつけた。

彼らがいては、彼も思うように自分が感じていることや思っていることを言えないはずだから。

二人がいなくなると、彼はおどおどしながらポツリポツリと語りはじめた。

「皇子殿下、しっかりなさいませ。あなたは、周囲に頼りすぎです。依存しすぎです。そして、従順すぎます。あなたは、自分自身に自信を持つべきです。あなたの考えや思いを、周囲に伝えなさい。もしも周りの人たちが間違っているとかおかしなことを押し付けてきたら、正してあげなさい。意に添わぬことを強制してきたら、きっぱりすっきりばっさり拒否しなさい。あなたには、それらが出来るだけの知識と常識と判断力があります。もったいなさすぎます。ほんの少しだけ勇気と自信を持てば、あなたはもっと広い世の中を見ることが出来るようになります」

彼が言葉を出し尽くしてから、暴言を吐いた。

心苦しいけど、彼が立ち直れないほど傷つけないといけない。

「このままでは、あなたは負け犬のままです。ただの負け犬皇子です。口惜しかったら、いま持っている知識や意見を、公の場で披露してみることです」

吐き捨てるように言ってから立ち上がった。

「お茶の時間をご一緒出来てよかったですわ。次の約束があるので失礼します」

テーブル上に視線を落としたままの彼に、そう告げてから立ち去った。

もったいない。彼は、クズ皇子なんかではない。

おとなしくって従順なだけ。

彼なら、皇太子殿下を立派に支えることが出来るはずなのに。

残念に思いながら、次なる皇子に会いに行った。


第六皇子ルーベンは、申し訳ないけれど残念だった。

見てくれだけである。それ以外はなにもない。

後ろ盾がどうのこうのというのとは関係なく、ただ単純にわたしを口説き落としたいらしい。どうやら、第二皇子のカルロも同類みたい。どちらが先に口説くことが出来るか、勝負、いえ、賭《か》けをしているのだとか。

しかも、負けた方が勝った方に自分の愛人の中で一番の美人を譲るらしい。

（バカじゃないの？）

レディを賭け事の景品、というのかしら。対象にするわけ？　しかも、それを悪びれることなく得意げに言ったのである。

さすがのわたしも、これにはカチンときた。

これだったら、良心の呵責《かしゃく》など感じない。

「皇子殿下。モテるのは、いまのうちだけですよ。皇太子殿下が皇帝の座についたら、腹違いの兄にすぎないあなたは、ただの皇族の一人というだけですわ。これでハゲたり太りでもすれば、目も当てられません。あなたの周囲にいる複数の愛人たちも、皇子というあなたの立場に惹《ひ》かれているだけです。その立場がなくなったら、彼女たちはさっさとあなたの前から去るでしょう。レディのお尻ばかり追いかけていないで、将来に備えるべきですわ。それから、レディをバカにしないで大切にすること。よろしいですわね？」

第六皇子と第二皇子は、皇太子殿下の敵になりえない。

もちろん、わたしを口説き落とすなんてことも出来ない。

フツーに叱《しか》ってやった。

ちょろいものよね。

さっさと第六皇子の前を辞した。

さわやかな笑みを残して。

(さあ、次よ)

プレイボーイ系を先に攻略しておくことにした。

だから、急遽《きゅうきょ》順番をかえてもらった。

第二皇子カルロの執務室に押しかけたのである。

執事の制止をものともせず、カミラとベルタを従え急襲した。

執務室の扉を音高く開けてやった。

「うわっ！」

第二皇子は、執務机上に道具を広げて爪《つめ》の手入れをしていたらしい。

彼は、文字通り椅子《いす》から飛び上がった。

「ああ、なんてことだ。せっかく乾かしていたのに」

そして、左手を見つめて舌打ちをした。

「約束の時間より早いことは重々承知しております。ですが、一刻も早くお会いしたかったのです」

「へー、そうなのか」

彼は、自分ではキザだと思い込んでいるようなイヤらしい笑みを浮かべた。

第六皇子と比較したら、顔の美しさは劣る。だけど、彼の方が言葉巧みである。

その言葉というのも、レディをよろこばせて有頂天にする言葉に関してのみだけど。

彼もラウラをひっかけたに違いない。というよりかは、彼女とひっかけ合ったに違いない。

第二皇子は、他の皇子の婚約者や好きな人を奪い取ることをライフワークにしているみたい。

(彼とラウラ、どっちもどっちだわ)

皇宮内で彼がご令嬢や侍女たちを口説いているのをよく見かける。

そういえば、わたしには一度も声をかけてこなかったわね。

なぜかはわからないけれど。

まぁ、表向きは皇太子殿下の妻ですものね。

当然、そんなわたしに手を出せるわけがない。

「メグ、もう少し待ってくれないかな？　あと残り五本だから」

彼は、右手をヒラヒラさせた。

五本分の指の手入れが終わるまで待つ時間がもったいない。

「お取り込み中に申し訳ありません。ですが、急いでいただかなくって結構です。すぐに退散いたしますから」

意地悪な笑みを浮かべてみせた。

執務机に近づくと、彼の自慢の爪を見下ろした。それから、自分の両手を差し出した。

「ずいぶんときれいな指ですね。なにもされていない、不自由さなど欠片《かけら》も知らない指です。わたしの手をご覧になってください。長年の家事や農作業やその他もろもろの作業でボロボロです。爪なんて、伸ばしていてはなにかにひっかけて割れてしまったり、家畜を傷つけてしまったりします。つねに深爪にしています。ほら、深爪しすぎているでしょう？　これだけ深爪にしていたら、本の頁《ページ》をめくったり糸をつまんだりするとき地味にイラつきます。足の爪も同様です。足の爪は神経が通っていないのか、あまり痛みを感じません。ですから、血まみれになっていてもなお爪を切ってしまいます。ご覧になります？　右も左も、小指の爪はなくなっています。それはともかく、とにかくわたしは自分のボロボロの手が大好きです。家族や家畜たちの役に立っている、ということが実感できますから。見てくれだってそうです。どれだけ着飾っても、それはあくまでも外側が美しいというだけです。中身が伴わなければなりません。ほんとうの美しさは、中身が伴ってこそです。あなたも、このさいまの地位が安泰というわけではありません。中身を磨いて、真実の愛を見つけてください。一人のレディを心から愛し、しあわせにしてあげてください。このことだけを伝えたかったのです」

手をひっこめると、もう一度意地悪な笑みを浮かべてみせた。

（いまのはどう？　これこそ、究極の嫌味よ。いらないお世話って感じだったでしょう？）

心の中は、やりきったという達成感でいっぱいである。

満足感とともに、カミラとベルタを連れて第二皇子の執務室を後にした。

残りは第一、第四、第五皇子。

三人は、皇妃殿下の産んだ皇子たちである。そして、宰相の甥《おい》っ子にあたる。

この三人こそが、わたしの最大のターゲット。

これはもう、悪妻としての本領を発揮するしかないわよね。皇子たちに、たっぷりと知らしめなきゃ。

愛妾《あいしょう》ラウラにうつつを抜かして見向きもしてくれない皇太子殿下の妻であることを、というよりかは皇太子妃の座に固執するただの欲深傲慢な悪女を、思いっきり演じてみせるわ。

第五皇子オルランドの執務室を意気揚々と訪れた。

控えの間に着いたときには、約束の時間をすぎていた。

わざと遅れた。第二皇子のところに先に行ったのは、第五皇子との約束の時間にわざと遅れる為である。

が、向こうも遅れてきた。どうやら、だれかと会っていたらしい。

控えの間の扉から入ってきたのは、背の低いぽっちゃりさんであった。

彼の肌は、一度も陽《ひ》の光を浴びたことがないと断言出来るくらい真っ白である。

だから彼のことを「白豚皇子」認定し、心の中でそう呼んでいる。

だけど、それは蔑んでいるわけではない。だって、豚って素敵ですもの。豚は、「キング・オブ・カチク」と言っても過言ではない。彼らは、普通に焼くだけではなくベーコンやソーセージや干し肉といった保存食になる。皮は、食べるだけでなく手袋に出来る。そんな万能すぎる豚を、どうして蔑んだり出来るのかしら？　だからこそ、そんな豚に敬意を表して第五皇子のことをひそかに「白豚皇子」と名付けたのである。

とはいえ、あいにく田舎の家に豚はいない。それはそうよね。家畜だって飼育すれば家族と同じ。情が移ってしまう。家族を殺して食べたり出来る？　太らせた後に、業者に売り渡したり出来る？

もっとも、田舎の家で豚を飼育していないのは、感情面の問題だけではない。豚の管理は費用がかかる。費用面でも、うちで豚を飼育することは難しいのである。

豚のことはともかく、「白豚皇子」の真っ白な肌とわたしの肌とを比較すると、農作業などで真っ黒になっているわたしの方がはるかに黒い。清々《すがすが》しいほどわたしの方が焼けている。

いったい、なにをどれだけ食べたらこんなふうになれるのかしらね。

第五皇子を見ながらある意味感心してしまった。

彼は、はぁはぁと荒い息をしながら部屋にノソノソと入ってきた。それから、「待ったかい？」と尋ねてきた。

彼は、わたしの返事など求めていないに違いない。ローテーブル上にある蓋《ふた》つきの陶器のポットをつかんでかかげた。

そうと認識するまでに、ポットの蓋を開けると口に流し込んだ。

えええええっ？

ポットの中から彼の口の中に流れ込んで行くのは、液体ではなかった。

クッキー？　いえ、ビスケットかしら。

大量のビスケットがポットから滑り落ち、彼の口の中へとどんどん消えていく。

「ああ、これっぽっちでは足りないな。メグが来てくれたし、お茶にしよう」

なんてことかしら。いまのは、目の錯覚かなにか？

「殿下、準備は整っております。テラスへどうぞ」

私の驚きをよそに、すべてを心得ている執事の案内でテラスへと移動した。


ガラス製のテーブルをいくつもつなぎ合わせた巨大テーブルの上に、これでもかというほどの量のサンドイッチやペストリーやケーキやクッキーやビスケットやフルーツなどが並んでいる。

(さっき、お茶って言っていなかった？　食事ではないわよね？)

以前、晩餐会でこの究極のぽっちゃりさんには不愉快きわまりない演説をぶったけど、なにもきいていなかったのね。

この究極のぽっちゃりさんも、皇太子殿下の敵にはなりえないわね。宰相も、彼を対抗馬にあててくることはまずないはず。

これだったら、第一皇子と第四皇子の引き立て役にすらならないでしょう。当然、援護するなんてことも出来そうにない。

だけど、これはマズすぎる。こんな食生活をしていたら、すぐにでも死んでしまうかもしれない。

せっかくここまで足を運んで時間を消費したのだから、悪妻ぶりは見せつけておきましょう。

「では、いただきます」

彼はありえない量の間食を目の前にし、わたしの存在をすっかり忘れてしまっている。

さっさと座ると、フォークを右手に、スプーンを左手に握った。

よく見ると、彼の椅子は他の椅子と違い、がっしりとした鉄製である。

(どのぐらい体重があるのかしら)

想像するとゾッとしてしまう。

「お待ちください、殿下」

この際、体重のことはどうでもいい。いままさに料理に手をつけようとしている彼に、居丈高に怒鳴り散らした。

「死にますよ。もう遅いかもしれません。すぐにでも死ぬでしょう」

(いきなり『死の宣告』をするなんて、わたしったら最高すぎる)

感動で体が震えている。

「えっ、どうして？」

「どうしてではありません。以前、晩餐会でわたしが話したことをきいていらっしゃらなかったのですか？」

「きいていたさ。あのとき、なぜかわからないけど食事の続きよりきみの方が気になったからね」

「だったら、どうしてそんなに暴飲暴食をするのです？」

「減らしたよ。いまは、最低限の食事や間食にしている。内容も、出来るだけヘルシーにしてもらっている。運動だって、寝室から執務室、執務室から食堂というようにちゃんと歩いているよ」

ある意味すごすぎるわ。あらゆる意味でレベルが違いすぎる。

「殿下、周囲の人の食べる量はわかっていますか？　他人がどれだけ食べているか気にかけていますか？　あなたの血管は、確実に詰まっています。脳の血管や心臓の血管です。長年の暴飲暴食で、詰まったり弱まったりしています。いつ心臓が止まってもおかしくないですし、脳の血管が詰まりまくって破裂してもおかしくありません。歩くのだって、それだけでは歩いているうちに入りません。とにかく、いますぐにでも食べることだけではなく、生活そのものをかえてください。しばらく皇宮《ここ》から去り、皇妃殿下や兄皇子たちの目の届かないところで生活されることをお勧めします。あなたがこんなことになっているのは、ストレスからです。あなたは、幼い頃からあなたのお母様である皇妃殿下やお兄様である第一、第四皇子たちからいろいろ言われたり圧力をかけられたりしていますよね。あなたは、そのストレスで暴飲暴食をしているのです。最初はきついと思いますが、ストレスがなくなれば食べる量も少しずつ減っていくはずです。景色のいいところで散歩してください。あとで執事の方や侍女、それから専属の料理人に役に立つ情報を書き記して渡しておきます」

　息継ぎなしで言いきった。

　酸欠で頭がクラクラしている。

　そんなわたしのクラクラ状態をよそに、第五皇子は突然泣きはじめた。

「そ、そうなのだ、メグ。だれも、だれもぼくのことなどわかってはくれない。初めてだよ、そんなことを言ってくれたのは」

　テーブルの向こうでグスグスと泣き崩れている彼を見ながら、内心でガッツポーズをしてしまった。

（わたし、最高よね）

　泣かしてやった。泣き崩れるほど傷つけてやった。

いますぐにでも皇太子殿下や第三皇子を呼んできて見せてやりたい。

しまった。カミラとベルタは連れてこなかった。こんなことなら、いっしょに来てもらえばよかった。

諜報員に褒められたかもしれないのに。

まあいいわ。だって、気分は最高なのですもの。

みっともないほど大泣きしている「白豚皇子」に一瞥《いちべつ》をくれ、颯爽《さっそう》とテラスを去った。


第四皇子ダミアンとは東屋で会った。そこへ行くと、彼もちょうど来たところのようである。

カミラとベルタに同道してもらいたかった。

また素敵な事態に陥らないともかぎらないから。

第四皇子に悪妻ぶりを発揮して彼をへこませたとき、カミラとベルタにも感動してもらいたいから。

そう思っていたのに、第四皇子との約束の時間までに二人を見つけることが出来なかった。

残念だけど仕方がない。

というわけで、一人で会った。

東屋にはお茶が準備されていた。

第四皇子の侍女や執事は、少し離れたところに立っている。

「やあ、メグ。久しぶりだね」

第五皇子とは違い、第四皇子は長身痩躯《そうく》である。神経質そうな三角顔で、頬はくぼんで瞼《まぶた》は重そうに垂れている。

あいかわらず不眠症っぽい感じがするわね。

彼は、いい意味ではなく悪い意味で細かすぎてネチネチな性格である。

嫌味や可愛げのないことを平気で発言するし、ところかまわず能書きや持論をぶつ。

彼の侍女や執事たちは、いつも神経を研ぎ澄ませてピリピリしているみたい。

「お久しぶりです」

東屋のつくり付けの椅子に腰かけながら応じると、彼は神経質そうにつくり付けのテーブル上を指先で叩いた。

「皇子様たちからお誘いを受けまして」

（皇太子殿下の妻であるわたしを呼びつけやがってこの野郎っ！）

心の中で言いながら、そういう感じ満載の笑みを浮かべてみせた。

「そのようだな。どうやら、バカどもはきみを味方にしたいらしい」

「まぁっ、わたしを味方に？　わたしを味方にしたってなんの得にもなりませんのに。それどころか、借金の肩代わりをさせられるだけかもしれませんよ」

今度は、書物に出てくる貴族のご令嬢のように手で口元をおおって優雅な感じで笑ってみた。

「きみは、ほんとうに面白いな」

彼が褒めてくれた。

でも、その褒め言葉が「美しい」とか「素敵」とかではなく、面白いっていうところが面白いわね。

「あら、『面白い』だなんて最高の褒め言葉ですわ。それでは、あなたもなのですか？　あなたも、そのバカどもの一人なのかしら？」

（わたし、ここでも絶好調ね）

心の中でニヤリと笑ってしまった。

「そうだなぁ。他のバカどもとは違う意味でのバカかもしれない。だって、そうだろう？　他のバカどもは、後ろ盾に命じられてやっているだけだ。ああしろ、こうしろ、という具合にね。いつもそうだ。だが、おれは違う。根本的に違う。自分で考え、実践している。つまり、おれは自らの意志できみに会っているわけだ。アルノルドを皇太子の座からひきずりおろし、おれがその座につく為に」

彼は、口を閉じてニヤリと笑った。

「きみはどう思う？　その資格のないアルノルドが皇太子などと、信じられるかい？　それにふさわしい才覚や力があるのならまだしも、どちらもまったくないときている。しかも、あいつがなにをやろうとしているか。平民どもが暮らしやすい世の中にするらしい。さすがは卑しい身分の女の子どもだけのことはある。これできみもわかっただろう？　やつが皇太子にふさわしくない、ということが。というわけで、皇太子の座は、おれがつくにふさわしい」

不眠症で眠れないものだから、ついつい奇想天外な妄想を抱いてしまうのね。へっぽこ作家が思いつきそうな、穴だらけの簒奪劇《さんだつげき》ってところかしら。

気の毒すぎるわ。

だけど、彼が皇子たちの中で一番厄介かもしれないということが、彼のいまの発言でわかったわ。まだ第一皇子のエンリケには会ってはいない。だけど、第四皇子が同腹の兄すら眼中になく、平気で皇太子になってみせると妄想を抱いているくらいですもの。第四皇子《かれ》が傲慢で身の程知らずということを差し引いても、第一皇子は第四皇子よりへたれなのかもしれないわね。

「どうだい、メグ？　あいつはもちろんのこと、他の皇子たちよりおれについておいたほうがいいぞ。本当の皇太子妃にしてやる。愛妾にうつつを抜かされるようなお飾り正妃ではなく、な。伯父貴や母上とは関係なく、おれときみとでこの皇国を支配しようではないか」

だまっていると、彼は調子にのってきた。

彼の皇太子殿下に対することもそうだけど、この国の人たちに対する考え方も気に入らないわ。ダメダメ、わたし。落ち着くのよ。いまはまだ我慢。ジーッと我慢するのよ。

そうすれば、絶好調に調子にのっている彼が、さらになにか囀《さえず》ってくれるかもしれない。

口は開かず、ジェスチャーで彼の提案について興味を抱いているように示した。

つまり、淑女っぽく控えめな笑みを浮かべてみたのである。

「おっ、その不敵な笑みはなかなかのものだ。ということは、おれの野望に興味津々というわけだな。それどころか、この国を支配するだけでは足りないとか？　それとも、おれの力を疑っているのかい？　いいだろう。だったら、特別に教えてやる。どうせきみとは仲睦《なかむつ》まじい夫婦になるのだから」

彼は、ますます調子にのってきた。最高潮って感じ。

というか、どうしてわたしが彼と一緒になるの？　それ、どういう自信なわけ？　しかも仲睦まじい夫婦？

(冗談じゃないわ！)

全力で言わせてもらいたいわ。

「ラウラがいるだろう？　きみを辱《はずかし》めているあの品のないレディだ。じつは、彼女をけしかけたのはこのおれだ。第三皇子はもちろんのこと、第一皇子たちにも。それとは別に、皇太子の座を狙《ねら》っているのは、伯父貴と第一皇子であると思わせている。たしかに、伯父貴もアルノルドを皇太子の座からひきずりおろし、甥っ子のだれかをその座に就けようとしている。だが、その野心は、おれのそれにくらべるとたいしたことはない。伯父貴には、命や地位を懸けてまで無茶なことをする勇気はない。第一皇子にいたっては、まったくそのようなつもりはない。あいつは、ダメなやつだ。伯父貴や母上の手前、しっかりしているふうを装ってはいる。だが、真実はただの内気で弱虫なやつだ」

なんてことなのかしら。この夢みるバカは、とんでもないことを囀りはじめたわ。

つまり、結論はこういうこと？

この一連の騒動の黒幕は、この夢みるバカなのね。

この夢みるバカは、伯父である宰相や兄である第一皇子を利用して皇太子殿下をその座からひきずりおろそうとしているのね。

そして、わたしも利用しようとしている。

彼がわたしにこのことを伝えたのは、仲睦まじい夫婦になるからだと言ったわね。

だけど、それは違う。この夢みるバカは、わたしをなめている。なにも理解出来ず、御しやすい「おバカなレディ」とでも思っているのよ。だからこそ、どんなことを暴露しても大丈夫だとタカをくくっている。

よくわかったわ。面白いわね。あんたみたいな夢みるバカ、いまここで罵倒して終わりだなんてもったいなさすぎる。

わたしの悪妻ぶりを、ゆっくりじっくり堪能させてあげないと。それと、この興奮をみんなと分かち合わなければ。

思い直した。ここは、彼の申し出を考えるふりでもしておきましょう。

「メグ、どうした？」

「あら、申し訳ありません。書物に出てくるような緻密《ちみつ》な謀略でしたから、頭が追いつかなくて。ですが、前向きに検討してみます」

「ははは！　やはり、きみは面白いな。そんなことを言わなくても、結局はおれと組むことになる。ほら、すでに心が動いている。違うかい？」

「そうですわね。すごく動いていますわ」

彼は、いろいろな意味でヤバいわ。

たくさん指摘したかったけれど、それはグッと我慢した。

（いまはまだよ。いまはまだなの）

心の中で唱えつつ、夢みるバカの執務室を後にした。


第一皇子に会う前に、カミラとベルタに第四皇子のことを報告した。

二人とも驚いていた。

表向きは、第四皇子は宰相の従順な甥っ子の一人を演じている。その第四皇子が、まさかそんな不《ふ》遜《そん》なことをたくらんでいるなんて。

優秀な諜報員ですらまったく気がつかなかったのだから、第四皇子はただの夢みるバカというわけじゃないのね。

第四皇子に関しては、探りを入れてくれるという。

というわけで、あらためて第一皇子に会いにいった。

彼とは、西の庭園の東屋で待ち合わせをしている。

宮殿を中心に東西南北に庭園があって、それぞれに東屋が設けられているのである。

第一皇子のイメージは、美貌の持ち主で野心的で独善的という感じかしら。

だけど第四皇子が言うには、第一皇子はそのように演じているらしい。

第四皇子がわたしをかついでいるのでないかぎり、第一皇子も大した才覚を持ち合わせていないということになる。

ということは、彼も皇太子殿下の敵にはならないかもしれない。

とりあえず、素の第一皇子を見てみないと。

少し離れたところで、執事と侍従、それから侍女が三名たたずんでいる。

侍従の顔に見覚えがある。

宰相の側近の中にいた顔だわ。

ということは、見張っているのね。

第一皇子を？　それともわたしを？　いったいどちらを見張っているのかしら。

「やあ、メグ」

「皇子殿下、ご挨拶申し上げます」

座ったまま手を振ってきた彼に、ドレスの裾《すそ》を少しだけ上げて挨拶をした。

中肉中背で、渋い美貌には疲れと諦観のようなものが見え隠れしている。

それはそうよね。普通、皇太子は第一皇子が即位することが多い。今回のように皇子としてさえ認められていない、母親が侍女という皇子がなるなどということは稀有《けう》である。

それを知ったとき、第一皇子は絶望したかしら。口惜しくて眠れなかったかしら。

その座を奪ってやる、と野心が燃え立ったかしら。

つくり付けのテーブルをはさみ、彼の前に座った。

侍女がお茶を淹れてくれた。

カモミールね。

悪妻らしく、傲慢っぽさを醸し出しつつそのにおいを堪能する。

「メグ、じつに優雅な雰囲気だね」

向かい側で、第一皇子がやわらかい笑みとともに言った。

さらに傲慢な笑みを浮かべて見せる。それから、傲慢っぽくカップに手を伸ばした。

「他の皇子たちに会ったよね？」

第一皇子は、わたしがお茶を一口飲み、ホッと息を吐き出したタイミングで尋ねてきた。

「ええ。どうしてかわかりませんが、あなた同様お誘いを受けたものですから。あなたが最後です」

「どうしてかわかりませんが」、というところを強調しておいた。いきなり嫌味を言うだなんて、今回も絶好調ね。

「クズばかりだっただろう？」

彼は苦笑を浮かべつつ、お茶を飲んだ。

その彼をじっと見つめた。それこそ、彼の美貌に穴が開きそうなほど。それから、不愉快すぎて居心地が悪くなるくらい。実際、彼は落ち着かなげに視線を泳がしている。

そこで気がついた。

彼は、気にしているということに。

わたしのことを、ではない。彼自身のうしろに控えている執事たちを気にしているように見受けられる。

「殿下、せっかくですもの。二人きりでお話出来ませんか？　あなたのおっしゃるクズ皇子たちですら、わたしと二人きりでお話をしてくれたのですよ」

（よしっ！　さらなる嫌味の炸裂よ）

心の中で会心の笑みを浮かべる。

第一皇子は、わたしのその嫌味にムッとしたに違いない。わたしから視線をそらせ、うしろにいる付き人たちへそれを走らせた。

「彼らに出来て、第一皇子である殿下に出来ないわけはありませんよね？」

さらに煽《あお》ってみた。

（わたしってば、いったいどうしたのかしら？　調子よすぎよ）

絶好調すぎて怖いくらいだわ。

「下がっていい」

彼は、いまの究極の嫌味にかなりカチンときたのね。

うしろを振り返ることなくそう命じた。

「殿下、ですが……」

執事が言いかけた。

「いいから下がれ。皇太子妃と話をするのに、どのような危険があるというのだ？」

彼は、それをきつくさえぎった。

「危険ではないことは承知しております。ですが……」

「『ですが』、だと？　わたしの命令には従うことは出来ないというのか」

またしても執事を遮ったその声は、怒りで震えている。

「しょ、承知いたしました」

執事は、あきらかに不服である。その証拠に、去り際に「チッ！」ときこえよがしに舌打ちをした。

彼らの気配がなくなると、第一皇子は大きく息を吐き出しながら背もたれに背をあずけた。

「メグ、よくわかったね。助かったよ」

彼の表情も声質も話し方もすっかりかわってしまっている。やさしいけれど、どこか臆病《おくびょう》さがうかがえる。

そして、渋い美貌には、疲労の色がはっきりと表れている。

「第四皇子がわたしの正体を告げたのだろう？　子どもの頃、彼とは仲がよかった。彼は、わたしの性格や考えをだれよりもよく知っているからね」

「第四皇子は、こちらが尋ねもしないのにぺらぺらと囀っていましたわ」

「だろうね。皇太子の座につく為には、きみをモノに、いや、失礼。きみを妻にしなければならないと思い込んでいるから、ある程度のことは告げたかったのだろう」

「わたしを妻にしなければならない？　たしかに、わたしは隣国の元国王の孫です。ですが、落ちぶれ王族にすぎません。しかも、この国ではなく隣国のです。そんなわたしに、なんらかの力があるとは思えませんけれど」

「それはそうだ」

彼は、わたしに力がないということをあっさりすっきりきっぱりと認めた。

「わたしも含めた皇子たちが躍起になっているのは、神託があったからだ」

「はい？」

「メグ。きみは『幸運の女神』で、きみを妻にした者がこの皇国を統べることが出来るという、神託がくだされたらしい」

「な、なんですって？」

予想も推測も、ついでに空想も妄想もしていないあまりに突拍子のないその話に、おもわず叫び声を上げてしまった。しかも、その声はひっくり返っていた。

「このことを知っているのは、ごく少数だ」

「当然、皇太子殿下も知っているのですよね？」

「さあ、それはわからない。きみも知っている通り、わたしたちは親交があるどころか敵対しているからね」

きいている話と違うわ。その神託じたいは胡散臭いことこの上ないけれど、こうして信じている人たちがいる。

皇太子殿下は、わたしに興味を抱いたから皇都に招き、妻に迎えたと言っていた。

だとすれば、じつは皇太子殿下《かれ》はその神託を信じていてわたしを妻に迎えたというのかしら。

ごく少数しか知らないその神託も、諜報員である第三皇子やカミラやベルタだったら探り出していてもおかしくない。

そうなると、皇太子殿下とのひとときは？　お姫様抱っこやバラ園での婚儀は？

すべて嘘《うそ》だったというの？　虚構のひとときだったの？

しかし、それだと最初にわたしに雇用結婚だと宣言し、遠ざける必要などなかったのではないかしら。あんなことをする意味がまったくない。

それとも、それもわたしの気を惹く為の手段だったのかしら？

しかし、そのわりには彼の心はいつだって真摯《しんし》だわ。いつも真剣で、嘘偽りがまったくない。

もっとも、それも演じているのなら話は別だけれど。わたしの読み違いという可能性も否めない。

皇太子殿下のこと、信じはじめたところなのに。

わたしの内心の動揺をよそに、第一皇子は溜息《ためいき》をついている。

「もう疲れたよ。わたしはただ、好きなレディと何不自由なく暮らしたいだけだ。どこか静かなところで、二人でのんびり日々をすごすだけでね。それなのに、皇太子になれだのなんだのと命じてくる。冗談じゃない。皇太子は、アルノルドと決まっていることじゃないか。それでなくても、子どもの頃から気位が高くて野心的な第一皇子を演じてきたというのに。これ以上、どうしろというのだ？　どうすればいいのだ？　もう勘弁してほしいよ。第四皇子が皇太子の座に就きたいのならそうすればいい。わたしはいっこうにかまわない。大歓迎したいくらいだ」

第一皇子は、息を大きく吐き出した。

あれだけいっきに愚痴ったら、酸欠にもなるわよね。

「しかも、好きなレディにまで見捨てられてしまった」

彼の正体は、いまのこの愚痴っている姿なのね。

というか、好きなレディ？「好きなレディにまで見捨てられて」って言ったわよね？

（まさか、それってラウラのこと？　彼、彼女のことが好きなの？）

嘘、でしょう？

「好きなレディがいらっしゃるのですか？」

間違いないでしょうけれど、確認の為に話をふった。

「ああ。きみも含めた、皇宮内にいるだれもが知っているレディだ。ひどい噂《うわさ》ばかりだが、わたしにとっては彼女こそ癒しであり心のよりどころだ。弱音を吐いたり悪口を言ったり、あるいは夢を語ったりバカなことを言ってみたり。彼女はいつも黙ってきいてくれて、やさしく微笑《ほほえ》んでくれる。それがうれしくてならない。彼女は、わたしにだけやさしくしてくれる。他の男たちよりも、ずっとずっとやさしい笑みを見せてくれる。だからこそ、彼女の為ならなんだってやりたい。が、そんな簡単なことが出来ないでいる。このようなくだらない謀略劇の舞台からさっさと降り、彼女といっしょに皇宮《ここ》から逃げ出したい」

やはり、ラウラのことなのね。というか、すっかりだまされているわ。気の毒すぎてきいていられない。だけど、彼のその強い想《おも》いは、いつかラウラに届くかもしれない。

「それでしたら、そうなさったらいいではないですか」

神託のことも気がかりだけど、とりあえず先に彼をやっつけないと。

「そう簡単にはいかないよ。いまさらだし。わたしがそんなことを言おうものなら、すぐに皇宮から放り出されてしまう。そうなれば、路頭に迷って死んでしまうだろう」

「それでしたら、働けばいいのです。違いますか？　人間、いざとなったらなんでも出来るものです。わたしやわたしの家族もそうですよ。食べる物がないときはしょっちゅうです。何日も雨水や川の水を濾過《ろか》したものですますことがあります。夏は、井戸も枯れてしまいますから。食べ物のないときには、木の根っこや雑草、虫を食べたりもします。人間はすぐには死にません。しぶとく生きることが出来るものなのです」

　第一皇子は、口をあんぐりあけてきいている。

　現実の厳しさを教えてやるのよ。そして、絶望を味わわせるの。

「そのようなことより、心を縛られている方がよほどつらいはずです。あなたは、もっと強くならなければなりません。いい年をして、いつまでも母親や伯父の言いなりになったり、いい子ちゃんぶったりして。自分自身を偽りごまかすほどバカバカしいことはありません。これまで、彼らの期待に応《こた》えて頑張ってきたのです。人生で一度くらい、自分の思うようにしても罰はあたりません。あとは、なるようになります。どうせ皇太子になる気がないのですし、いっそ皇宮から飛び出してしまえばいいのです。そのやさしく微笑むレディとやらといっしょに。心身ともにスッキリすること間違いありませんよ」

　不愉快なことを並べ立てた上に、いい加減なことを添えておいた。

　とりあえず、これで彼もわたしが神託に出てくる「幸運の女神」などではなく、じつは傲慢で悪辣《あくらつ》な悪女とわかったに違いない。

「あなたの好きなレディって、ラウラのことですよね？　もしかして、彼女のお腹《なか》の父親はあなたたなのではありませんか」

わおっ！　わたしってば、最高よ。最高すぎてうっとりしてしまう。

いまのは、強烈な誹謗中傷だった。なんの根拠もないのに詰問するなんて、悪女きわまりない所業だわ。

「きみもそう思っているのか」

彼は、いまので完全に立腹したわ。キレる一歩手前のところを、かろうじて自制しているってところかしら。ひきつった笑顔がその証拠ね。

いまの彼の心の中は、わたしへの怒りで煮えたぎっている。

「そんなにラウラのことが好きなのでしたら、いますぐにでも彼女を連れて去ればいいのです。彼女のお腹の子があなたの子だと皇太子殿下にバレてしまえば、彼女は断罪されることになるかもしれません。その前にあなたが彼女を連れ去り、助けるのです。そして、彼女と生まれてくる子を守り、慈しむのです。そうすれば、彼女もあなたを見直すだけでなく、愛するに違いありません」

思いっきり使嗾《しそう》した。その上で、いい加減なことを言いまくった。しかも「あなたにそんな度胸はないでしょう？」と、バカにしていることをにおわせてみた。

「それと、わたしはあなたがきいているような存在ではありません。ただの悪妻です。悪女です。嫌な女です。皇子殿下。本日は、お話出来てほんとうによかったですわ」

「メ、メグ、ちょ、ちょっと、ちょっと待ってくれ」

つくり付けの椅子から立ち上がると、背を向けさっさと歩きはじめた。

第一皇子の声が背中にあたった。だけど、その声を無視して歩き続けた。

第一皇子との対談は、残念ながらやってやったという達成感はない。

皇太子殿下への信頼、それから想いが迷走しはじめているからである。

宮殿へと足早に向かいながら、どうしようかと悩んでしまった。

この後、いったいどうしたらいいのかしら？

このままモヤモヤしながら皇太子殿下の妻でいる？　それとも、いっそ彼に尋ねてみる？

「ほんとうのことを教えてください。わたしのことをどう想っているのですか？」

そんなふうに。

それとも、探りを入れてみるとか。その上で方向性を決める？

だけど、どう考えても皇太子殿下《かれ》のわたしへの態度に嘘はない。ごまかしたりおおげさだったりなどということすらない。

わたしがいいようにとりすぎているのかしら？　わたしの直感、どうかしてしまったのかしらね。

でも、たとえわたしの読みや直感が外れているのだとしても、お父様やお兄様たちの目や心は絶対にだませない。彼らも皇太子殿下のことを認めている。彼らの読みや直感は、わたしのそれらよりよほどすぐれている。だから、まず間違いない。

（そうだわ。こんなときは、一人で悶々《もんもん》とするよりお父様とお兄様たちに相談するにかぎる）

というわけで、お父様とお兄様たちに会いにいくことにした。

お父様たちは、ちょうど客殿の割り当てられた部屋に戻ってきたところだった。

客殿付きの侍女たちが、お茶を持ってきてくれた。彼女たちが去ると、さっそくおたがいの成果を報告し合った。

お父様たちは、宰相や閣僚たちの前でこのスカルパ皇国の政治や経済や文化や宗教、その他もろもろの腐敗や弱点を並べ立て、その上で改善すべき点を列挙したらしい。しかも、朝から夕方まで延々と。途中、昼食をはさんだけれど、昼食中にも話し続けたとか。三人が交代で話し続け、結局終わったのがついさっきだというから驚きである。

「みな、たいそう迷惑そうだった。それでも、わたしたちは自分たちが招待している客人だから、まさか『やめろ』とも言えずにおとなしくきいていた」

「途中で気の毒になったよ。だけど、メグと皇太子殿下の為に舌を動かし続けたよ」

「ああいう官僚たちは、ふだん閣議中などでは居眠りをしているのだろうね。それなのに、必死に起きていたみたいだ。ほんと、かわいそうだった」

お父様とナオお兄様とトモお兄様は、大笑いした。

「それだけやれば、たいそう嫌われたでしょうね」

「ああ、メグ。まず間違いない。そもそも、部外者、しかも落ちぶれた他国の王族に自分たちのあらゆるまずさを指摘されたのだ。その時点でうんざりするだろう」

「さすがはお父様とお兄様たちね。予想以上の成果だわ」

さすがだわ。わたしなんて、お父様やお兄様たちに比べればまだまだね。

「それで？　メグ、おまえはどうだった？　なにかあったのではないのか」

「メグ、元気がないな。なにかあったのだろう？」

「メグ、話してくれよ。なにを悩んでいる？　なにを迷っている？」

やはり、三人はごまかせないわよね。お父様、ナオお兄様、トモお兄様の順番で尋ねられてしまった。

だから、すぐに第一皇子からきいたことを話してきかせた。

言葉を出し尽くすと、心がすっきりした。悶々としていた気持ちが、少し晴れた気がする。

ローテーブルをはさんで向かい側の長椅子に座っているお父様とナオお兄様、それからわたしの隣に座っているトモお兄様は、ほぼ同時にカップに手を伸ばすとお茶を飲んだ。

客殿付きの侍女が淹れてくれたのは、アールグレイだった。

「メグ、おまえの直感はどう言っている？」

「おまえのレディとしての勘は、どう告げている？」

ナオお兄様とトモお兄様に尋ねられたけど、すぐには答えられなかった。

「メグ。それよりも、おまえはアルノルド殿のことをどう想っているのかね？　皇太子殿下として、ではない。夫として、そして一人の男性として」

そして、お父様に尋ねられた。

「おまえの直感やレディとしての勘、それから想いは間違ってはいない。自分のそれらを信じなさい。わたしたちがおまえを信じているようにね。真実は、おまえが思っているほど複雑ではない。単純明快だ。とはいえ、おまえの性格だとはっきりさせておきたいのだろう。本人の口から、『それは違う』とか『誤解だ』とかききたい。違うかね？　それであれば、本人に正直に言えばいい。尋ねればいい」

「お父様……」

「わたしたちは、いつだっておまえの味方だ。それを忘れないでほしい」

お父様の言葉に、頷くことしか出来なかった。

お父様とお兄様たちの部屋を出、本殿へと戻った。


「妃殿下、お待ちしておりました」

自室に戻ると、カミラとベルタも戻ってきていた。

「第三皇子がお待ちです」

「それと、皇太子殿下も」

カミラとベルタは、わたしが扉を閉めるなりささやいてきた。

「第四皇子の件でお話がしたいと」

「わかったわ、カミラ。行きましょう」

(ちょうどいいわ。お父様の助言通り、いっそ皇太子殿下に尋ねてみよう)

それが一番いい。

閉めたばかりの扉を開けようとし、ふと思い出した。

小ぶりの机に駆け寄り、一番上の抽斗《ひきだし》を開けた。

そこから紙の束をつかんで取り出す。

これは、暇なときに書き記していた皇族たちそれぞれの資料である。厳密には、みんなが肉体的にも精神的にも健康ですごせるようにはどうすればいいか、それについてまとめたものである。

その中から第五皇子の資料をピックアップした。彼に関するメモが一番多い。一番不健康だからである。

「どちらかにお願いがあるの。このメモを、第五皇子の執事に渡してちょうだい」

「これは、いったいなんでしょうか？」

カミラが受け取り、怪訝《けげん》そうにきいてきた。

「第五皇子に、メモを送りつけて究極の嫌がらせをしてやるの。じつは今日《きょう》、彼を泣かしたの。二人に見せたかったわ。第五皇子ったら、ビービー泣き続けていたのよ。これは、とどめの一撃というわけ」

カミラとベルタは、おたがいの顔を見合わせた。

双子って外見だけでなく、ちょっとした仕草や動作も同じなのよね。

お兄様たちも同じだから、よくわかるわ。

「読んでもいいわよ。感動ものだから。彼を泣かしたところは見せられなかったけど、そのメモを見てもらえれば、わたしの素敵な働きぶりを理解出来るはずよ」

いまのわたしって、ちょっと得意げになってしまっていたかしら？

「ええっと……。ムリなく行うダイエットレシピ。それから、ストレスの発散方法。自分に自信を与える自己啓発本の紹介。最後は、ムリなく続けられる運動……」

カミラがベルタに読んできかせた。そのあまりにも悪辣な嫌がらせの内容に、読み進めていくうちに声質が戸惑っているような響きを帯び始めた。

「すごいでしょう？　第五皇子を泣かした上に、これでもかというほどの嫌がらせの内容のメモを送りつけるのよ。彼は、これでもう完全に立ち直れないでしょうね」

「これがですか？」

「これがですか？」

二人ともわたしの世も末的なレベルの悪女ぶりに驚きすぎて、わたしを軽蔑《けいべつ》しているのかしら？

唖然《あぜん》としているわ。

でも、ちょっと気持ちいいわね。

ダメダメ。いまは、優越感に浸っている場合ではない。

結局、カミラがメモを届けに行ってくれた。

ベルタといっしょに、第三皇子の執務室に向かった。

第三皇子には、専属の執事や侍女はいない。

皇宮では、第三皇子は皇太子殿下同様浮いた存在である。代々、ナルディ公爵家の嫡子以外の男児の一人は、表向きは皇家の養子になって皇子となる。裏の顔である諜報員として活動する為である。

だから、これまでナルディ公爵家から養子となった皇子が皇太子になった事例はない。

公《おおやけ》にしても、他に皇子がいないだとか、皇子がいても無能きわまりないとか、そういう事態を除いて養子は暗黙の了解で皇太子候補からはずされる。

他の皇子たちが第三皇子の存在自体を無視しているのは、そういう訳なのである。

そして、第三皇子じたいも他の皇子たちと交わることはない。わざと無能の変わり者として振る舞っている。だから、彼が皇太子殿下と仲良くしているとしても、他の皇子たちやその後ろ盾たちから脅威や敵意を抱かれることはない。

というわけで、皇太子殿下同様に浮いていて軽んじられている第三皇子は、皇宮に執務室や寝室はあるものの、特に執事や侍女を置いていない。ある程度、自分のことは自分でやっているわけである。

「やあ、メグ。入ってくれ。お茶はいかがかな？」

控えの間に入ると、第三皇子が知的な美貌にやさしい笑みを浮かべて迎え入れてくれた。

控えの間の隅にワゴンが置いてあり、そこにティーセットが準備されている。

「皇子殿下、いただきます」

「皇子殿下、わたしが」

「いや、かまわない」

いただく旨を伝えると、ベルタがお茶を淹れると申し出た。だけど、第三皇子はその申し出を笑みとともに断った。

義理の兄妹《きょうだい》なのに、皇宮《ここ》ではそういう素振りも見せられないなんて大変よね。

そんなふうに思っていると、第五皇子のところにメモを届けに行ってくれたカミラがやってきた。

三人で執務室に入った。

先に来ている皇太子殿下が、ソファーから立ち上がって迎えてくれた。

「メグ」

皇太子殿下の美貌に浮かんでいるうれしそうな表情に、なぜかドキッとした。

この表情が、嘘や演技だというのかしら？

信じられないわ。

「会いたかったよ」

彼は、わたしの前に立った。そして、両腕を広げると当然のように抱きしめた。

それが、ただ単純に心地いいと思った。

そう思ってしまったことに、自分でも驚いてしまった。

「一日、皇子たちの相手をして疲れただろう？　さあ、座って。二人も座ってくれ」

第三皇子に促され、当然のように皇太子殿下と並んで座った。

第三皇子が淹《か》れてくれたお茶は、ジンジャーティーだった。

ジンジャーのさわやかで甘みのあるにおいが鼻をくすぐる。

「メグ、情報をありがとう」

やはり第三皇子は名諜報員ね。雑談抜きでいきなり本題に入るみたい。

彼だけが立っている。彼は、自分の執務机にお尻をのせてから口を開いた。

「メグ。第四皇子は、きみの言った通りだった。すっかりだまされたよ。第一皇子に隠れていろいろ画策している。それを言うなら、第一皇子は反対の意味で役者だな。こちらもすっかりだまされたよ。われわれは、まだまだ未熟というわけだ。メグ。きみがいなければ、わからずじまいで罠《わな》にかかっていたかもしれない」

「わたしも諜報員になれるかしら？」

「ははは！　そうだな。きみは、どうやらそういうことを自然に出来るようだから、われわれより凄腕になれるかもしれないよ」

「殿下、おききになりましたか？　雇用形態をかえた方がいいかもしれませんよ。諜報員として、雇い直してもらわないと。そっちの方が、終身雇用妻よりよほどお給金がよさそうですし」

「メグ、きみはほんとうに冗談がうまいな。義父上《ちち》や義兄上《あに》たちではないけれど、きみの人を笑わせる才能は天性のものかもしれない」

皇太子殿下は、そういってやさしい笑みを浮かべた。それから、自然な動作でわたしの黒髪を撫《な》でてくれた。

あの、皇太子殿下。いまのは冗談じゃないのですが。

言い返そうとしてやめておいた。

そうよね。雇用形態の話なんて、いまここですることではないわよね。

「もろもろの噂の出所もこれでわかった。これで叩き潰す相手が絞れたわけだ」

「あの、尋ねてもいいですか？」

例のことを率直に尋ねてみることにした。

「もちろん」

第三皇子と皇太子殿下が大きく頷いたので、第一皇子との会話を語ってきかせた。

彼らだけでなく、カミラとベルタもだまってきいてくれている。

話すにつれ、隣に座っている皇太子殿下の表情が驚きのものへとかわっていくのがわかった。

一方、第三皇子とカミラとベルタのそれは、微妙である。

話し終わると、執務室内に沈黙がおりた。

執務机にお尻をのっけている第三皇子の向こう側には窓がある。外は、すっかり暗くなっている。

「きみが『幸運の女神』？　メグ、きみがか？」

体ごとこちらに向き、そう尋ねた皇太子殿下の声が裏返っていた。

（ちょ、ちょっと待って）

いまの驚き方だと、彼はこの神託のことを知らないように感じられる。それとも、知らないふりを装っているのかしら。

後者だとすれば問題だけど、前者だとしてもいまの尋ね方は微妙すぎるわ。

「きみが『幸運の女神』だって？　信じられない。神託だって？　どう考えても、きみが『幸運の女神』だなんてありえない」

（はい？　皇太子殿下、そこまで『幸運の女神』のことを否定するのですか？）

微妙すぎる。

「ちょっと待ってください。第一皇子が嘘をついているようには思えません。彼は、たしかにそう言いました。このわたしが『幸運の女神』で、わたしを妻に娶《めと》った者がこの皇国の支配者になる、と。第四皇子《かれ》はそのことには触れませんでしたが、第四皇子は『この皇国を支配する』と言って自分の妻になるよう強要まがいのことをしていました。ですから、彼も神託を信じているに違いありません」

「それにしたって、よりにもよってきみが『幸運の女神』などとは」

「殿下、わたしが『幸運の女神』だとしてなにか不都合でもあるのですか？」

なにか論点がズレてるような気がするけど、皇太子殿下《かれ》に体ごと向き直って問い詰めずにはいられない。

「いや、なんというか。きみはその、女神というよりかは……」

「なんなのです？　『女神というよりかは』とは、いったいなんだというのですか？」

だんだん腹が立ってきた。あれだけわたしのことを想っているようなことを言っておきながら、女神ではないってどういうこと？

あっ、そうか。彼は、わたしのことをしょせん雇われ妻程度にしか想っていないということなのね。口では熱く語っていても、いいように扱える終身雇用妻くらいの感情しか抱いていないわけね。

だけど、すくなくとも彼はほんとうに「幸運の女神」については知らず、その神託を信じてわたしを妻に迎えたわけではないということはわかった。

とはいえ、「幸運の女神」と「終身雇用妻」では、どちらが貴重で使い道があるのかは言うまでもないことだけど。

「二人とも、ちょっと待ってくれ。その神託はでたらめだ」

そのとき、無言だった第三皇子が口をはさんできた。

「アルノルドがメグをほんとうの意味で妻として迎えたときの保険だよ。事前に流しておいたデマだ」

「なんですって？」

「メグ、そんなに睨《にら》まないでくれ。皇子たちがそんな胡散臭《うさんくさ》い神託を鵜呑《うの》みにしているとは、正直驚いているよ。しかも、それを利用しようなどとは思いもしなかった。アルノルドが皇太子になるときと同じさ。メグが神託で選ばれたレディだとしたら、神託で選ばれた者どうし完璧なカップルになるだろう？　そうすれば、アルノルドの皇太子としての地位安泰に一役買ってくれると考えついた。というわけで、メグ。きみは、『幸運の女神』でもなんでもない」

「そうだろうな。納得だ」

皇太子殿下は、ものすごく納得した表情で大きく頷いた。

「なんですって？」

第三皇子の説明は、なるほどと納得出来た。

だけど、皇太子殿下が納得したことは許せない。

皇太子殿下には、わたしを「幸運の女神」として扱ってほしい。それが無理なら、せめて信じてほしい。崇《あが》め、祭り、ひれ伏してほしい。それから、想ってほしい。女神レベルに尊く、大切な存在であると想ってほしい。

そこまで考えてハッとした。

いやだ。わたしったら、皇太子殿下に想ってほしいだなんて、なにを勘違いしているの？

彼は、わたしを裏切っているわけではない。

それがわかっただけで充分よ。

「まぁまぁ、メグ。もしかして、アルノルドもその神託を信じていて、彼もきみのことを利用しているのではないかと疑っていたとか？」

「ほら、お義兄《にい》様。だから言ったではありませんか。『妃殿下が知ったら、誤解されますよ』、と」

「そうですよ。だれだって信頼が揺らいでしまいます」

カミラとベルタが第三皇子を責めた。

「おまえたちの言う通りだ。メグ、誓ってアルノルドはきみについての神託のことは知らない。仮に彼が知っていたとしたら、ちゃんときみに説明したはずだ」

「ええ、いまはもう大丈夫です。たしかに、殿下のことを疑ってしまいましたけれど。それはもういいのです。それよりも、殿下の先程の言い方は気に入りません」

「なんだって？　だって、きみが『幸運の女神』ってありえないだろう？」

「そこですよ。どうしてわたしがありえないのですか？」

「やめてくれ、二人とも。それについては、また二人きりのときに口論でも殴り合いでもしてくれ。いまは、今後のことについて話をさせてほしい。わたしたちがここで密談するのも時間にかぎりがあるからね」

第三皇子の言う通りだけど、どうも釈然としないわ。

そんなビミョーな気持ちを抱きながらも、その後は真剣に話をした。

そして、いっきに決着《カタ》をつけるということで打ち合わせをはじめた。


結局、打ち合わせが終わったのは大分と遅くなってからだった。

ありがたいことに、だれにも気づかれていないみたい。

カミラとベルタとともに、自室に戻った。

小腹がすいたので、こっそりストックしているクッキーを二人と分け合って食べた。

「ところで、ラウラはどうしているのかしら？」

カミラとベルタに、食べながら尋ねてみた。

ラウラは、いまはまだ皇太子殿下の愛妾のままでいる。

皇宮に戻ってきてから、皇太子殿下の寝室の続きの間に閉じ込めているらしい。

「彼女は元気です。元気すぎて黙らせるのが大変です。わたしとベルタが交代で面倒をみていますが、文句ばかり言っています」

カミラが教えてくれた。

ラウラが彼女たちに文句を言っているシーンが、容易に想像出来る。

「彼女、お腹の子を大切にしているみたい？」

「いかがでしょうか。たいして気にしているふうには見えませんが」

「彼女は、自分自身のことの方が大切なのかもしれません」

カミラに続いてベルタが言った。

そのことについて考えてしまう。

もしかすると、ベルタの言う通りかもしれない。ラウラは、お腹の子のことを皇太子殿下や皇子のだれかに対しての切り札程度にしか考えていないのかしら。

だとすると、生まれてくる子がかわいそうすぎる。

だけど、ラウラにだって母性本能があるでしょう。子どもを産んだら、母親としてそれなりに自覚が芽生えるはずよね。

そう信じたい。

「ねぇ、二人に相談があるの。ラウラに会えないかしら？」

「妃殿下が、ラウラにですか？」

カミラとベルタはおたがいの顔を見合わせた。

「もちろん、会えなくはないですが」

「カミラ、では会わせてくれる？」

というわけで、さっそくラウラに会いにいった。

ラウラと話をした。

彼女の前では、もう悪妻を演じる必要はない。だから、そのままのわたしで話をすることが出来た。

ラウラは、最初こそ悪態のかぎりを尽くしていた。だけど、出し尽くして疲れたのか、途中からおとなしくなった。

その隙に、言いたいことを言いまくった。

わたしが言いまくった後、ラウラは泣きはじめた。

またたれかを泣かしてしまった。

身も心もすっかり悪妻になったのね。だから、平気で他人《ひと》にひどいことを言って傷つけたりするのね。それがまた、自然に出来ている。

(わたしってこれだけ嫌な女になれただなんて、すごすぎるわ)

ほんの少しだけ感動してしまった。


「いいわね、ラウラ。このままだと、あなたは赤ちゃんを取り上げられた挙句に監獄に入れられるかもしれない。そこのところをよく考えなさいよ。あなただけの問題ではないの。生まれてくる赤ちゃんの問題でもあるのよ」

そう吐き捨て、彼女を閉じ込めている皇太子殿下の続きの間を後にした。

翌日から、お父様とお兄様たちとわたしの四人は、資料の確認や資料づくりに没頭した。

皇太子殿下と二人で時間をかけ、労力を使って各領地を巡った際に集めた膨大な資料を基に、新たな資料を作成したのである。

それに数日を要した。それこそ、朝早くから夜遅くまで。ときには、明け方までやったこともあった。

四人でなにかしらの作業をするというのは久しぶりである。

わたしがまだ雇用契約妻になる前のことである。

日々の農作業や家畜の世話や大工仕事、それから荒れ地の整備に四人でかかりっきりだった。

やはり、家族っていいわよね。もう何百回目かに実感してしまう。

終身雇用契約を結ぶ皇太子殿下は、あくまでも雇用者である。家族、とは違う。

だから、彼とはこんなこと実感出来ないのかもしれない。

わたしたちが資料作成をしている間に、皇太子殿下と第三皇子が何度か訪れてくれた。カミラとベルタは食事やお茶を運んでくれ、付きっきりでお世話をしてくれている。

皇帝陛下や宰相や皇子たちから、何度か食事やお茶の誘いがあった。その度に四人で出向いては皇太子の悪妻と、その嫌な家族を演じた。

わたしたちは、そのつど鼻につく態度や不愉快きわまりない行いを心がけた。だから、かなりの成果をおさめた、はずである。

わたしたちのそのような涙ぐましい努力の傍らで、第三皇子とカミラとベルタの諜報員一族の調査や工作の準備も進められている。

そして、ついに準備が整った。

第六章　悪役ファミリー、大舞台で嫌がらせをする

聴聞会とは、はやい話がだれかがさらし者にされる場のことである。それは、不定期に行われている。

いま、大広間に大勢の官僚や貴族が集まっている。聴聞会の出席者たちである。もちろん、皇帝陛下や皇妃殿下や皇太子《こうたいし》殿下や皇子《おうじ》たちも出席している。

いまから、この大勢がいる中で、だれかがさらされ、やり玉にあげられ、笑い者にされるのである。

当然のことながら、わたしは初参加。こんな楽しそうな会の存在じたい知らなかった。

第三皇子に教えてもらい、初めてその存在を知った。

皇太子殿下とお父様とお兄様たち、第三皇子も参加している。ベルタとカミラは、わたしの侍女として大広間の壁際で他《ほか》の侍女たちといっしょに控えている。

ラウラもいる。彼女は、皇太子殿下の横でおとなしく座っている。だけど、目がすごいことになっている。まるで親の仇《かたき》でもあるように、この場にいる全員を睨《にら》みつけている。

「目は口程に物を言う」、という感じかしら。

出席者たちの中に、ラウラに睨まれて視線をそらし、怖気《おじけ》づいている人が何人いることか。

人間ウオッチングをしているうちに、皇帝陛下と皇妃殿下が奥の間から現れて玉座についた。

(さあ、いよいよ始まるわよ。どんな面白いことが起きるのかしら)

ワクワクどきどきする。が、いざ始まってみると驚いてしまった。

ただ単純に文句や悪口の言い合いをしているだけである。しかも、永遠に続くかと思われるくらい。噂《うわさ》通りの内容に、呆《あき》れてしまった。

「こんなつまらないことを不定期に行っているのですか？　いったいなんの為《ため》に？　意味があるのですか？」

隣に座っている第三皇子に尋ねてしまった。

「きみの質問の答えは、だれかが思いついたら行う、だな。そう頻繁にではない。それから、なんの為でもない。さらには、意味はまったくない。つまり、だれかが思いついて暇つぶしにストレス発散、もしくはあらゆる感情のはけ口に行う、というわけだ」

第三皇子は、ささやいてから軽く肩をすくめた。

個人攻撃にはじまり、各機関が不甲斐《ふがい》ないとかヤル気がないとか、どうでもいいことを言い合っている。

そしてついに、宰相がラウラのことを攻撃しはじめた。

いいえ、訂正。ラウラをダシにして皇太子殿下に攻撃をしかけはじめた。

宰相は、ラウラが出自を偽っていることや彼女が不特定多数の男性といい仲であることを知っている。それにもかかわらず、そのラウラにゾッコンで正妃を蔑《ないがし》ろにした上で離縁し、最終的にラウラを正妃に迎えようとしている。これは由々しき事態である、というようなことを挙げ連ねている。

ラウラがこの場にいる時点で、こうなることは予測出来ていた。

だから、「いよいよきたわね」とは思っても驚きはしなかった。

宰相は、次はストレートにラウラを非難しはじめた。

彼女が出自を偽って皇太子殿下に寵愛《ちょうあい》を受けていること。皇太子殿下だけではなく、不特定多数の男性と愛し合っていること。なにより、懐妊していてそれを皇太子殿下との子どもだと偽っていること。それらを言及しはじめた。

そんなことは、この場にいる全員がすでに知っていることなのに。

みんな「えっ、いまさらそこを指摘するの？」という表情で、熱弁をふるう宰相を見上げている。

宰相はとくとくと語り、ネチネチと嫌味を連発した。

当然、ラウラは面白くない。いろいろと不適切なことを叫んだり怒鳴ったりしはじめた。

あっという間に彼女はこの場から放り出されてしまった。

それはそうよね。ラウラの発言とはいえ、この場に立場や状況を悪くしてしまう人が複数人存在しているから。かくいう宰相も彼女を利用した一人のはずだけれど。

それはともかく、彼女が放り出されて静けさを取り戻した。

宰相は、まだ主張を続けている。

そんな彼の顔を見ていてふと気がついた。

いいえ。厳密には顔の上部、つまり頭部ね。

目を細め、呼吸を整え集中してじっと見つめていると、赤ちゃんの産毛《うぶげ》みたいな毛が増えているように見えなくもない。

しかも、色が濃くなっているかもしれない。赤ちゃんの薄い産毛が、濃い産毛に変化している。

「皇太子妃殿下が不憫《ふびん》でなりません」

彼の頭の産毛について自分なりに考察していると、その彼がわたしを手で指し示していることに気がついた。

全員がわたしを見ている。

「皇太子妃殿下は、その、なんと言いますか、皇太子殿下に蔑ろにされています。無論、皇太子妃殿下がとんでもない方だとか、不適格者であれば話は別です。ですが、ここにいるだれもが知っての通り、皇太子妃殿下の人となりは素晴らしいです。これほど面白い方が、これまでこの皇宮《こうきゅう》にいたことがありますか？　彼女が皇宮《ここ》に来てからというもの、皇宮《ここ》がどれほど明るくなったことか。それは、わたしたちだけではない。ここで働くすべての者が感じていることです。そんな面白い方を蔑ろにし、胡散臭《うさんくさ》い元侍女を寵愛するなどとは言語道断です」

（ちょっ、ちょっと待って。面白い？）

わたしが「素敵な」という詳細が、「面白いから」ということなの？

そんな「素敵」って、あり得るわけ？

だいたい、面白いってなんなの？

理解するのに苦しんでいると、右隣に座っている第三皇子がプッとふき出した。その向こう側に座っている皇太子殿下も、手で口元を隠して笑いを必死で噛《か》み殺している。

「おお、メグよ。わたしは鼻が高いよ。おまえがこんなに褒められるなどとは」

左隣に座っているお父様が、感極まったようにささやいてきた。

（ちょっ……）

お、お父様。鼻が高くなるという理由が、かなりズレまくってはいませんか？

そう指摘したくなったけれど、褒められていることにかわりはない。それに、これまでこのような公式の場で褒められるなどということがなかった。

お父様が感動し、うれしく思ってくれているのなら、たとえその内容が微妙すぎてもよしとしましょう。

「そこで皇太子妃殿下のお気持ちをおきかせいただきたいと、皇太子妃殿下もお招きしました。そして、いまだに会わせていただけなかった皇太子妃殿下のご家族もお招きしております。いまの説明で、皇太子妃殿下の悲惨な現状を、ご家族の方々も理解いただいたかと思います。ご家族のご意見やお気持ちを、是非ともきかせていただきたいものです」

宰相は、わたしたち四人に軽く頭を下げてから着席した。

開け放している大窓から、さわやかな風が入ってくる。もしかして、その風は彼の赤ちゃんの産毛みたいな毛をそよがせているのかしら？

もしも髪の毛がフサフサになったのなら、宰相もうれしいでしょうね。

宰相の赤ちゃんの産毛みたいな毛が気になって、彼の先程のご高説に集中出来なかった。だけど、その内容はだいたいたい予想がつく。

全員が、わたしに注目している。

みんなは、わたしの発言を待っているのかしら？

それとも、ヒステリックにラウラを誹謗《ひぼう》中傷したり、皇太子殿下のことを責めたり恨み言を言い立てたりするのを期待しているのかしらね。

（ふふん。そんなみんなの期待を裏切るのが、悪女たるわたしの使命の一つよ）

とりあえず、席を立ってみた。

いよいよ発言するのか、というような期待に満ちたみんなの目を一つ一つ見つめていく。

第四皇子こと「夢みるバカ」は、わたしが皇太子殿下を罵倒《ばとう》した後に彼に懸想《けそう》しているような素振りをみせるのかと、勘違いしているみたい。

その証拠に、第四皇子が《か》《れ》ウインクしてきた。

それとも、片目にゴミでも入ったのかしら？

ウインクだと判断し、思いっきりセクシーなウインクを返しておいた。しかも、三度返した。パチパチッのパチッという具合に。

「メグ、どうした？　目にゴミでも入ったのか？　急に顔面神経痛のような症状が出たようだが……。

ううっ、い、痛い……」

第三皇子が隣からささやいてきたから、「静かにした方がいいわよ」という意味をこめて彼の肩をそっと握っておいた。

「お集りの皆様、まずはこのような神聖かつ厳粛な集まりの場にお招きいただきありがとうございます」

まずは、軽く嫌味を放った。

「宰相閣下、発言の機会をお与えいただいて感謝いたしますわ」

宰相の「赤ちゃんの産毛」だらけの頭を見つめつつ、二発目の嫌味を放つ。

さぁ、これからよ。

「宰相閣下、その頭のことなのですが。赤ちゃんの産毛みたいな毛が増えていませんか？　しかも、もともとあった産毛より色が濃くなっていますよね？」

ほら、どうよ。これだけの人たちの前での個人攻撃よ。

わたし、今日《きょう》も最高だわ。

宰相は、真《ま》っ赤《か》になりながら手で自分の頭を触りはじめた。

「はい？」

「宰相閣下、そんな触り方をしてはダメです。頭皮のマッサージならともかく、むやみやたらに頭部に触れると、毛根が死んでしまいます」

もうっ！　わたしったら、調子がよすぎて怖いくらいだわ。

ほらほら、見なさいよ。宰相の顔がますます真っ赤になったわ。

「そうなのです。これは個人的なことなので、皇太子妃殿下にはこの後でお礼を申し上げたかったのです。ですが、その皇太子妃殿下から話題を出していただきましたので、この場をお借りしてお礼申し上げます」

彼は、怒りに震えながらも自分の気持ちをごまかす発言でもって返してきた。

「皇太子妃殿下のお勧めのレシピで食事をし、こんなにはえてまいりました。しかも、濃い色の毛が。これはもう、驚くばかりです」

「そう言われてみれば、毛が増えたような気がしますな」

「さよう。増えただけでなく色も濃くなっています」

近くの席の官僚たちは、即座に指摘した。その指摘に、宰相はさらに顔を真っ赤にした。

フフフン。これってもういい恥さらしよね。

宰相《かれ》を違う意味でさらし者にしてやったわ。

「みなさんも知っての通り、わたしはまだ若かった頃に薄毛と自覚して以来、ずっとずっといろいろなことを試してきたのです。ですが、どれもこれもまったく成果がありませんでした。自分の中で、『もう諦《あきら》めよう。時間と労力のムダだ』と何度も言いきかせ、諦めようとしていたのです。しかし、なかなか諦めることが出来なかったのです」

「宰相、おおいにわかりますぞ」

「さよう。こういうことは、頭で理解できても心が受け付けぬ」

「たしかに。その通りですな」

怒りで顔を真っ赤にしている宰相の演説に、彼同様「頭の毛がかなり残念」な人たちが声を上げた。

あらあら。

たしかに、「かなり残念」な頭の人たちは少なくない。よくよく見ると、カツラでごまかしている人もいる。

これは、好機ね。

「皆様、きいてください」

「かなり残念」な頭のことで怒りの声が上がり続ける中、居丈高にそれをさえぎった。

上から目線で、薄毛をカツラでごまかしている頭を見回してやる。

「あなたたちは根性なしです。意気地なしです。もっと強い心と信念を持ってください。たかだか頭髪、でしょう？　この皇国《こうこく》を動かしていると言っても過言ではないあなたたちが、自分の頭の毛くらいどうにか出来なくて、いったいどうするというのです？　頭髪くらいなんとでもなります。たしかに、なにをやってもダメな場合はあります。ですが、あなたたちは最初から諦めてしまっています。

それがダメなのです。とはいえ、頭髪が少ないのはけっしておかしくありません。むしろクールです。テカテカ具合によれば、明るく感じられます。それは、けっして悪くありません。というわけで、薄毛に効果のあるレシピと、頭皮マッサージの方法を記したメモをお配りします。カミラ、これをお願いね」

一方的に誹謗中傷しまくったので、また酸欠状態になってしまった。クラクラする。それでも、準備しておいたメモ用紙の束を、近づいてきたカミラの胸元に叩《たた》きつけた。

「カミラ、希望者に渡してあげてちょうだい」

第三者がいるときには、カミラとベルタに対して横暴な女主人を装っている。

「は、はい、妃殿下」

カミラはきっと、いまのわたしの演説に感動しているはずよ。

カミラだけではない。ベルタや隣にいる第三皇子、その向こうにいる皇太子殿下も、いまのわたしの宰相たちへの「いわれなき誹謗中傷」を感心してくれているはずよ。

そして、お父様とお兄様たちも。

ちらりとお父様たちに視線を送ってみた。

三人とも、満面の笑みで親指を立てている。

「よくやった！」

それは、わたしたち家族の中で最高を示すジェスチャーである。

やったわ。お父様とお兄様たちに褒めてもらえた。

酸欠になりかけた甲斐《かい》があったわね。

これだけ頭髪について言及したのだから、ここにいる「頭の毛がかなり残念」な人たちはもちろんのこと、それ以外の人たちも不愉快にさせたはずよ。

というよりかは、本筋から脱線しまくっているわね。それも気を悪くさせているにきまっている。

「わたしにもくれ」

「おれにも」

「こちらもだ」

彼らは「頭の毛がかなり残念」な状態であっても、公《おおやけ》の場や人前で過剰に反応したり取り乱したりということはないのね。わたしからの「ほっといてくれよ。いらんお世話だ」的なことばかりを記したメモを、カミラからわれさきに受け取っている。

よしよし。うまくいきすぎて怖いくらい。

もっとも、あのメモ、手書きするのが大変だったのだけれど。それでも、これだけの成果が出ているのだからよしとしましょう。

わたしの努力と悪女ぶりは、確実に実ったことだし。

「あの、皇太子妃殿下。白髪は？　白髪はいかがでしょう？　わたしも妻も、長年白髪に悩んでおりまして」

少し離れた席から、ゴマ塩頭が尋ねてきた。

名前は知らないけれど、たしか内務大臣だったかと思う。

フフフッ。カモがやって来たわ。

おもわず、おもいっきり笑ってしまった。

「白髪？」

ことさら大きな声でききかえし、その大臣を不躾《ぶしつけ》に見つめた。

「頭髪が残念なのと同じよ。心がけ一つで改善出来る可能性はあるわ」

嫌味ったらしい笑みとともに、非情なまでの言葉を叩きつけてやる。

「予防が大切ね。頭皮を陽《ひ》の光から守ってあげて。それから、睡眠不足や夜更かしも厳禁。生活習慣を見直すこと。食生活もそう。食べた方がいい食材、避けないといけない食材があるの。そういう食材をバランスよく摂《と》ることが大切よ。あとはストレスね。ストレスもまた、天敵だから。奥様の場合は、妊娠や出産が必要な栄養素を奪ったりするし、それらの環境の変化でストレスを増加させてしまう。だけど、これは仕方がないわね。もちろん、遺伝や年齢によることもあるわね。でも、自分でどうにか出来ることはたくさんあるわ。頭髪が少ないのと同様諦めちゃダメってことかしら」

白髪のことで悩んでいそうな人たちを睨みつけながら言いきった。

白髪の持ち主たちは、わたしの睨みに堪えかねたらしい。いずれも顔を上気させて怒り狂っている。

「そうか。そういうことか」

「なんてことだ。もっとはやく知るべきだった」

「いや、まだまだいける」

彼らは、口々になにかつぶやいている。残念ながら、なんて言っているかはよくきこえなかったけれど。

「そんなに口惜しかったら、あなたたちにも注意点や摂取した方がいい食材などを記載したメモを作成し、渡すわ。覚悟しておいて」

いつの間にか言葉がかなりざっくばらんになっているけれど、この方が無礼だから効果的よね。

それはともかく、わたしの「嫌がらせ予告」に、「白髪お悩み組」がハッとわたしを見た。

その彼らの視線がまた、屈辱にまみれまくっているように見える。

「待っています」

「わたしも」

「妻とともに待っています」

彼らは、わたしの嫌味を綴《つづ》っているメモを受け取るつもりみたい。わたしの挑戦を受けて立つって感じかしら。

けなげだわ。

だったら、わたしもはりきって書こうじゃないの。

そう決意しつつ、彼らに鷹揚《おうよう》に頷《うなず》いて見せた。

「そういえば、宰相閣下。さきほど、なにかおっしゃっていましたよね？」

ふと思い出したので宰相に尋ねてみた。

それから、「あなたが尋ねたことなんて、別にどうでもいいのですけど一応確認してあげるわ」という感じを醸し出す。

「でもまあ、どうせわたしのことですよね？　わたしのことでしたら、あとでもいいですわ」

さすがに宰相にたいしてフランクな喋《しゃべ》り方はしたくない。だから、ちゃんと喋ることにした。

「わたしのことより、わたしの家族が『せっかく招いてくれたので、是非ともお役に立ちたい』と申しております。先にわたしの家族に、発言の機会をいただけますか？」

「もちろん。先日もいろいろとご意見やご指摘をいただいて恐縮しております」

宰相に許可をもらってみた。すると、彼は無意識に違いない。頭に手をあててからハッとした。

「そうでした。むやみに触ってはいけませんな」

「ええ、そうです。せっかく濃い産毛がはえてきているのです」

最高すぎだわ。言葉の端々に嫌味を入れるなんて、わたしもかなりの悪女よね。

「お父様、お兄様、どうぞ」

とりあえず、わたしは小休止よ。

わたしよりいろいろな意味ですごい三人が、いよいよやってくれるわよ。

「あらためまして、この度はお招きいただきありがとうございます。わたしは、愚女メグの父親ケン・オベリティと申します。この二人は、愚息のナオとトモです。皆様には、メグがお世話になっているようで心よりお礼申し上げます。そして、義理の息子であるアルノルド・ランディ殿下をしっかりと支え、助けていただいていますことも重ねてお礼申し上げます」

お父様は、深々と頭を下げた。

さすがよね、お父様。強烈な挨拶《あいさつ》だわ。

ほら、宰相をはじめ官僚や貴族たちが居心地悪そうにモジモジしている。

「このような意義ある集まりにお招きいただき光栄です」

また強烈な一撃ね。

「しかも、発言の場まで与えてくださるとは。恐縮しきりでございます。お言葉に甘えまして、しばしお時間をいただきます」

お父様が合図を送った。すると、お兄様たちが足元に積み上げている膨大な資料を長テーブルの上に積み上げはじめる。

一冊一冊積み重ねるごとに、「ドサッ」と音がする。

この場にいるだれもが、その様子を呆然《ぼうぜん》とした様子で見つめている。

「たしか、現状を踏まえた上でのメグの気持ち、でしたね。宰相閣下からのご説明も参考になりましたが、メグ本人からも彼女を取り巻く現状をきいております。ここに積まれています資料は、その現状を参考に作成したものです。スカルパ皇国の一部の領地に関する資料です。皆様もご存じの通り、メグは皇太子殿下に同道し、領地をまわっておりました。そこで見聞きしたことを参考にし、さる方にご協力をいただいて作成いたしました」

お父様は、そう前置きをした。

宰相の産毛が輝く頭の下で、これでもかというほど驚きの表情が浮かんでいる。

皇太子殿下とともに領地巡りをし、そこで知った不正の数々。それを、第三皇子が奔走して裏をとってくれたのである。

最初は、監査機関の役人たちが調査を行っていた。しかし、彼らは宰相たちに飼われている。ことごとく揉《も》み消された。というわけで、あらためて第三皇子が調査し直してくれたのである。

その結果を踏まえ、わたしたち四人で資料を作成したわけ。

お父様は、各領地で行われている不正、過剰搾取、弾圧などなど、事細かに指摘していく。

お父様は、そういう詳細を完璧《かんぺき》に覚えているからすごすぎるのよね。

お父様が指摘していく領地は、いまここに集まっている人々の領地に特定している。もちろん、ここにいない貴族の領地でも不正などは行われている。しかし、ここにいない貴族のことをこの場で並べ立てたところで意味がない。

意味があるのは、いまここにいる貴族のそれを指摘することなのである。

しかも、三分の一は宰相バルトロ・ロッシの縁戚や強く関わりのある貴族たちの領地である。

お父様からナオお兄様へ、それからトモお兄様へと順番に引き継がれて指摘が続いていく。もちろん、お兄様たちも資料の隅々まで覚えている。

じつは、わたしだけなのよね。記憶力が悪いのは。

それはともかく、ある意味苦行ともいえるこの嫌がらせを受け、だれもがうんざりしている。蒼白《そうはく》になったり驚いたりしている。

最終的には、みんな放心状態になった。

お父様たちの話を、いったいどれほどきかされたのかしら？　わたしもわからない。

ムダにごつくて硬い木製の椅子《いす》に、ずっと座っているから痛くて仕方がない。お尻《しり》が悲鳴をあげまくっている。

すべての資料の中身をぶちまけたときには、みんな天井とか壁とか机の上とかに「ボーッ」と目を向けていた。

「少しだけ長くなってしまいました」

お父様ったらお茶目なところもあるのよね。「少しだけ長く」だなんて、どういう時間の感覚をしているの？　と、言いたくなる。

「メグの取り巻く現状は、お話しした通りこの皇国にとってよくないことばかりです。これらは、あくまでも氷山の一角にすぎません。皇国全体に及んだら、同様のことがもっと出てまいります。いま挙げ連ねた内容がなにを意味するのか。将来どういうことを招くことになるのか。それは、ここにいらっしゃる優秀かつ聡明な皆様方にはおわかりいただいているかと推察いたします」

お父様は嫌味を炸裂《さくれつ》させつつ、全員を見回した。

「先日、閣議にて皇都での不正や政策の弱点などを申し上げました。それらも鑑みれば、この皇国の将来はけっして安泰ではありません。恐れながら、皇帝陛下からしてそれらを知らぬふりをされています。陛下をはじめここにいらっしゃる方々は、この国の民に生かされているのです。この国の民のお陰《かげ》で生活が出来ているのです。わたしの推測では、近い将来反乱が起こります。そうなれば、あなた方にその反乱を抑える力はあるのでしょうか？　反乱が起これば、まずは各領地の領主が殺されます。それから、皇都にいる官僚や上流階級の人たちが襲われます。最終的には、皇帝陛下と皇妃殿下です。民衆の前にひきずり出され、断頭台で首をバッサリです」

お父様は、手で首を切り落とすジャスチャーをした。

皇帝陛下と皇妃殿下の顔ったらもう。

お父様、究極すぎるわ。

「それをかねてより憂慮されているのが皇太子殿下です。だからこそ、メグを連れて自ら各領地をまわって調査をされたのです」

先程首を切り落とすジャスチャーをしたその同じ手が、皇太子殿下を示した。

「殿下ご自身は、つまらぬ権力争いの中で罠《わな》を仕掛けられ、孤立無援の中で必死に闘っていらっしゃいます。それもひとえに、この皇国と皇国の民の将来を憂えてのこと。こういう思いは、みずからの欲や地位や栄華のことしか考えておらぬ者とはまったく異なります」

お父様の嫌がらせのような発言は、まだまだ続く。

「陛下、わたくしの非礼をどうかお許しください。此度《こたび》、宰相閣下より機会を与えられました故、僭越《せんえつ》ながら娘を取り巻く現状を語らせていただきました。この現状にどう対処されるかは、陛下のお心一つでございます。そうそう、参考になるかどうかはわかりませんが、わたしの祖国モンターレ王国の現状は把握されておいででしょう？　わたしの父は、皇太子殿下と同じような信念の持ち主でした。それを見ていたわたしも同様です。それが為に、父やわたしたちは命を狙《ねら》われ、最終的には追い出されました。そして、とってかわったのが欲と権力に魅入られた者たちです。その者たちの末路がどうなったか？　もう間もなく、現国王は断頭台にひきずり出されるでしょう。皇帝陛下には、モンターレ王国の轍《てつ》を踏まぬよう熟考されることを願います」

お父様は、言い終えると着席した。

だれもがお父様の話を理解しているとはかぎらない。

だけど、彼らもわたしたちの祖国モンターレ王国の現状は知っているはず。そこではいま、各地で反乱が起こっている。すでに反乱軍は、王都に攻め込み制圧してしまったのである。

大広間内は、静寂に包まれた。

頭髪がすくないとか白髪の話題のときの雰囲気とはまったく正反対の雰囲気が、この大広間の中をヒタヒタと歩きまわっている。

「あらまぁ」

静寂と微妙な雰囲気を打ち破ったのは、当然悪女であり悪妻でもあるわたしである。

つぎはこのわたしが、お父様とお兄様たちから引き継いでとどめの嫌がらせを行うつもり。

「田舎者《いなかもの》の家族の戯言《ざれごと》ですが、心当たりがありすぎてぐうの音も出ないようですね」

居並ぶ人たちに視線を走らせてみた。ほとんどの人が視線を合わせようとしなかった。

が、視線を合わせてきた人もいる。

「第四皇子、いかがですか？　あなたは、わたしと組んで皇太子として権勢をふるいたがっていますよね？　こんなチャンスはありませんよ。父や兄たちの予言ともとれる推測をきき、だれもが怖がっています。皇太子殿下を殺すなり失脚させるなりして、その座に就けばいいのです。競争相手はいませんからね。わたしにいい思いをさせてくれるのでしょう？　先日、わたしを呼びつけてそう約束してくれましたよね？」

悪女に「ヒ・ミ・ツ」の話は厳禁なのよ。だって、悪女の口って羽毛よりも軽いのですもの。

それと、皇太子殿下に雇われた優秀な悪妻は、裏でチマチマねちねち悪いことを企《たくら》んだり動いたりする第四皇子みたいな男が一番大嫌いなの。

ざわついた。第四皇子の伯父である宰相はもちろんのこと、実母である皇妃殿下も彼を見ている。

「妃殿下、いったいなんのことをおっしゃっているのやら」

第四皇子は、こういう場面になればかならず返す言葉をのたまった。

その慢性不眠症っぽい不健康な顔には、ひきつった冷笑が浮かんでいる。

可哀《かわい》そうに、強がっているわ。

まあ、せいぜいがんばってちょうだい。

そして、悪女悪妻であるわたしを楽しませてよね。

「ダミアン。いや、第四皇子。おまえのわるだくみは、とっくの昔にばれている。このメモは、おまえと話をした後に、妃殿下がその話の内容をつぶさに書き記したものだ」

せっかくわたしが叩きつけようと思ったのに、第一皇子にその楽しみを奪われてしまった。

そう。じつは第四皇子との会話の内容をすべて書き記し、第一皇子《かれ》に渡したのである。

第一皇子が長テーブル上に放り投げたメモを、宰相がかっさらうようにしてつかみ取った。

それから、目を走らせた。

すごいわ。宰相は速読が出来るのね。

髪の毛は残念だけど、意外なスキルを持っているみたい。

「これは、どういうことだ？」

「宰相。いえ、伯父上。どちらを信じるというのです？　甥《おい》を信じられないというのですか？」

「答えるまでもない。皇太子妃殿下の方が、よほど信じられる。おまえは、いつもなにを考えているかわからぬ奴《やつ》だ」

「バカな」

第四皇子は、言葉と唾《つば》を同時に吐き出した。

まったくもう、マナーがなっていないわ。

「ああ、そうだよ。ったく、子どものときからどれだけ尽くしてきたか。つまらぬ競争やいがみ合いに付き合わされてきたことか。あんたの考え方ややり方には、飽き飽きしている。だから、おれ自身がとってかわってやろうと思っただけだ。あんたらのやり方だと、いつまでたっても皇太子を気取るアルノルドを追い払うことなど出来やしない」

第四皇子は、とうとうどこかがプツンと切れてしまったか外れてしまったみたい。

立ち上がると皇太子殿下を指さし、怒鳴り散らしはじめた。

「おい、エンリケ。どういうつもりだ？　おまえ、急に皇太子の座が欲しくなったのか？　だから、メグと組んでおれを陥れたのか。言いなりになることしか能のないおまえが？　突然、皇太子になりたいという野心に目覚めたのか？」

第四皇子は、一息つくとつぎは第一皇子に絡みはじめた。

「ふんっ！　おまえと一緒にするな。皇太子の座など冗談ではない。おれの望みは、静かな暮らしだ。こんなくだらない争いのないところで静かに生活をしたいだけだ」

「なんだと、エンリケ？　おまえまで、なにを言い出すのだ」

宰相が気の毒になってきたわ。ここにきて、甥っ子たちが反抗期に入ったみたい。

彼の濃い産毛は、すっかり逆立ってしまっている。

あれほどストレスはダメだと言ったのに。


「伯父上。ほんとうのおれは、ダミアンの言う通り臆病者《おくびょう》です。面倒くさがりですし、野心など持ち合わせておりません。おれは、皇太子になどなりたくはない。いいえ。なりたいなりたくないという以前に、そんな器ではない。皇太子は、アルノルドこそが適任です。伯父上、あなたもそう思っているのではないですか？」

「ぼくも第一皇子の言う通りだと思います」

第一皇子を擁護したのは、なんと第七皇子である。

あいかわらずモジモジしてはいるけれど、立ち上がって必死に胸を張っている。

「それから、妃殿下や彼女の父上の言う通りでもあります。ぼくらは、この皇国の多くの民の力で生活が出来ているのです。贅《ぜい》を尽くし、なんの憂いも恐れもなく生きているのです。ぼくらがやるべきことや考えるべきことは、アルノルド殿を蹴落《けお》としてその座を奪うことではありません。彼に協力し、すべての帝国民がちゃんとした生活を送ることが出来るようにすることです」

「そうだそうだ。その通りだ。おれも、心を入れ替えてダイエットしている。皇太子は、アルノルドに任せておけば安心だ。そうすれば、じっくりダイエットに励むことが出来る」

第七皇子の熱弁の後に、第五皇子が発言した。その内容は、すごく残念すぎたけれど。

でも、彼ったらこの数日でちょっと痩《や》せたわね。わたしが送りつけた嫌がらせが満載のダイエット計画書を実践しているのに違いない。

「あー、そうだな。おれも好みのレディと一緒になって、二人きりで静かにすごせればそれでいいかな」

「たしかに。好きなレディとまったり出来たら、それだけでしあわせさ。皇太子なんて忙しすぎるから、イチャイチャする暇はないだろうし」

第二皇子と第六皇子もまた発言した。やはり、どちらの発言も残念すぎたけれど。

それでも、いまの二人の発言から、二人とも特定のレディと付き合ったりすごしたりしたいわけね。

わたしのいわれなき誹謗中傷に傷ついて、これまでみたいに多くのレディと付き合う自信がなくなったのかもしれない。

それって、かなりいい感じよね。

「どいつもこいつも、いったいどうしたというのだ？」

第四皇子は神経質そうに眉間《みけん》に皺《しわ》を寄せ、周囲の皇子たちを睨みつけている。

「アルノルド、すまなかった。ダミアンをのぞいて、おれたちはきみの味方だ。とはいえ、なにか出来るわけではない。なにせ、その力も経験もないから。だが、きみの邪魔はしない。それだけは約束する」

第一皇子が宣言すると、第四皇子をのぞくすべての皇子たちが大きく頷いた。

「伯父上、あなたも観念した方がいいと思いますよ。赦《ゆる》してもらえるかどうかは別にして、心から恭順する意思表示をしておくべきです」

第一皇子は、伯父に意見することでさらなる反抗期ぶりを発揮した。

宰相は両拳《りょうこぶし》を握りしめてプルプル震えるだけで、なに一つ言葉を発しなかった。

彼の頭の濃い産毛たちも、痙攣《けいれん》みたいにプルプル震えているのがおかしすぎた。


皇帝陛下と皇妃殿下は、大広間から去った。

その際、どちらもなんとも言えない表情をしていた。とくに皇妃殿下の美貌《びぼう》は、自分が腹を痛めて産んだ実子の反抗や裏切りや失望などによるあらゆる感情で歪《ゆが》みまくっていた。

気の毒だけど、あらゆる人を守る為だから仕方がないわよね。

断頭台で「不名誉な死」を迎えるより、よほどマシなはずだわ。

だれだってお通じがないことに苦しむより、命を失う方がイヤでしょうから。

（さて、いよいよ仕上げね）

槍玉《やりだま》にあげられるはずだった皇太子殿下が、おもむろに立ち上がった。そして、槍玉にあげるはずの人たちを堂々とした態度で見回している。

ほとんどが観念したのか、席上でしおらしく俯《うつむ》いている。

「みなも知っての通り、おれの母は身分の低い侍女だ。神託によって、元司祭レナウト師より皇太子の座を託されたにすぎない。だから、みなの不平不満は承知している。しかし、この皇国をよりよきものにする為にはみなの協力が必要だ。この場にいる全員に頼みたい。力を貸してほしい。おれの為、ではない。この皇国と多くの皇国の民の為に」

皇太子殿下は、再度全員を見回してから頭を下げた。

だれもが当惑している。

それはそうよね。だって、皇太子殿下に不正を責められるとか処断されるようなことはあっても、まさか協力を乞《こ》われることになるなんて想像もしていなかったでしょうから。

「おれのことはどう思ってくれてもいいし、皇太子の座からひきずりおろしたければそれでもいい。だが、それ以外の責務はしっかり負ってほしい。この皇国を平和で豊かな国にする為に、いまはおれに対する気持ちに蓋《ふた》をし、団結して立て直しをはかってほしい」

皇太子殿下の真摯《しんし》な願いは、みんなの心に響いたかしら？

宰相をはじめとしてだれもがおたがいの顔を見合わせるだけで、とくにだれもなにも言わない。拍手をするとか賛同の声を上げるとかもない。

結局、ここにいる人たちの協力を得ることが出来るのか否かわからないまま、皇太子殿下は着席した。

じつは、いまの皇太子殿下の演説による効果についてはまったく期待をしていない。

皇太子殿下が本格的に活動をするには、まだまだ地盤がもろすぎる。周囲に人材がいないからである。人材集めは、これからのことになる。

この演説は、それまでの時間稼ぎをする為である。

いまこの時点で宰相や他の官僚たちを根こそぎ処分してしまえば、皇都も各領地も混乱をきたしてしまう。どう考えても、それは得策ではない。

宰相をはじめとした反皇太子派は、こちらがどれだけ妥協しようと低姿勢になろうと折れることはない。

根本的な考え方が違うし、目指す道も違うからである。

いまはやりすごしても、いずれまたなんらかの方法で皇太子殿下をその座からひきずりおろそうとするのはわかりきっている。

だから、いまは友好的に協力し合うふりをする。

話し合ってそう決めた。

これもこの先、皇太子殿下が力をつければあっという間に粛清され、改善されることになる。

それまでの辛抱というわけ。

(さて、と)

この素晴らしき聴聞会のトリを飾るのは、もちろんこのわたし。

皇太子殿下の悪妻にして、最高の悪女のわたししかいないわよね。

皇太子殿下と入れ替わりに立ち上がった。

居丈高に全員を見回す。

「みなさん。このよりよき聴聞会の後、みなさんが皇太子殿下に協力してくれることを切に祈ります。失礼いたしました。そもそも、そのような祈りは必要ありませんね。なぜなら、みなさんは協力してくださるに決まっているのですから」

すごみのある笑みを浮かべてみた。これを見た人たちは、ぜったいに恐怖を感じたはずよ。

「それと、皇太子殿下やわたしにまつわる噂のほとんどが根も葉もないものであることを、いまこの場でお伝えしておきます。殿下と愛妾《あいしょう》のラウラは、みなさんが噂できいているような関係ではありません。それをいうなら、殿下とわたしの関係もです。殿下は、ラウラにまったく興味はないのです。彼女のお腹《なか》の赤ちゃんの父親は、当然ながら殿下ではありません。だれって？　それは、ラウラ本人にきいてください。もしかすると、この中にお心当たりのある方もいらっしゃるかもしれません。ヒヤヒヤなさっている方も一人や二人ではないはずです。まぁ、そこはこのような場所で語るようなことではありませんので、省略させていただきます」

ラウラと関係のありそうな複数人を睨みつけてやった。だれもが冷や汗をかいている。

それから、ふたたび口を開いた。

「それよりも、殿下とわたしの関係です。じつは、わたしたちは終身雇用契約を結んで……」

「メグッ、そのことはどうでもいい」

言いかけたところで、なぜか皇太子殿下にさえぎられてしまった。

「最初は、たしかに短期間妻のふりをするという雇用契約だったのです……」

「メグッ、そのこともどうでもいい」

せっかく詳細を語ろうとしているのに、またしても皇太子殿下にさえぎられてしまった。

「とにかく、わたしはいま、殿下に永遠に雇われているので……」

「メグッ、表現をかえてくれないか？」

またまた皇太子殿下に邪魔をされてしまった。

（表現をかえろ、ですって？）

では、これならどうかしら？

「とにかく、わたしたちは夜な夜な殿下がわたしをお姫様抱っこして寝室へ運んでくれて、疲れきって寝落ちしてしまうという仲なので……」

「メグッ！　頼むからやめてくれ」

まったくもう。皇太子殿下ったら、なにが気に入らないわけ？

「とりあえず、わたしたちはそういう仲ですので、みなさんもご留意ください」

悪女というよりかは、子ども向けのお話に出てくる魔女みたいな笑みをダメ押しに見せつけつつ着席した。

こうして、聴聞会という名の楽しいイベントは終わった。

終章

お父様とお兄様たちを、皇宮内《こうきゅう》の厩《うまや》に案内をした。

元皇族付きの司祭で、いまは第三皇子《おうじ》の出身ナルディ公爵家の領地にある屋敷でバラ園や庭園の管理を任されているレナウトから分けてもらった、彼オリジナルの肥料を見せる為《ため》である。

馬車と馬は、そのまま譲ってもらえることになった。馬車馬二頭だけではない。プラス三頭の馬を選んで連れて帰っていいということになった。それから、道中にある皇族専属の農場から牛やヤギや鳥も連れていっていいという。

正直、すごく助かる。だって、実家でお父様たちの帰りを待っている家畜たちは、いずれも年寄りである。いまは、建て替えた家畜小屋や庭で余生を満喫している。

若い馬や牛たちがいれば、農作業や土木作業がどれだけはかどることか。それから、日々の家計もおおいに助かる。

よりたくさんミルクや卵を得ることが出来るから。

というわけで、厩舎《きゅうしゃ》では肥料を見せただけでなく、連れて帰る馬を選んだ。

お父様もお兄様たちも大喜びしてくれた。

お父様は「枯れている土地でも、これなら少しは作物がとれるかもしれん」といって、小躍りした。

お父様ったら、ときどき子どもみたいになるのよね。

そんなお父様を見ると、わたしまでうれしくなってしまう。

「これはいいにおいだ」

「うん。芳《かぐわ》しいにおいだ」

お兄様たちは、レナウト特製の肥料のにおいを嗅《か》いで大満足してくれた。

こんなことなら、レナウトにもっと譲ってもらえばよかった。

三人の様子を見て後悔してしまった。

そんなわたしたちの様子を、第三皇子が遠くから見ていたみたい。

もしもお父様たちがもっと肥料を欲しくなれば、第三皇子《かれ》の屋敷の使用人たちが運ぶようにする、と申し出てくれたのである。

それなら、うちだけではなく他《ほか》の農家の人たちにも使ってもらえるわよね。

当然、第三皇子の申し出を受けることにした。彼には、心から感謝している。

厩舎に行った後、四人で皇太子《こうたいし》殿下の執務室に出向いた。

お父様とお兄様たちが暇乞《いとまご》いをする為である。

三人は、明日《あす》の朝早く故郷に戻ると言い出した。

わたしとしては、もろもろの問題も落ち着きそうだし、もうしばらくいっしょにすごしたいのだけれども。

せっかく来てくれたのだから、皇宮だけでなく皇都《おうと》もいろいろ見てほしい。

だけど、いつまでもご近所さんたちに家畜たちの面倒や畑の様子をみてもらうわけにはいかない。

それに、開墾途中の土地もいつまでも放置したままには出来ない。

そうよね。これでもう二度とお父様たちに会えなくなるというわけではない。今生の別れではないのだからいいじゃない。

　頭ではわかっている。わかっているのだけれど、寂しさは拭《ぬぐ》えない。

　それは、わたしだけではない。皇太子殿下と第三皇子も同様である。

　皇太子殿下は「是非とも皇都にとどまり、助けてほしい」と、お父様たちに何度も懇願した。家畜たちは、連れて来て皇宮《ここ》で余生を送ってもらえばいい。土地は、人をやって開墾させると提案した。

「残念ながら、おれにはもろもろのことに対処出来る能力がありません。あなた方からいろいろ学びたいのです」

　皇太子殿下は、泣き出さんばかりの勢いである。

「アルノルド殿。そのお誘いはありがたいし光栄なことです。しかし、しょせんわたしは落ちぶれ王族の一人。世は、わたしを必要とはしません。わたしがいれば、いつかかならずあなたの枷《かせ》になってしまう。アルノルド殿、そのような顔をしないでください。心配しなくても、なにかあれば、すぐに飛んでまいります。それに、相談事があればいつでものりますから」

　お父様は、皇太子殿下の肩をやさしく撫《な》でた。

「ナオ、トモ。おまえたちは、ここに残ってアルノルド殿のお役に立つのだ」

「父上？」

「父上、どういう意味ですか？」

　お兄様たちが言いかけたけれど、お父様はそれを目線でだまらせてしまった。

「アルノルド殿、わたしより愚息たちの方が役に立ってくれるはずです。二人とも、わたしなどよりずっと優秀ですから。そのことは、すでに実証済みのはずです」

そう。お兄様たちは優秀すぎる。幼い頃からお祖父《じい》様やお父様から多くの知識を得ている。そして、同様に多くの本からも知識《それ》を得ている。

「メグがあなたに嫁いでからというもの、二人はみずからよりいっそう見識を広げ、多くのことを学んでいます。それらは、ひとえにアルノルド殿とメグの役に立つ為です。実際のところ、ほんとうに役に立つかどうかはわかりませんが、すくなくとも使い走りくらいにはなるでしょう」

「義父上《ちち》」

「お父様」

皇太子殿下と同時につぶやいてしまった。

（お父様、ずるいわ。そんなことを言ったら、感動してしまうじゃない）

涙が出そうになるのを、必死に我慢する。

「父上。ですが、あの荒れ地を一人で開墾するとか畑を整備するのはとても無理です」

「兄上の言う通りです。父上、やはりわたしたちも帰ります」

お兄様たちは、慌てふためき拒否をした。

「二人とも、よくききなさい。おまえたちは、年寄りに付き合って片田舎で貧乏暮らしをする必要はない。せっかくの機会だ。どこまで役に立てるか試してみるといい。アルノルド殿やメグの足をひっぱるようなら、そのときには戻ってくればいいだけのこと」

お兄様たちは、おたがいの顔を見合わせた。

「それに、なにも一人で開墾や畑仕事をするわけではない。そうでしょう、フレデリク殿？」

（えっ、いまのはどういう意味？）

お兄様たちといっしょに、おもわず第三皇子を見てしまった。

「じつは……」

第三皇子が説明してくれた。

第一皇子のエンリケと第五皇子のオルランドが、皇宮を離れたがっているらしい。彼らは、皇宮から出て、よりによってわたしたちの田舎の家ですごしたいと言っているという。

第一皇子は、ラウラが子どもを産んで育てられる穏やかな環境を求めている。それから、自分自身を鍛え直したいと思っているらしい。

第五皇子は、ダイエットが目的だという。劣悪な環境に身を置き、本格的にダイエットに取り組みたいとか。

ただ、どちらも一応皇子。彼らだけで行かせるわけにはいかない。だから、お付きの人たちも行くことになったらしい。

そのお付きの人たちのほとんどが、独身の軍人たちばかりという。

というわけで、田舎の家もさすがにあばら家のままにしておくわけにはいかない。

皇子たちやラウラやお付きの人たちがすごす為には、改築や建て増しをする必要がある。

その資金は、当然皇子たちが出してくれる。

お父様は、最初は断ったらしい。いくらなんでも、皇都どころか皇宮すら出たことのない皇子たちである。いくらお付きの人たちがいようと、生活出来るわけがない。そう思ったからである。

しかし、両皇子の意志は堅固だった。

お父様は、お兄様たちがいなくなると寂しい思いをすることを予想している。だから、結局のところお父様は彼らの申し出を受け入れたに違いない。

第三皇子のその説明で、お兄様たちは納得した。

「カミラ、ベルタ。愚息たちは田舎者だから世間知らずだし、要領が悪くて気がきかないだろう。どうか気長に見守ってやってほしい」

お兄様たちが納得したタイミングで、お父様は執務室の片隅にひっそりと立っているカミラとベルタに声をかけた。

どういうこと？

また疑問がわいた瞬間、カミラとベルタの顔が真っ赤《まか》になった。

そして、お兄様たちの顔も真っ赤になった。

「まいったな。そんなことになっていたとは」

第三皇子のつぶやきで、皇太子殿下とわたしもやっと気がついた。

（お兄様たちちったら、いつの間に、彼女たちとそんなことになっていたの？　田舎者のくせに油断も隙《すき》もないわね）

これまで彼らに溺愛《できあい》されていたから、微妙な気持ちになってしまう。

だけど、カミラとベルタなら、お兄様たちを任せて安心ね。

いいえ。彼女たちだからこそ、お兄様たちを尻《しり》に敷いてうまくやってくれるに違いないわよね。

それはともかく、以前も疑問に思ったことだけど、双子どうしの子どもってどうなるのかしらね？

やはり、双子が生まれてくるのかしら？

近い将来、そういう生命の神秘的なところを見ることが出来るかもしれない。楽しみだわ。

お兄様たちだけでなく、第七皇子のグラートが補佐してくれることになっているらしい。だから、皇太子殿下もこれで少しは安心かもしれない。

第七皇子は、わたしから勇気と生きる気力みたいなものをもらったから、がんばってみると張り切っている。

彼は、わたしに罵倒《ばとう》された上に嫌味を言われてよほど悔しかったのね。

いずれにせよ、彼はイジイジおどおどさせておくだけではもったいない。

彼が皇太子殿下を助けてくれるのなら、おおいに役に立ってくれるでしょう。

ところで、第二皇子のカルロと第六皇子のルーベンは、皇宮でおとなしくすごすつもりらしい。レディとの関係は、出来るだけ控えめにするのだとか。

どちらも根っからのプレイボーイ気質みたいだから、それがいつまで続くかはわからないけど。

皇太子殿下の邪魔さえしなければ、まったく問題はない。

問題があるとすれば、第四皇子のダミアンかもしれない。だけど、彼は伯父である宰相によって、しばらくの間宰相や皇妃殿下の実家ロッシ公爵家の別荘に追い払われることになった。

追放というほどではないけれど、「皇都から消えてなくなれ」という感じかしら。表向きは、自分から謹慎すると装うらしい。

もっとも、彼はもう悪さは出来ない。なぜなら、実母や伯父がぜったいにさせないはずだから。それから、つねにわたしたちが目を光らせている。

彼は、ロッシ公爵家の別荘で彼なりの夢や理想を脳内に描き続けるのでしょう。

宰相のバルトロは、結局はなんのお咎《とが》めもなくこれまで通り宰相として権勢をふるう。

お父様に散々嫌味を言われたけど、実の姉が皇妃である以上そう簡単にどうにか出来るものではない。いまは波風を立てずに様子見をし、なにかあれば即座に対応するしかない。

まぁどれだけ言い訳を連ねても、はやい話が彼を処分したくても出来ないのが現状なのかもしれない。

政治的にはもっとも警戒すべきだけど、個人的には彼の頭髪のことは応援するつもりである。

皇帝陛下は、これを機に皇太子殿下に皇帝の座を譲るようなこともほのめかしている。

お父様発言は、皇帝陛下を奮起させることはなかった。皇帝陛下は、皇帝の座を譲ることで皇太子殿下にすべてを丸投げすることを選んだに違いない。

それがいいことなのか悪いことなのかはわからない。だけど、すくなくともいい判断ではあると思う。

そうなると、託された皇太子殿下が重責を担うことになる。だけど、彼は大丈夫。そう信じている。

わたしたちもついているし。

いずれにせよ、いずれまた皇太子殿下の地位や存在そのものを脅かすなにかが起こるかもしれない。

お兄様たちと第三皇子と第七皇子と悪妻であるわたしが、それまでに万全の態勢を整えておけばいい。

皇太子殿下の執務室内にしばらくの間沈黙が横たわっていた。この場にいる全員が、それぞれの考えや思いにひたっていたから。

しばらくすると、お父様が尋ねてきた。

「ところで、メグ。ずっと気になっているのだが、雇用契約とはなんだい？」

そういえば、ちゃんと説明をしていなかった。

「ええ、お父様。わたしは、皇太子殿下と終身雇用契約を結んでい……」

「メグ、だからそのことはどうでもいいと言っているではないか」

「殿下、どうでもいいことはありませんわ。大切なことです」

「頼むから、そこからはなれてくれ。いまはもうそんな関係ではないだろう？」

「いいえ、殿下。お給金こそ直接いただいていませんが、あなたの側《そば》で一生お仕えするのです。それは、終身雇用契約みたいなものではありませんか」

皇太子殿下は、どうしてわかってくれないのかしら？

夫妻であれば、妻は夫に仕えるようなもの。夫に尽くし、従う存在。それって広い意味では雇用契約だわ。

夫が妻を気に入らなくなれば、契約終了。つまり、離縁されてしまう。

もっとも、被雇用者である妻が雇用者である夫に愛想をつかしたり、裏切ったりする場合もあるけれど。妻にだってその権利はある。ある意味では、妻は夫よりずっとずっと強くてかしこくて図太くて要領がいいのだから。

「アルノルド殿。メグをどうか許してやってください。男親と兄たちでは、レディの目線で教えるとか躾《しつ》けることが難しいのです。男女のことに関してもそうです。どうやら雇用契約というのは、彼女なりのあなたへの愛情表現のようです」

（お父様、さすがだわ。わたしのことを、よくわかってくれている）

お父様に尊敬のまなざしを送ってしまう。

「ああ、なるほど。それならば、終身雇用契約は最上の愛情表現なわけですね」

なんてこと、皇太子殿下って意外と単純、いいえ、素直なのね。

彼の美貌《びぼう》に、笑顔という大輪の花が咲いた。

「では、おれも最上の愛情表現を示さねば」

皇太子殿下が近づいてきた。それから、わずかに腰を落として両腕を広げた。

「さあ、マイプリンセス。きみの部屋へ行こう。おれの部屋の続き部屋には、まだラウラがいるからね。思いっきり楽しめない」

「ええっ？　まさか、いまここでわたしをお姫様抱っこするつもりなのですか？」

「当然さ。言っただろう？　最上の愛情表現を示すって」

「メグ、まさかあのくだらない夢をかなえようとしているのか？」

「驚いたな。それは、アルノルド殿にとっては愛情表現どころか苦行にしかならないだろうに」

ナオお兄様とトモお兄様は呆《あき》れ返っている。

わかっているわよ。だから、わたしもやめさせようとしているのに、皇太子殿下が頑固すぎるし意地を張りすぎてきいてくれないのよ。

「メグ、ほんとうによかったな。やさしく思いやりのある旦那《だんな》様ではないか。心から安心したよ。思いっきり甘えて可愛《かわい》がってもらいなさい」

(もうっ、お父様ったら。この後のこともあるのに、皇太子殿下を煽《あお》らないでちょうだい)

お父様の言葉は、あらゆる意味でドキッとさせられた。

だけど、こうなったら今夜こそ、かしら?

覚悟が必要なのかもしれない。

皇太子殿下は、わたしの大切な雇用者。その彼にだったら、すべてを捧げてもいいわよね。

だったらいまは、被雇用者としては彼の最初の希望通り悪妻ぶりを発揮し、お姫様抱っこをねだるべきかもしれない。

「そんなにおっしゃるのでしたら、是非ともお願いします」

皇太子殿下に微笑《ほほえ》んだ。

愛想笑いとか苦笑とかではない。自然と笑いかけていた。

「メグ、愛しているよ。これからは、人目をはばからずにきみを愛せる。言っておくけど、雇用者が被雇用者を愛しているというわけではない。夫として、妻であるきみを愛しているという意味だ。おれたちは、対等だから……」

「殿下。お話の途中ですが、わたしは殿下のことを雇用者という存在でしか考えられません。いまはまだ、ですけど。ですが、これからは夫として考えられるようがんばります。先は長いのです。殿下がわたしをちゃんとお姫様抱っこしてくださるまでには、わたしも雇われ悪妻から殿下の良き妻になっているかもしれません」

「メグ」

皇太子殿下の美貌がググッと迫ってきた。

（えええっ？　まさか、いまここで口づけ？　みんながいる前で、そんなことをするわけ？）

みんなの方を、おもわず見てしまった。

第三皇子、カミラとベルタ、お父様とお兄様たち。みんな一列に並んだ状態でこちらに背中を向けている。

そんなあからさまな態度をとられると、よけいに恥ずかしいわ。

みんなの様子に気を取られている間に、皇太子殿下の唇がわたしのそれに触れた。

「いまは軽く。続きは、きみの部屋で」

だけど、一瞬だった。一瞬で終わってしまった。あまりにも一瞬すぎた。いまのは「そよいだ風が唇に触れたのかしら？」、という程度だった。それこそ、ナルディ公爵家の屋敷の居間のときと同じである。

あのときもそうだけど、いまも物足りなさすぎる。それなのに、彼は満足げな表情でささやいてきた。

（まったくもう。皇太子殿下ったら、まるで子どもね）

そんな彼のことが、心から愛《いと》おしく想《おも》えた。

「殿下、それではどうぞ」

彼がお姫様抱っこしやすいように体勢を整えた。

「どんと任せてって、うおっ！　メグ、もしかしてきみはまた太ったのではないのか？　イタッ！」

お姫様抱っこしてもらった瞬間、彼の頬《ほお》にわたしの肘《ひじ》があたってしまった。だけど、気にしない気にしない。

「さあ、殿下。さっさと歩いてください。日が暮れて夜が明けてしまいますわ」

文字通り彼のお尻を叩《たた》きたいところだけど、わたしが動くと彼はよろめいて倒れてしまうに決まっている。

「がんばれよ、アルノルド」

「アルノルド殿、娘を頼みます」

「メグ、せめておとなしくな」

「メグ、困らせるようなことを言ったりしたりするなよ」

「妃殿下、どうだったか話をきかせてください」

「妃殿下、そのときのお気持ちもきかせてください」

第三皇子、お父様、ナオお兄様、トモお兄様、カミラ、ベルタ。みんなが祝福の声をかけてくれた。

「うおおおっ！」

みんなの笑い声に皇太子殿下の気合いの声が混じった。

彼の必死の形相をうっとり見つめたいところだけど、あまりにも必死すぎて笑いがこみあげてきた。

だから、思いっきり笑ってしまった。

皇太子殿下は、ヨロヨロと一歩足を踏み出した。その瞬間、ものの見事に彼の両膝《りょうひざ》が折れてしまった。

こんな状態では、お楽しみはずっとずっと先になる。

でも、それでもいいのかもしれない。

皇太子殿下とわたしの関係が雇用だろうと夫婦だろうと、付き合いが長くなるのは同じこと。いずれにせよ、それは永遠に続く。

皇太子殿下は、いつかきっとわたしをお姫様抱っこして寝室へ運んでくれる。

心からそう信じてもいいわよね。


（了）

番外編

番外編　メグ、みんなといっしょに帰省する

田舎《いなか》の実家に帰るのは、ほんとうに久しぶりである。

皇都《おうと》を出発し、馬車で揺られること数日。お忍びだったにもかかわらず、どこからか情報が漏れたらしい。通過する領地ごとにその領地の領主をはじめ、領民たちが大歓迎してくれた。その歓迎を無視するとかやりすごすことは難しく、宿泊込みで接待を受けた。したがって、本来なら馬車で飛ばせば二日ほどの距離を、七日間もかかってしまった。

それでも、道中は楽しかった。かわりつつあるスカルパ皇国《こうこく》の様子を目の当たりにすることが出来たし、じかに接することが出来た。

わたしの永遠の雇用者というか、夫であり皇太子《こうたいし》であるアルノルド・ランディの人気はすごすぎる。

その人気は、皇都だけにとどまらない。通過する町や村でも絶大な人気を誇っている。

あらゆる人たちが、彼に手を振り、声援を送っていた。子どもから老人まで、老若男女だれもが彼を讃えていた。あるいは、崇《あが》めていた。

彼が皇太子として公《おおやけ》に活動を開始してから約一年半。地道な活動とさらに地道な根回しのお蔭《かげ》で、皇太子アルノルド・ランディの名声はじょじょに広がり、その評価は急上昇し続けている。

いまや皇帝や宰相よりも評価され、人気があるかもしれない。

しかも、彼はちっとも偉そうな態度を取らない。傲慢《ごうまん》になるだとか、プライドの塊みたいにもならない。

彼は、会ったときとそれほどかわっていない。少しだけ抜けていて頼りないのは、最初のときのままである。もっとも、それは彼の魅力のひとつである。わたしは、そういう彼が愛《いと》おしくてならない。そして、自慢でもある。

皇太子殿下とわたしについてきたのは、第三皇子のフレデリク、双子のお兄様ナオとトモ、わたし付きの双子の侍女のカミラとベルタ。

フレデリクとカミラとベルタは腹違いの兄妹《きょうだい》で、ナルディィ公爵家の出身である。三人は非公式の諜《ちょう》報員《ほういん》で、皇帝と皇太子殿下の為《ため》に暗躍しているカッコいい存在。

双子のお兄様たちについては、いまさら述べる必要はない。

二人は、田舎ですごしていたとは思えないほどの知識と要領のよさでもって、政治的にもそれ以外でも手腕を発揮しまくっている。彼らは、いまや皇太子殿下にとってなくてはならない存在どころの騒ぎではない。まさしく、心臓と脳と言っても過言ではないかもしれない。

そのお兄様たちの婚約者であり諜報員でもあるのは、カミラとベルタの姉妹。

わたしの侍女として、いつもわたしをかまってくれている。しかし、なにかあれば情報収集や工作等をこなす特別なレディたちである。しかも、美貌《びぼう》でスタイル抜群ときている。

お兄様たちが彼女たちに夢中になったのも無理はない。

彼ら以外にも、同道はしていないけれど第七皇子のグラートがいる。彼は、もともとは気弱で頼りない青年だった。だけど、皇太子殿下や第三皇子たちとすごしている間に心身ともに成長し、見違えるほど立派になった。彼には、頭脳明晰《めいせき》という言葉こそよく似合う。彼は、いまや皇太子陣営にとってなくてはならない人物になっている。

皇太子殿下は、みんなに支えられ、盛り上げてもらっている。

皇太子殿下が、「メグの田舎で農作業や開拓を体験したい」という気まぐれを起こしたのでやってきたわけだけど、具体的な滞在期間を決めていない。第七皇子にあとのことを託して。彼なら、万が一にも皇太子殿下が不在の間に問題が起こったり、宰相派がなにかをしでかしたりするとすぐに対処してくれる。いまの彼には、それらが出来るだけの行動力と才覚があるから。第七皇子もまた、任されてうれしそうだった。田舎に行けないことは残念がっていたけれど、それでも大役を任されたということについては誇らしげだった。


それはともかく、道中いたるところで歓迎や接待をされて実家に帰るのにずいぶんと時間がかかってしまった。それでも、ようやく帰ってくることが出来た。

「おーい、メグーッ」

きき慣れた声に呼ばれた。この渋いテノールの声は、お父様にほかならない。

わたしだけでなく、お兄様たちもその声に気がついた。いっせいに声がする方向を見た。

すると、ゆるい傾斜の坂道の上からお父様が歩いて来る。

「ジイジ、ジイジ」

甲高い声もきこえてくる。よく見ると、お父様は幼児を抱いている。甲高い声は、その幼児が発しているらしい。

（ジイジ？）

お兄様たちと三人で顔を見合わせてしまった。

「ジイジ？　義父上《ちち》は、いつの間に孫を作ったのだろう？」

「殿下、いやですわ。父が兄たちとわたし以外に子どもがいて、その子どもに子どもが出来たのなら話は別ですが、そうでなければ孫がいるわけありません。だって、わたしはありえませんから」

「メグ、そういう繊細な話題はやめてくれないか」

事実を述べただけなのに、皇太子殿下は顔を真《ま》っ赤《か》にして揚げ足をとってきた。

（男性って複雑なところがあるわよね）

というか、それはきっと皇太子殿下だけね。ということにしておく。

「アルノルド殿、ようこそお越しくださいました」

お父様が、すぐ近くまでやってきた。

「ほら、どうだい？　ずいぶんと立派になっただろう」

お父様は、手で周囲を示しながら体ごとぐるりと回転した。

「ええ、お父様。見違えました」

「父上、驚いています」

「父上、ほんとうにすごい」

お兄様たちと、ほぼ同時に称讃した。

田舎のわが家は、ほんとうにかわってしまった。

周囲には放牧場や畑が広がっていて、放牧場には牛や馬がのんびりとすごしている。当然、柵《さく》も張り巡らされている。そして、畑には苗や花がすくすくと育ち、あるいは咲き誇っている。

ときどき手紙で様子を知らせてもらっていたけれど、わたしたち兄妹にいらぬ心配をかけぬよう当たり障りのないことばかり書かれていると思っていた。いかにもお父様が記しそうな内容ばかりが記されていたから。

が、それらは誇張や虚言ではなかった。

ほんとうにかわってしまった。もちろん、いいようにだけど。

お父様に案内されながらいま歩いている道も、以前は整備されていないでこぼこの多い道だった。しかし、いまは大型の馬車でも通れるよう整備されていて、左右には柵が設置されている。


「いいところではないか、メグ」

「ありがとう、第三皇子」

第三皇子に褒められた。彼の渋い美貌も健在である。

「デンカ、デンカ、デンカ」

「なんだい、メグミ?」

甲高い声に皇太子殿下の甘々の声が続く。振り向くと、彼はお父様から引き継いで胸に抱いている幼児にデレッとした表情で話しかけている。

なんてことかしら。あんな声や表情、わたしにはきかせたことも見せたこともないのに。

すこしだけムッとしてしまった。

というか、メグミ？

いったい、どこの女の子なの？

眉間《みけん》に皺《しわ》が寄るまで目を細め、皇太子殿下を「デンカ」と呼ぶ幼児を見つめた。

目が二つ、鼻と口が一つずつある。まだこんなに小さいのに美しい。目はパッチリしすぎていて、しかも瞳《ひとみ》の色が青すぎる。鼻筋は異常に通っているし、口の形はありえないほど整っている。

いったいだれとだれが結び付けば、こんなに完璧《かんぺき》な容姿の子どもが出来るのかしら？　と思いたくなる。


「おおっ、やってきたのか？」

「やあ、久しぶりだな」

いろいろ考えていると、またしても前方に見知らぬ二人の男性が現れた。

彼らのバックに、二階建てのログハウスがいくつも並んでいる。

「だれかな？」

皇太子殿下がつぶやいた。

「だれでしょうか？」

「だれだろう？」

うしろでカミラとトモお兄様がつぶやいた。

男性たちは、どちらも真っ黒に日に焼けている。見惚《みほ》れるほど筋肉質で、それは健康的を通りすぎて筋肉至上主義という感じがする。

「なんでも力技で解決する」、みたいなアレである。

「チチ、オジ、チチ、オジ」

そのとき、幼児が彼らを指さし叫びはじめた。

(チチ、オジ?)

幼児の正体がわからない以上、そのチチやオジの正体を知りようがない。

「あらあら。ド厚かましくもやってきたわけ?」

そのとき、またあらたな声がした。嫌味ったらしくてねちっこいそのレディの声。

現れたのは、恰幅《かっぷく》のいいレディ。それはまるで、書物に出てくるような「太っ腹母さん」みたい。

やはり、その姿にも見覚えはない。

男女ともに、どこかできいたことのある声なのだけど。

「ハハ、ハハ、ハハ」

幼児は、いままで以上に大興奮している。

「ワオ! もしかして、あれはラウラ?」

第三皇子の驚きの叫びに驚いた。というか、驚いたのはその内容である。

(ラウラですって?)

皇宮内の男性を虜《とりこ》にしまくった、あの魔性のレディ? 控えめに言っても官能的な美しさと可憐《かれん》さをも持ち合わせていたあのラウラ?

それが、あの恰幅のよすぎる「太っ腹母さん」？
ということは、この幼児は彼女の子ども？　でっ、あの二人の男性は、「チチ」と「オジ」という
わけよね。
（それにしても、ラウラの子にわたしに似た名前をつけるなんて、いったいだれなのかしら？　どう
かしているとしか思えない）
首を傾《かし》げてしまう。
「まさか、第一皇子のエンリケと第五皇子のオルランド？」
「エンリケも驚きの変化だが、オルランドの激変は衝撃でしかない。というか、どちらがオルランド
かな？」
わたしが首を傾げている横で、皇太子殿下と第三皇子が話している。
たしかに、驚きどころの騒ぎではない。心臓が止まるほどの衝撃よ。
彼らは、わたしが衝撃を受けている間にもこちらに向かって駆け続けている。

「あいかわらず、ちっとも美しくないわね」
三人がわたしたちの前に立った瞬間、恰幅のいいレディが言い放った。
腰に手を当て、豊満すぎる胸を張る姿がこれほど似合うレディはいないかもしれない。
着用しているのは、男性物であろう丈の長い白色の長袖《ながそで》のシャツとお尻の輪郭がわからないダボッ
としたズボン。どちらも生地が擦れたり破けたりしていて、ずいぶんと着込んでいる。男性たちも大
きめの白い長袖シャツとダボッとしたズボン姿だから、もしかするとみんな同じ衣服に揃《そろ》えているの

かもしれない。

「でも、皇太子殿下はあいかわらず美しいわね。気の毒でならないわ。かわり映えのしない、しかも美しさの欠片《かけら》もないレディが妻だなんて。そうよね、エンリケ？」

「ああ、もちろん。きみの言う通りだよ、愛するラウラ。おおっと、アルノルド。この大陸一可愛《かわい》いお姫様が迷惑をかけなかったかい？」

やはり恰幅のよすぎるレディはラウラで、幼児が指さした筋肉至上主義みたいな男性は第一皇子で、この幼児は二人の子どもなのね。

「迷惑などかけられていないさ。それにしても、メグミはほんとうに可愛いなあ。うらやましいよ」

「デンカ、デンカ」

幼児は、さらに皇太子殿下に甘えはじめた。彼は、ますますデレッとしている。

皇太子殿下は子ども好きだから、やはり自分の子どもが欲しいのかしら。

ふとそう思った。


「それにしても、すっかり見違えたわ。ほんとうに第一皇子と第五皇子なの？　それからラウラ、あなたなの？　わたしは、あなたの言う通りあいかわらずよ。これが『わたし』、なの」

「フフン」

ラウラは、鼻を鳴らすと文字通りわたしを上から見下ろした。

「あなたみたいに魅力がなければ、そそられようにもそそられないものね」

「ラウラ、あなたの言う通りよ。その点については、わたしの負けね。だって、あなたと第一皇子には、また子どもが出来るのでしょう？」

「ど、どうしてわかったの？」

彼女が驚くのも無理はない。

「こんなわたしだけど、勘は鋭いのよ。あなたのお腹《なか》の中には男の子がいるわ。最初に女の子を産んでその次に男の子を産むのが理想的だと、書物で読んだことがある。それはともかく、おめでとう。その男の子も、元気に生まれるわ」

「やだ……」

ラウラは、急にしおらしくなった。しかも、目に涙をためている。

「メグのお告げは絶対だ。だから、安心していい」

皇太子殿下は、まるで自分がお告げを与えたかのように自慢げに言った。

「いやー、それにしても見違えたよ。とくにオルランド。きみは、違う意味で立派な体格になったな」

第三皇子が言った。彼だけではない。皇太子殿下もわたしも同じ意見である。

「ぼくが一番驚いているよ。見てくれよ。これほどの肉体美、見たことがあるかい？　筋肉質になったら、顔も美しくなった。メグ。きみの特別レシピの数々は、最初こそ同道してきている料理人が作ってくれていたが、いまは必要がなくなった。食べる以上に動くからね。それも重労働だ。栄養のバランスを考えて食べているから、ある程度食べても心配はいらなくなった」

第五皇子の日焼けしている精悍《せいかん》な顔に、真っ白な歯がまぶしいくらい。

というか、自分で自分の肉体美や顔を誇ったりする？

でもまぁ、自分に自信が持てるということは悪くはないわ。

「お父様、どうしてメグミなの？」

母屋に向かいながら、どうしても名前のことを尋ねずにはいられなかった。

「ラウラに名付け親になってほしい、と頼まれたのだ。女の子だから、メグ、すぐにおまえの顔が浮かんだ。おまえみたいに天真爛漫《らんまん》で面白いレディに育ってほしい。その願いを込めて『メグミ』にしたわけだ。まさか同名というわけにはいかないからね。『メグ』に、『エミ』の『ミ』をつけたわけだ」

「お母様の名前を？　というか、お父様。ふつうそこは「美しくて聡明」、というのではないかしら？」

美しいとか聡明とか、それこそが褒め言葉だと思うのだけれど。それを天真爛漫とか面白いとか、そういう褒め言葉ってアリなわけ？

それはともかく、「エミ」というのは、わたしの亡くなったお母様の名前。「メグミ」は、わたしとお母様の名前だったのね。

だけど、よくラウラがその名前に納得したわね。

不思議に思っていると、第五皇子が教えてくれた。

ラウラは、唯一お父様に敬意を払っているらしい。彼女は、お父様の前では素直なレディでいるという。

そのことをきき、驚いたのは言うまでもない。

そんなことを話している間に、懐かしのわが家の前にいた。

いままで見た光景以上に、わが家は立派になっている。

わたしだけでなく、ナオお兄様とトモお兄様も感動していた。

実家での毎日は楽しすぎる。居心地がよすぎるから、心身ともにリラックス出来る。

雑事や重労働は多い。というよりか、つねになにかしらしなければならないことがある。それでも。

それがかえって充実していて楽しく感じられる。

皇太子殿下は、実家に到着したその日から重労働に勤《いそ》しみ、すぐになんでもこなせるようになった。

彼は、数日で真っ黒になった。当然、体力もついてきている。筋力もすこしずつ増しているに違いない。

畑仕事や土木作業をはじめ、お父様や皇子たちや皇子たちの付き添いの人たちに様々な作業を教えてもらいながら、一生懸命働いている。

今回のことは、皇太子殿下が言い出したのだけれど、皇太子という立場上田舎で農作業や土木作業に携わることにだれもが反対した。だけど、彼はわたしや第三皇子がなにを言おうとけっしてきこうとしなかった。

皇太子殿下と二人、何棟かあるログハウスの一棟を使わせてもらっている。とはいえ、広くも豪華でもない。寝台が二台と小さなテーブルと椅子《いす》二脚があるだけである。

皇太子殿下と二人、その寝室のそれぞれの寝台で眠っているけれど、就寝前に重労働で体を酷使している彼にマッサージをしている。

マッサージは得意である。皇宮《こうきゅう》では、皇太子殿下だけでなく皇妃殿下や他《ほか》の皇族のレディたちに行っている。

皇太子殿下は、ここに来てからも毎夜至福のひとときを楽しんでくれている。だから、いつも張り切ってマッサージをする。

皇太子殿下は、この夜もマッサージの間中ずっと機嫌よく喋《しゃべ》り続けている。

その内容は、農作業や土木作業のことばかり。それと、メグミの話である。

「たまにはおれがきみにマッサージをするよ。ほら、うつ伏せになって。毎日のようにやってもらっているから、ツボとか力の加減とか、見様見真《ま》似《ね》で出来るはずだ」

「殿下、お気持ちだけで結構です」

即座に断った。

例のお姫様抱っこの例がある。わたしにマッサージをすることで、皇太子殿下になにかあるとか壮大な長期計画へと発展してしまったら、それこそ面倒くさいことになる。

「遠慮する必要はない。夫婦なのだから。ほら、きみの寝台にうつ伏せになれよ」

皇太子殿下は、うつ伏せの状態から身軽に飛び起きた。そして、そこからおりるなりわたしの両肩をむんずとつかんだ。

（な、なんてこと）

彼の力が強すぎて動こうにも動けない。しかも、すぐ眼前にある彼の美貌には、涼しそうな表情が浮かんでいる。

そのとき、寝台に押し倒された。あまりにも簡単に。まるで赤ん坊を転がすかのように、あっという間に寝台の上に仰向けに倒されていた。

「で、殿下。酔っていらっしゃるのですね？」

そう尋ねた自分の声は、混乱で揺らいでいた。

夕食時、皇都からお土産《みやげ》にと持参した葡萄酒《ぶどうしゅ》を、希望者のみ一杯ずつ飲んだのである。

「いいや。葡萄酒一杯では酔わない。きみとは違うからね」

覆いかぶさって来た彼の表情は真剣で、その声はかすれている。

彼のこれまでにない雰囲気に、「来るべきときが来た」、と感じた。覚悟は出来ている。同時に、これまでとは違い、今度こそという期待があることが自分でも驚きである。

もしかして、こうなることを切望していたのかもしれない。皇太子殿下と同様に。

それが、これまではうまくいかなかっただけのこと。終身雇用契約に子どもについての明確な条件はない。だけど、一般的には皇太子妃や皇妃というのは、皇太子や皇帝の子をなすことが務め。ということは、皇太子殿下との子をなさなければならない。

それが、被雇用者たるわたしの役目なのだから。

というわけで、いまこのタイミングでついに役目を果たすときが来たのである。おそらく、環境や生活そのものがかわったことが、二人にとっていいきっかけになったに違いない。

「殿下。それでしたら、マッサージをしていただけますか？」

「もちろん」

そうお願いした瞬間、彼の美貌が明るくなった。

「メグ、ほんとうにいいのだな？」

「はい。覚悟は出来ております」

仰向けの状態で寝台の上におさえつけられているけれど、皇太子殿下はおさえつけているという感覚はないみたい。

わたしを見おろすその美貌は、緊張で強張《こわば》っている。彼が唾《つば》を飲みこむと、喉仏《のどぼとけ》が動いた。

心臓はドキドキばくばくしていて、動きすぎて止まってしまうかと不安になってしまう。

瞼《まぶた》を閉じた。その方がやりやすいことを、以前口づけをするときに身をもって知ったからである。

その瞬間、コロンとひっくり返された。またしても簡単に。

(ちょっ、ま、まさかのうしろ向き？　殿下、最初からハードすぎませんか？)

驚いたどころの騒ぎではない。

(濃厚な恋愛物の書物の中のそういう場面は、いつも恥ずかしくて真っ赤になりながら読んでいたけれど。これは、まさしくそれなのね？)

驚きと恥ずかしさのあまり、反射的に起き上がろうとした。しかし、皇太子殿下に背中をおさえつけられていて身動きが取れない。

「で、殿下、やめてください」

ついには声に出して懇願していた。

「メグ、いまさら止まらないよ。大丈夫。リラックスして。きみもわかっているだろう？　抵抗すればするほど痛くなる。おれを信じてくれ。さあ、はじめるぞ」

（そんなことを言われましても。やはり、これはふつうではないのではありませんか？　すくなくとも、わたしはありきたりな方法がいいのです）

心の中の懇願は、彼には届かなかった。

こんな態勢で、しかも寝間着がわりのシャツにズボン姿のままで。

そして、ついにはじまった。

彼は、うつ伏せ状態のわたしの腰をゆっくり丁寧に揉《も》みはじめた。

それはもう的確にツボをおさえ、力加減もバッチリだった。

この夜、窓の外は風雨がかなり強くなっていた。一晩中、窓ガラスはガタガタと不協和音を奏でていた。

（嵐《あらし》がやってきたのね）

皇太子殿下のマッサージで気持ちよくなりつつ、いいようのない不安に襲われた。


嵐は、翌日も続いた。

当然、農作業や土木作業は出来ない。

だから、いつもとは違うのどかな空気が流れている。

が、それもお昼過ぎまでのことだった。

いままでにない雨量と突風である。

すぐ近くの町や村には山や川がある。しかも、この辺りの地盤はけっしていいわけではない。つまり、地盤が緩んだり氾濫《はんらん》が起こったりという可能性がある。

この土地でずっと生活しているわたしたちオベリティ一家だけど、こんなすさまじい荒れ方は経験がない。

お父様もお兄様たちもわたしも心配でならない。


お茶の時間だった。

遠くの方で地鳴りのような音が響いた。それはしばらく続き、だれもが驚き動揺した。メグミはラウラと第一皇子に抱きつき、怯《おび》えて泣きはじめた。

「まずい。山崩れだ」

お父様のその一言は、これまでにないほど切迫していた。


この大規模な災害にあたり、つねに最前線で対処したのは皇太子殿下だった。

彼はお父様やお兄様たちに相談しながら、屈強な男性陣をまとめてすぐに災害現場に駆けつけた。

そして、全身ずぶ濡《ぬ》れになるのも厭《いと》わず、あるいは危険な場所であるのも顧《かえり》みず、陣頭に立って事態の悪化を防ぎ、人命救助に全力を傾け、町や村の人々を元気づけ、的確な指示を送った。

「悲観的になるな。一人でも多くの人を救うのだ。きみたちなら出来る。演習や訓練を繰り返しただろう？　そのときのことを思い出せ」

第一皇子や第五皇子について来ている人たちの多くが軍人である。その屈強な軍人たちでさえ、自然の脅威にくじけそうになる。

そのようなとき、皇太子殿下は声を嗄《か》らして叱咤《しった》し、鼓舞する。

さらには、被災者一人一人を励まし元気づけた。

皇太子殿下は、全身ずぶ濡れ状態で声を嗄らして的確に指示を出し続けている。おおげさかもしれないけれど、その姿はまるで書物に出てくる「偉大なる王」だった。しかも、彼は指示を出すだけではない。みずから泥濘《でいねい》をかき分け、崩れた家屋の柱や瓦礫《がれき》を持ち上げたりどかしたりした。つまり、率先して被災者の救助にあたった。

あとで彼の泥だらけの顔や手足を確認したら、いくつもの小さな傷や痣《あざ》が出来ていた。

とにかく、そのときの皇太子殿下は、もっとも頼りになる指揮者であり慈悲深き人だった。

皇太子殿下のすごいところは、それだけではない。彼はすぐに皇都にいる第七皇子に使いを送り、物資や人手を寄こすよう手配をした。そういう機転は、彼だからこそきかせられたのである。

ちなみに、今回の大災害に際して、領主であるタリアーニ伯爵家はなにもしてくれなかった。というよりかは、なにも出来なかった。

お祖母《ばあ》様の出身の家である伯爵家は、お祖母様やお祖父《じい》様たちがモンターレ王国の玉座を奪われて亡命した時分はまだ隆盛を誇っていた。しかし、優秀な当主に恵まれず不祥事が続いたことにより落ちぶれてしまっている。この大災害はタリアーニ伯爵家に大打撃を与えたばかりか、領主としての面目を失った。

皇太子殿下みずから人々を救ったという話は、タリアーニ伯爵領だけでなく近隣の領地にもあっという間に広まった。そんな中、皇太子殿下は皇帝に使者を出して承認を得た上で、近隣の領地でも被害にあった地域や人々に対してそれに応じた補償をすると発表した。

そのことも含め、彼の今回の大活躍はスカルパ皇国中に広まったことは言うまでもない。


一方、第七皇子は皇太子殿下の要請を受け、即座に軍に救援物資を運ばせた。そのお蔭で、救援や復興作業を拡大して進めることが出来た。

すこしずつでも日常を取り戻してほしい。そう願わずにはいられない。


しばらく被災した各地を飛びまわっていたけれど、やっとログハウスに戻って眠ることが出来る。

寝室で皇太子殿下と二人きりになるのも久しぶりである。

「メグ、約束をしてほしい」

皇太子殿下は、唐突に言った。

「約束？　その内容によりますが。わたしに出来そうにないことを約束したくありませんので」

彼の寝台に並んで座り、交際を始めたばかりのカップルのような会話を交わしているのが滑稽《こっけい》だわ。

「きみを軽々とお姫様抱っこし、寝室まで運べるようになりたかった」

皇太子殿下は、いきなり告白をはじめた。

「まだそこにこだわっていらっしゃるのですか？　それは、もういいのです。しょせん夢は夢。そのまま夢を見ている方がいいこともありますので」

わたしの夢である「素敵な婚儀の後、伴侶《はんりょ》にお姫様抱っこで寝室に連れていってもらう」については、とっくの昔に諦《あきら》めている。皇太子殿下には、「諦めたからもういい。忘れてほしい」と何度も伝えている。それなのに、彼はいまだにこだわっているのである。

「ここにやってきたのは、きみをお姫様抱っこ出来るだけの体力をつけたかったからだ」

彼は、わたしの方に体ごと向き直って告白した。どうやら、彼はわたしの言うことをきいてはいなかったようである。

「じつは、子どもが欲しい」

「はい？」

(いったいどういう展開なの？　お姫様抱っこから『子どもが欲しい』だなんて、飛躍しすぎではないかしら)

困惑してしまう。

「きみとぼくの子どもだ。そろそろ出来てもおかしくないだろう？」

彼の願いは、さらにわたしを困惑させた。

「きみをお姫様抱っこで寝室に運んだら、そういうことになるかと思いついた。きみはおれに尊敬の念を抱き、甘えてくれるとか頼ってくれる、とね。きみはおれに甘え、おれはきみを可愛がる。そして、子どもたちを授かる。つまり、甘えると約束してほしい」

「いえ、殿下。甘えるということではなく、レディは雰囲気なのです。まずは、そこを考え直した方がいいかと思います。そういう雰囲気なら、おのずとそういう行為に結びつくかと思います」

皇太子殿下は、わたしの理にかなった説明にいっきにテンションが下がったみたい。目に見えてシュンとしてしまった。

両肩を落とす彼は、それはそれでとても愛らしい。おもわず、抱きしめたくなった。

「ですが、そういう空気や雰囲気になれば、もちろん大丈夫です。その約束ならいたします。ですから、安心してください」

「わかった。では、さっそく雰囲気作りだ」

「では、わたしも体を拭《ふ》いてきますね。さすがに泥だらけで、というわけにはいきませんので」

「了解だ。しっかり雰囲気作りをしておくから」

張り切る彼を残し、寝室をあとにした。


体を拭き清めて戻ってきたとき、予想していた通りだった。

彼は、この騒動で心身ともに疲れすぎていた。寝台の上で大の字になって眠っていたのである。

彼に毛布をかけながら、無邪気な寝顔に口づけをした。

頬《ほお》、額、唇に。

「殿下。あなたはわたしの雇用者である前に、最強最高の英雄です」

彼の耳にそうささやいた。

そして、わたしも自分の寝台に倒れそのまま眠った。

さらに数日被災した各地を皇太子殿下やお父様たちと飛び回った。

しかし、ずっとここでこうしているわけにはいかない。

いよいよ皇都に戻ることになった。この辺りだけでなく、他の領地も含めて本格的に復興支援に乗り出さなければならない。第三皇子は、わたしたちに同道している護衛の何名かを連れ、すでに被害の甚大な領地へ視察に行ってしまった。

出発するときがきた。

第一皇子とラウラとメグミ、それから第五皇子は、やはりこのまま滞在するという。というよりかは、皇都に戻りたくないらしい。たしかに、彼らはこのままここで生活した方がしあわせかもしれない。

「またすぐに会えるさ。ナオやトモたちの婚儀のときに」

「お父様、そのときにはぜひともメグミも連れていらしてください。皇太子殿下がよろこびます」

いまのは、メグミにデレデレな皇太子殿下への嫌味というわけではない。ただのあてつけである。

「メグ、アルノルド殿を困らせるのではないぞ」

別れはあまり好きではない。だれだってそうであるように。だけど、元気でさえあればすぐにまた会える。

「みんなも体に気を付けて。お父様のことやあとのことをお願いします」

第一皇子、第五皇子、それからそのお付きの人たちにお願いすると、みんな笑顔で「任せてくれ」と応じてくれた。

お父様のことはもちろん、復興に向けてのもろもろの問題や課題に取り組んでいかなければならない。

第七皇子が派遣してくれた軍や技術者たちとともに、きっと復興を遂げてくれるはず。

「アルノルド殿、たった数週間で心身ともにすっかり男になりましたね。自信と力がみなぎっている。これでもう大丈夫。あなたは、皇太子殿下としてもメグの夫としても立派にやっていけます。メグを頼みます」

「義父上。はい、お任せください」

皇太子殿下は、胸を張った。

そういえば、日に焼けた分多少男っぽくなったかしら？

お兄様たちとカミラとベルタは、お父様とハグをして別れを惜しんだ。

じつは、大災害に見舞われる前、お兄様たちがカミラとベルタにやっとプロポーズをしていい返事をもらったらしい。

四人がよりいっそうしあわせになる。そう思うとうれしくてならない。

『双子どうしの子どもは、やはり双子なのか？』

以前から抱いているこの疑問。それがついに解決するかもしれない。そのことも楽しみでならない。

わたしもお父様とハグをした。

「お父様、どうか無理をなさらないでください」

「メグ、おまえも。アルノルド殿と仲良くしていて安心したよ。ここ数日で、よりいっそう親密になったようだし」

お父様は、渋カッコいい顔にめずらしくニヤリと含みのある笑みを浮かべた。

「いやだわ、お父様」

顔が火照るのを感じつつ、照れ隠しにお父様の肩をバンバン叩《たた》いた。

「いたた。さあ、行きなさい」

「はい」

最後にもう一度お父様とハグをし、馬車に乗りかけた。

「ラウラ。メグミのこともだけど、お腹の子のことも大切にね」

「わかっているわよ。あなたこそ、はやく子どもをつくることね。夫や子どもがいるのって、意外といいものよ」

「ええ、わかっている」

彼女と視線を合わせ、笑い合った。

それから、馬車に乗り込んだ。

みんなが口々に別れの言葉を叫ぶ中、メグミの甲高い声が一番心に響いた。

やはり、別れは好きになれそうにない。


「思いきって休みを取り、ここに帰ってきてよかった」

みんなの声がきこえなくなり、背もたれに背中をあずけて一息ついたタイミングで、皇太子殿下がつぶやいた。

「そうですね、殿下。つぎに帰ってくるときには、きっと復興しているはずです。人々のしあわせいっぱいの顔を、また見ることが出来るようになります」

「ああ、そうだな。きみとおれと、それから子どもたち。子どもたちは三人になるのか、四人になるのか、五人以上になるのかな？　とにかく、もっと大きな馬車が必要になるだろう」

（そんなにたくさんの子どもを？　二人でがんばってつくり、わたしが産むわけなのね）

だけどまぁ、それもいいかもしれない。ラウラも『夫や子どもがいるのっていいものよ』、と言っていたし。

大勢のわが子たちに囲まれている彼とわたしを思い浮かべるだけで、とてもしあわせな気分になる。

そのとき、皇太子殿下に抱き寄せられた。

彼に肩を抱かれると、顔を彼の肩にくっつけて甘えた。彼との約束を守りたいからである。

そうして、二人で馬車の窓外に流れていく故郷の景色を目に焼き付けた。

人々が一日もはやく日常を取り戻し、復興することを祈りつつ。


（了）

あとがき

はじめまして、ぽんたと申します。

ポイントがつきそうな名前ですが、まったく関係ございませんのでご了承下さい。

この度は、『雇われ皇太子妃、ですか?承知致しました。雇われたからには立派に悪妻を演じてみせます』をお手に取っていただき、誠にありがとうございます。

さて、本作は「第一回アイリス異世界ファンタジー大賞」にて銀賞をいただきました作品です。他の受賞作家様たちと違い、実力ではなく「運」でいただいた賞といっても過言ではありません。残る人生のすべての運を使い果たしたようです。

じつは、わたくしはもともとまったく異なるジャンルしか書いたことがありませんでした。それは、「歴史・時代小説」です。しかも、戦国時代や幕末期を主に書いていました。まったく正反対の世界観です。それが、いまはすっかりこちらの世界観の虜に。ご存知の通り、どの小説投稿サイトも「歴史・時代小説」というのはけっして人気のあるジャンルではありません。勉強の為にも人気のジャンルを書いてみようかな、とふと思い立ったのが受賞する一年ほど前。思えば、気まぐれを起こしたのがよかったのかもしれません。

そんなわたくし自身のことはともかく、本作品のことです。簡単に触れさせていただきます。

スカルパ皇国の隣国の国王と王女だった祖父母を持つメグ・オベリティ。彼女は、貧乏ながらも家族の愛に包まれ元気いっぱいに育ちます。そんな彼女に、スカルパ皇国の美貌の皇太子アルノルド・ランディから皇太子妃に迎えたいと申し出があります。しかも、それはただの結婚ではなく契約結婚。「夫と妻の関係ではなく、雇用者と被雇用者の関係だ。愛するつもりはない。せいぜい悪妻としてふるまうよう」と、婚儀を終えて初夜の前に宣言されてしまいます。メグは、故郷で貧乏暮らしをしている家族の為にも、この雇用関係を快諾します。

そして、メグは悪妻としてありとあらゆる「悪行」を積みます。

必死に悪妻、あるいは悪女ぶるメグの奮闘ぶりを、コメディタッチで描いた作品です。メグの男前的な行動もですが、ごくたまにヒーローのアルノルドも活躍します。彼女たち以外の脇役たちも、大活躍して二人を盛り上げます。

二人の雇用関係の行き着く先がどうなるのか、をお楽しみいただけましたら幸いです。

なお、ＷＥＢ版よりかなり加筆修正しております。本書の方が面白い、と信じております。

あらためまして、この度の機会を与えてくださった株式会社一迅社様、ド素人のわたくしに適切なアドバイスや励ましの言葉をいただきました担当編集者様、校正者様、それ以外の多くの関係者様にこの場をお借りして心よりお礼申し上げます。

それから、本作品に素敵すぎるイラストを描いてくださいましたくまの柚子先生には、感謝してもしきれません。わたくしの拙い文章からこれだけの素敵なイラストを描いていただくなど、さすがとしか思えません。ほんとうにありがとうございました。


そして最後に、本作品をお手に取っていただきましたすべての読者様に心より感謝申し上げます。

本作品で笑っていただきましたことを切に祈ります。

またいつか、皆様がメグとアルノルドの物語に再会出来ますよう願っています。

雇《やと》われ皇太子妃《こうたいしひ》、ですか？承知致《しょうちいた》しました。雇《やと》われたからには立派《りっぱ》に悪妻《あくさい》を演《えん》じてみせます。

2023年11月5日　初版発行

初出……「雇われ皇太子妃、ですか？承知致しました。雇われたからには立派に悪妻を演じてみせます。

ですから、皇太子殿下は愛妾を心おきなく寵愛なさって下さい」

小説投稿サイト「小説家になろう」で掲載

著者　ぽんた

イラスト　くまの柚子

発行者　野内雅宏

発行所　株式会社一迅社
〒160-0022 東京都新宿区新宿3-1-13 京王新宿追分ビル5F
電話　03-5312-7432（編集）
電話　03-5312-6150（販売）
発売元：株式会社講談社（講談社・一迅社）

印刷所・製本　大日本印刷株式会社
ＤＴＰ　株式会社三協美術

装幀　小沼早苗（Gibbon）

ISBN978-4-7580-9593-8

おたよりの宛て先

〒160-0022 東京都新宿区新宿3-1-13 京王新宿追分ビル5F
株式会社一迅社　ノベル編集部
ぽんた 先生・くまの柚《ゆず》子《こ》 先生